메마른 땅에
희망을 짓다

램브리스와 나시바이의 국제개발협력 활동기

메마른 땅에 희망을 짓다

강성원 · 이영아 지음

사회복지 전문출판 나눔의집

램브리스, 나시바이는…
길고도 짧은 시간 땀 흘렸던 케냐,
그곳의 주민들이 저희에게 선물로 준 새로운 이름입니다.
마사이 사람들의 말로 램브리스는 은총을, 나시바이는 행복을 뜻하지요.

오늘도 짜이 한 잔에 몸과 마음을 달래고 있을 그 분들께
이 책을 바칩니다.

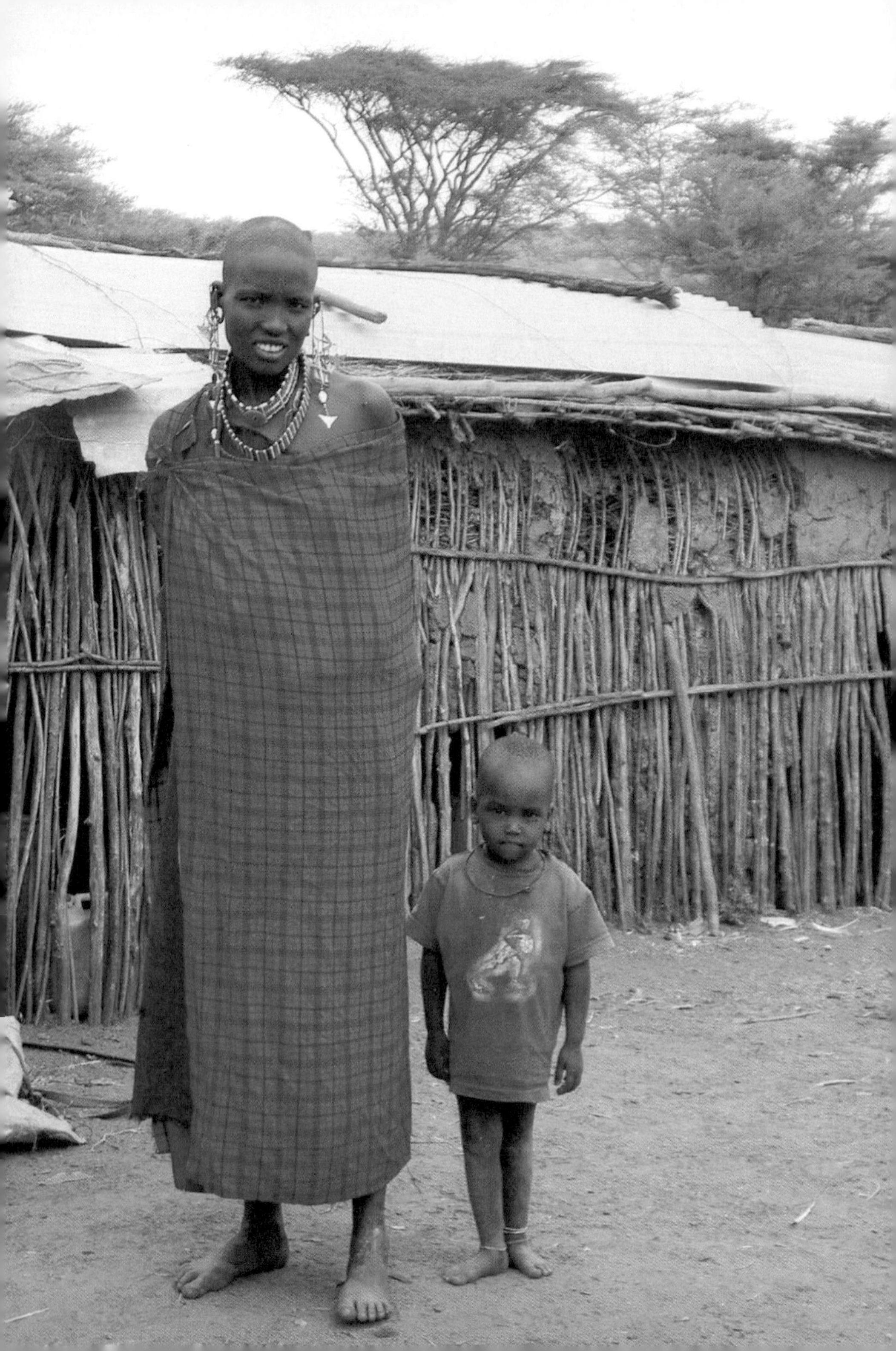

책머리에

인도, 캄보디아에서 활동을 진행하면서 빈곤과 불평등을 보았고 평등한 사회를 꿈꿨던 것 같다. 인도, 캄보디아 그리고 케냐에서 주민들과 함께 마을의 과제를 하나씩 해결하고 싶었다. 지역조사와 함께 마을의 상황을 파악하고, 우물이 필요한 곳에는 우물을, 학교가 없는 곳에는 학교를, 기후변화로 인해 삶을 위협받는 곳에서는 삶의 대안을 만들고자 했지만, 머릿속에 맴도는 의문과 고민들은 시간이 지날수록 켜켜이 쌓여 마치 탑을 쌓고 있는 것만 같았다. 이렇게 주민들이 필요하다고 이야기하는 것을 주기만 하면 빈곤의 문제가 해결되는 것일까? 공동체를 이루며 서로 나누며 살아가는 사람들에게 오히려 외부 자본이 그들만의 공동체를 파괴하는 것은 아닐까? 스스로 삶을 꾸려가는 사람들에게 무상으로 무엇인가를 주는 것이 오히려 점점 외부에 의존하게 만드는 것은 아닐까? 활동하는 내내 복잡한 생각들이 머릿속에 가득했다.

사람들의 삶을 보면 한국 사람들보다 적게 쓰고 적게 먹고 적게 입는다. 더 생태적으로 살고 있는 사람들에게 소비지향적인 자본주의 삶에 찌든 우리들이 이곳에서 무슨 도움을 주겠다고 와 있는 것일까? 개인주의와 이기주의가 만연한 우리가 오히려 배울 것이 훨씬 많은데 단지 경제적으로 풍요롭다고 이들에게 무언가 가르치려고 하는 것은 아닐까? 활동이 오래될수록, 마을 사람들과 함께하는 시간이 늘어갈수록 이러한 질문들이 꼬리에 꼬리를 물었다. 내가 도움을 주려고 왔지만, 그 도움이라는 것이 과연 무엇인지, 과연 나에게 그런 자격이나 있는 것인지 스스로에게 되묻곤 했지만 답을 찾지 못했다. 오히려 그곳에서 나는 더 많은 배움을 얻었다. 그러면 내가 떠나는 것이 정답일까? 그곳에 있던 때에도, 한국에 돌아온 후에도 아직 답을 찾지 못했다.

여전히 우리가 활동했던 케냐의 마을에서는 기후변화의 영향으로 키우고 있던 소가 죽고, 목초지가 사라지면서 주민들은 더 먼 곳으로 떠난다. 병원이 너무 멀어 집에서 아이를 출산하다 산모와 아이가 함께 목숨을 잃기도 한다. 웅덩이에 고인 물을 먹고 배앓이를 하고, 피부병은 점점 악화된다. 학교가 멀어 숲길을 걸어오다 코끼리에 밟혀 죽는 아이들도 있다. 여전히 마을에는 혼자만의 힘으로는 극복할 수 없는 문제들이 너무도 많다. 혼자가 아니라 마을 사람들이 모이면 이런 어려움들을 조금씩 줄여나갈 수 있지 않을까? 마을 사람들을 만나 이야기해보면 마을이 겪고 있는 어려움과 해결방안에 대해 진지하게 고민하고 있다는 것을 알 수 있다. 단지 길을 만들기 위한 돈이 조금 부족하거나, 정부에 건의하는 방법을 잘 모르거나, 경험하지 않았던 일에 대한 두려움이 있을 뿐이었다. 결국 마을의 문제는 마을 사람들끼리 해결할 수 있다. 그러한 마을의 힘을 묶어 마을 사람들이 스스로 해결할 수 있도록 옆에서 독려하는 것이 외부에서 온 우리들의 역할이지 않을까?

이 책에는 지난 활동 속에서 겪었던 시행착오와 고민을 그대로 담았다. 무엇이 정답이고, 무엇이 올바른 방향인지 아직 잘 모르겠다. 내가 생각하고 있는 것만이 올바른 방향과 답은 아닐 거라는 것은 분명하다. 그래서 더 많이 마을 사람들을 만나고, 더 많이 이야기하고 토론하면서 함께 계획서를 만들고 실천해보기를 반복했다. 그 과정 속에서 어려움을 겪기도 했고, 실패도 경험하고 다시 도전해보기도 하였다. 그 과정을 있는 그대로 솔직하게 담아내고 싶었다.

답을 찾아가는 과정은 활동가 개개인의 몫으로 남겨두고 싶다. 함께 머리를 맞대고 고민하면서, 그리고 끊임없이 본인의 활동을 성찰해가면서 스스로 답을 찾아갔으면 좋겠다. 다만, 활동을 하면서 무엇보다 우리가 잊지 말아야 할 것은 마을 사람들 안에 내재된 가능성, 변화에 대한 믿음, 자신에 대한 성찰과 답은 늘 현장에 있다는 사실이다.

이 책이 현장에서 수없이 고민하며 넘어지고 일어서기를 반복하는 활동가들에게 조금이나마 위안이 되었으면 한다. 실패하고 다시 도전하고, 좌절하는 또 다른 동료들에게 힘이 되길 바란다.

오랜 시간동안 함께 웃고 울었던, 여전히 그리운 케냐의 나의 친구들. 이제 어엿한 숙녀가 되었을 푼다와 한 뼘쯤 더 자랐을 레꾸목. 함께해서 고맙고 행복했습니다.

마음속으로 늘 응원해주었던 가족들에게, 마지막으로 내 삶의 동반자인 당신께 감사드립니다.

2014년 11월

강성원, 이영아

차례

3
오늘도 힘을 내어, 창가무카

4
희망의 한 방울, 마지

프롤로그

지금까지와는 다른 삶을 향하여

남자들은 보통 군대를 다녀오면서 앞으로의 인생에 대해 더욱 진지하게 고민하게 된다. 어떻게 살아야 할까? 행복한 삶은 무엇일까? 삶에 대한 물음을 스스로에게 던지며 인생에 대한 성찰의 시간을 갖는다. 나도 그랬다.

내가 진정 원하는 인생은 어떤 삶일까?

밥 먹고 잠 잘 시간이 부족해도, 그 일만 생각하면 신이 나고 열정이 뿜어져 나오는 그런 일은 무엇일까?

행복한 삶.

내 머릿속엔 온통 그 생각뿐이었다.

그러던 어느 날 졸업한 한 선배가 학교를 찾아왔다. 그 선배는 누구나 들어가고 싶어 하는 대기업에 입사했는데, 후배들에게 술을 한 잔 사주겠노라며 학교에 왔다. 우리는 그 선배가 대기업에 합격했을 때 '불행 끝!

행복 시작!'이라며 부러움을 담아 축하를 전했다.

술자리가 무르익어갈 무렵, 나는 선배에게 "선배님, 행복하세요? 회사 일은 재미있으세요?"라고 물었다. 취기가 오른 선배는 나를 비웃기라도 하듯 "회사를 무슨 재미로 다니는 줄 아니."라고 대답했다.

다들 들어가고자 하는 대기업. 그곳에 입사하면 모두가 행복할 것이라 생각했지만, 나는 선배의 모습 그 어디에서도 '행복'을 찾아볼 수 없었다.

사람이라면 누구나 행복해지기 위해 공부하고, 큰 회사에 들어가려 하고, 돈을 벌려고 하는데 왜 행복하다고 느끼지 못하는 걸까. 그렇게 행복한 삶도 아닌데 왜 다들 그 삶이 행복할 것이라 확신하며 그렇게 살고자 하는 걸까.

행복한 삶에 대한 물음이 꼬리에 꼬리를 물며 더 깊어졌다.

행복한 삶을 위한 출발

'어떻게 살아야 할까?'라는 고민을 안고 있던 그때, 우연히 학생회관 게시판에 붙은 포스터를 보게 되었다. 한 아이가 흐릿한 눈빛으로 허공을 쳐다보고 있는 사진과 함께 이런 문구가 적혀 있었다.

지금까지와는 다른 삶

'지금까지의 삶이 행복하지 않다면 혹시 저곳에서 지금까지와는 다른 삶, 행복한 삶을 찾을 수 있지 않을까?'라는 생각이 들면서 가슴이 뛰었다. 2003년 겨울. 그렇게 나는 '대학생정토회'가 주최하는 인도 선재수련에 참가하게 되었다.

우리가 간 지역은 인도에서도 가장 가난한 곳으로, 불가촉천민들이 살고 있는 비하르주 둥게스와리였다. 정토회 산하에 있는 인도JTS[Join Together Society]는 이곳에 초등학교, 병원, 기술학교를 세워 교육, 의료 및 마을개발 사업을 진행하고 있었다. 수련은 학교를 중심으로 주변 마을에서 진행되었다.

한 달간의 선재수련.

일정은 단순했다. 새벽에 일어나 기도하고, 낮에는 마을 사람들과 함께 둘레길 보수작업을 하고 밥을 나누어 먹고, 밤이 되면 부처님의 일생에 대해 공부했다. 반복되는 일정이지만 하루하루의 삶이 꽉 들어찬 느낌이었다. 그리고 그 안에서 조금씩 재미를 찾아가기 시작했다. 현지 사람들과 함께 땀 흘리며 일하는 것도 재미있었고, 그들의 삶을 알아가는 것도 재미있었다. 하지만 나에게 한 달이라는 시간은 너무 짧았다.

한 달간의 일정을 마치고 한국에 돌아왔지만 행복한 삶에 대한 고민은 정리되지 않았다. 한국에 돌아왔다는 것은 산적해있던 고민 속으로 다시 들어온 것뿐이었다. 나에겐 새로운 돌파구가 필요했다.

결국 난 다시 그곳으로 돌아갔다.

함 까랑게

이번에는 1년. 인도JTS 소속 자원활동가로서 인도를 다시 찾아 마을개발 사업을 진행하는 데에 힘을 보태기로 했다. 주민들과 함께 부처님이 6년 동안 고행하셨다는 전정각산을 "함 까랑게."[제가 하겠습니다.]를 외치며 맨발로 오르내렸다. 주변 마을을 돌아다니며 주민들을 모아 힌디수업을 진행하고, 식수가 필요한 마을에 식수지원 사업도 했다. 내가 활동했던 당시에 극심한 가뭄이 들어 마을 주민들은 농사를 망쳤고 쌀값은 폭등해서 가뜩이나 어려운 살림이 더 궁핍해진 상황이었다. 인도JTS는 단순히 그 궁핍을 해결하기 위해 쌀을 지원해주기보다 마을 길 보수라는 공동노동을 주민들에게 제안했고 그 노동의 대가로 쌀을 지원하기로 했다. 나는 주민들과 인도JTS 현장 활동가들과 함께 길 보수 작업에 참여했다.

그러던 어느 날 그 지역에 성지순례객들이 찾아왔다. 이 지역은 부처님이 6년간 고행하셨던 유영굴이 있어 매년 전 세계에서 많은 성지순례객들이 찾는다. 순례객들이 찾아오면 마을 사람들은 박시시[구걸]를 하기 위해 모여든다. 어른, 아이 할 것 없이.

박시시를 위해 모여든 사람들을 본 한 순례객이 그냥 지나칠 수 없었는지 과자를 한 봉지 샀다. 주변에 있던 아이들은 하나둘 그에게 다가갔다. 그는 봉지를 뜯어 아이들에게 과자를 하나씩 나눠주기 시작했다. 그 순간 아이들이 구름떼처럼 몰려 그를 에워쌌다. 그는 갑자기 모여든 아이들 때문에 당황했는지 그 상황에서 벗어나기 위해 들고 있던 과자를 공중에 뿌려버렸다. 아이들은 일제히 바닥에 엎드려 땅에 떨어진 과자를 줍기 시작했다. 마로니에 공원에서 사람들이 던져주는 과자를 받아먹는 비둘기처럼.

이들도 사람인데 이렇게 살아야 하나. 측은한 마음과 함께 현실에 대한 분노가 치솟았다. 그래! 이들을 위해, 이 모순된 상황을 개선하기 위해 내 에너지를 한번 써봐야겠다. 그렇게 가난한 사람들과 함께해야겠다는 마음을 품고 인도에서 다양한 활동들을 이어나갔다. 그러던 어느 날, 문득 내 자신을 돌아보게 되었다.

아, 난 참 신나게 살고 있구나. 그래, 이렇게 살아봐도 되겠구나!

스스로 신나고 즐거워하는 그런 일이 개인의 행복으로 그치는 것이 아니라 이 세상에 보탬이 된다면 나의 행복은 더 커질 것 같았다. 그제야 내 인생에 대한 큰 그림이 그려지기 시작했다.

삶에서 큰 방향이 결정되었다. 그러고 나니 그동안 고민했던 이런저런 문제들이 정리되었다. 결국 내가 고민했던 문제들은 밖에 있는 것이 아니라 갈피를 잡지 못하는 내 속에 있었다는 것을 깨달았다.

그 깨달음과 함께 2007년 졸업이 찾아왔다. '내가 잘 쓰일 수 있는 곳'을 찾던 중 '지구촌공생회'지구촌공생회는 조계종 총무원장을 지내신 송월주 큰스님께서 2003년 설립한 NGO단체로, 현재 미얀마, 라오스, 몽골, 네팔, 캄보디아, 케냐 등에서 교육지원, 식수지원, 지역개발 사업 등을 진행하고 있다.라는 NGO단체에서 아프리카 케냐로 파견할 자원활동가를 모집하는 것을 보았다. 조금은 막연하게 '아프리카라면 인도보다 더 열악한 곳이겠지. 그렇다면 내가 가서 할 일이 더 많을 거야.'라는 생각이 들었다. 그렇게 '20대엔 인도에서, 30대엔 아프리카에서 잘 쓰이는 삶을 살아보자.'라고 스스로에게 주문을 걸 듯 다짐하고 케냐 행을 결심했다.

그녀와 나의 이야기

지구촌공생회를 통해 2007년 케냐로 파견된 후 2년간의 활동을 마치고 귀국하여 서울의 본부에서 해외활동을 지원하는 일을 맡게 되었다.

전기도 물도 제대로 나오지 않는 케냐 시골마을에서 지내다가 서울의 네온사인을 보니 꼭 타임머신을 타고 날아온 것 같았다. 도시 전체를 뒤덮은 매캐한 공기는 자연 그대로의 공기에 젖어있던 나를 더 힘들게 했다. 하지만 그렇게 다시 도시 생활에 적응해가고 있었다.

그러던 어느 날 국제개발협력 분야를 공부하는 한 소모임에서 내가 그동안 케냐에서 쌓았던 경험을 들려달라는 요청을 해왔다.

그 자리에서 나는 그녀를 처음 만났다. 그녀는 소모임의 멤버로 행사를 돕기 위해 참석했다. 카키색 후드점퍼에 운동화를 신고, 머리카락을 질끈 동여맨 모습이 무척 수수해 보였다. 그것이 우리의 첫 만남이었다.

그녀는 국제개발협력에 대해 공부 중이었고, 나는 그 분야에서 일을 하고 있어 그 뒤로도 종종 마주치게 되었다. 그럴 때마다 서로 가볍게 인사를 나누며 지냈는데, 어느 날 그녀가 나에게 물어왔다.

"팀장님! 제가 정말 아프리카에 가보고 싶은데 어떻게 하면 갈 수 있을까요? 전 '농사'에 '농' 자도 모르는데, 아프리카에 지원하면 갈 수 있을까요?"

당시 지구촌공생회에서는 케냐에 파견할 활동가를 모집하고 있었는데 케냐의 경우 농장 프로젝트가 진행되고 있어 농사 경험이 있는 활동가를 우선 모집하고 있었다. 그래서 나는 그녀에게 상황을 설명하고 캄보디아로 우선 가보는 것이 좋겠다고 권유했다. 그 후 그녀는 캄보디아 자원활동가로 지원했다. 그녀는 지원자로, 나는 면접관으로 마주하게 되었다.

"이영아씨, 살면서 가장 힘들었던 순간이 언제였고 어떻게 극복을 하셨나요?"

그녀는 내 질문에 대답하던 중 갑자기 눈물을 흘리기 시작했다. '이렇게 자기 감정을 조절하지 못해서 어떻게 현장에서 활동을 하려고 하나.'라는 생각이 먼저 들었다.

사실 현장은 모든 것이 낯선 곳이다. 여러 가지 뜻하지 않은 많은 일들이 발생한다. 자신의 감정을 잘 추스르지 못하면 감정에 치우친 판단을 하게 되어 일을 그르칠 수 있게 된다. 그래서 나는 그녀의 눈물을 긍정적으로 바라볼 수 없었다. 하지만 다른 면접관들은 나와는 또 다른 생각을 가졌고, 결국 그녀는 캄보디아 행 비행기를 타게 되었다.

그렇게 각자의 일상에 젖어 살고 있었다. 그런데 어느 날 국장님이 나를 부르셨다.

"강팀장! 캄보디아에 잠시 다녀와야겠어."

아니, 이건 무슨 소리!

당시 캄보디아 지부에서 활동하시던 분들이 급한 상황이 생겨 귀국하게 되었고, 다음 활동가가 결정되어 파견되기까지 6개월간 내가 그 자리를 메우게 되었다. 케냐에서 막 돌아와 본부 업무에 적응하느라 애를 먹고 있던 나는 기쁜 마음으로 캄보디아 현장을 택했다. 그리고 난 운명처럼 그녀를 다시 만났다.

캄보디아 지부에서는 고등학생들을 대상으로 해외봉사단 단기캠프를 진행했는데 그녀가 다른 자원활동가들과 함께 그 현장을 방문했다. 그녀는 나를 보자마자 막 뛰어오더니, 나를 와락 껴안았다. 그런 그녀가 당황스럽기도 했지만 '나를 이렇게 반가워해주는구나.' 싶어 설레기도 했다.

그녀는 자기가 보고 느끼고 생각한 것을 줄곧 나에게 이야기했다. 그렇게 우리는 같은 공간에서 활동에 대한 서로의 고민을 나누었다. 한번은 회의 중에 내가 제시한 의견에 사람들이 반대하자, 그녀만 유독 나의 의견에 찬성했다. 이미 많은 이야기를 나누었던 터라 그녀는 내가 회의에서 미처 다 꺼내지 못한 내 심중을 꿰뚫고 있었던 것이다. 그 당시 우리 관계를 모르고 있던 다른 활동가들은 우리 둘이 무슨 사이냐며 핀잔을 주기도 했다. 이제와 말하지만, 그때부터 우린 이미 그렇고 그런 사이였다.

같은 공간에서 같은 고민을 안고 서로 의지하며 지낸 캄보디아에서의 1년. 그렇게 우리의 관계는 깊어졌고, 때론 연인으로, 때론 동료로 함께 했다. 그리고 세상에 더 잘 쓰이는 삶을 살아보자며 나는 또 다시 아프리카, 케냐로 향했다. 이번엔 그녀의 손을 잡고.

평범했던 직장인, 세상에 눈을 뜨다

대학에서 컴퓨터 공학을 전공했던 나는, 책과 달리기를 좋아하고 사람들과 함께 어울리기를 좋아하는, 어디서나 볼 수 있는, 그런 흔한 여학생이었다. 내가 대학을 다닐 때만해도 해외 봉사활동은 굉장히 생소한 것이었다. 보통 대학생이 해외에 나간다고 하면 배낭여행이나 어학연수 정도였다. 나도 한번쯤 꿈꿔보긴 했지만 상황이 여의치 않아 한국에 머물러 있었다.

대학교 4학년이 되자 발등에 불이 떨어진 사람처럼 취업 준비를 하기 시작했다. 대기업에 취업했던 선배들을 따라 나도 별다른 고민 없이 전공을 살려 소프트웨어 개발 엔지니어가 되겠다는 진로를 정했다. 그렇게 들어간 삼성전자. 그곳에서 나는 개발자가 아닌 마케팅 업무를 담당하게 되었다.

뭐가 뭔지도 잘 모르면서 출퇴근을 반복하던 시절, 한 협력업체 사장님이 만나고 싶다며 연락을 해왔다. 회사는 시스템상 사전에 신청하지 않은 외부인은 사무실 안으로 들어올 수 없어 외부 손님은 지하에 있는 미팅 룸에서 만나는 일이 흔했다. 나도 지하에 있는 미팅 룸에서 사장님을 만나기로 했다.

담당자라는 이유로, 아무것도 모른 채 진행한 미팅은 나에게 오랫동안 기억에 남는 경험이 되었다. 지하에서 만난 사장님은 우리 아버지뻘 되는 나이였고, 새파랗게 어린 나에게 정중하게 인사를 하며 제품에 대해 설명을 해주셨다. 그리고 돌아서는데, 내 손을 당신의 두 손으로 꼭 잡으며 연신 부탁하셨다.

"이 제품으로 꼭 써주세요. 부탁합니다."라며, 그렇게 계속 고개를 숙이며 인사하셨다. 그리고 그날의 경험은 왠지 모를 불편함과 부당함으로 남아 꽤 오랫동안 나를 괴롭혔다. 신입사원인 내가 뭘 안다고, 나에게 그렇게 허리를 숙이며 부탁하셨을까. 사람들이 나를 보는 것이 아니라 내 뒤에 있는 삼성전자라는 커다란 배경을 보고 있는 것 같은 기분이 들었다.

그래도 돈을 버니 좋았다. 부모님께 용돈도 드리고, 배우고 싶었던 악기, 운동, 공부도 모두 할 수 있었다. 그리고 무엇보다 그동안 돈이 없어 가보지 못했던 해외여행을 나도 갈 수 있다는 사실에 마냥 신이 났었다.

어제는 여행객, 오늘은 활동가

입사 2년차가 되던 2006년. 친구와 함께 캄보디아로 여행을 떠났다.

첫 해외여행의 그 설렘을 어떻게 표현할 수 있을까.

그런데 앙코르와트의 찬란한 유적보다 내 가슴을 더 크게 두드린 것은 따로 있었다.

앙코르와트 앞에서 만난 맨발의 아이들.

아이들은 관광객이 지나가는 길목에 서서 물건을 팔거나, 1달러를 달라며 따라왔다. 큰 눈망울의 아이들이 자꾸 눈에 밟혀 필요하지 않은 기념품을 사려고 지갑을 열었다. 순식간에 나는 맨발의 아이들에게 둘러쌓여, 이러지도 저러지도 못하게 되었다.

여행하는 동안 만난 툭툭동남아시아의 주요 교통수단인 오토바이 인력거 운전기사는 우리에게 캄보디아에서의 삶과 가족, 그밖에 이런저런 이야기를 들려주었다. 그리고 한국으로 돌아가기 전날, 그 운전기사는 자기 집에서 저녁식사를 함께하자고 초대했다. 우리는 '캄보디아 사람 집에 언제 가보겠나.' 싶어 작은 선물을 사서 방문했다. 나무로 만든 2층짜리 집은 캄보디아 어디에서나 볼 수 있는 그런 집이었다. 그 친구는 자신의 방으로 우리를 안내했다. 흙바닥에 침대인 듯 보이는 나무 프레임 하나가 방 한가운데 덩그러니 놓여 있었는데, 그 모습은 아직도 깊은 잔상으로 남아 있다.

그렇게 끝난 첫 해외여행은 잔잔하고도 긴 여운을 남겼다. MBA를 마치고 좀 더 좋은 회사에 취업해서 내 몸값을 올려야겠다고 마음먹고 있던 나는 전혀 생각지도 못했던 다른 길로 들어서게 되었다.

오랜 고민 끝에 회사를 그만두고, 국제대학원에 진학했다. 대학원은 나에게 진로를 변경하는 하나의 터닝 포인트였지, 공부에 대한 갈증이나 학위에 대한 욕심은 딱히 없었다. 1학기가 거의 끝나갈 무렵이었다. 정신없이 책을 읽고 사람들과 토론을 하고 과제를 하던 어느 날, 교수님께서 빈곤퇴치 관련 수업을 진행하셨다. 그런데 문득 이런 생각이 들었다.

교수님은 교단에서 빈곤퇴치에 대해 이야기하시는데 교수님은 빈곤퇴치를 위해 무슨 일을 하시는 걸까?

의문이 들었다. 그런 생각이 들면서, 더 이상 수업을 듣는 것이 어려웠다. 나는 빈곤을 책으로 배우고, 사람들의 삶을 통계내고 수치화하고 있었다. 궁금해지기 시작했다. 과연 이론과 현실은 얼마나 차이가 있는 것일까. 정말 현장은 어떤 곳일까.

1학기가 끝나면서 현장으로 나갈 수 있는 방법을 찾기 시작했다. 자원활동을 알아보다 보니 어떤 곳은 현지 생활비가 너무 벅차 포기하기도 했다. 그러던 중 'NGO 봉사단원'이란 프로그램이 있다는 것을 알게 되었다. 그렇게 나는 지구촌공생회를 통해 캄보디아 파견이 결정되었다.

가슴속에 수많은 물음표를 안고 떠난 캄보디아. 1년 뒤 한국으로 돌아올 때 쯤에는 물음표가 느낌표가 되기를 희망하면서 캄보디아 행 비행기에 몸을 실었다.

이상과 현실, 그 괴리감 속에서

캄보디아는 사실 물 자체가 부족한 국가는 아니다. 단지 사람들이 이용할 깨끗한 물이 부족할 뿐이다. 이 깨끗한 식수를 위해 셀 수 없이 많은 단체에서 우물지원 사업을 실시하고 있었다. 내가 속한 지구촌공생회에서도 이미 1,000개의 우물을 지원했고 이후 1,000개의 우물을 더 지원할 계획을 세우고 있었다. 그런데 이렇게 무분별한 지원이 계속되다 보니 우물관리가 안 된다는 이야기도 들렸다. 그래서 나와 현지활동가인 폴리는 지원 체계를 정립하는 업무를 맡게 되었고, 우리는 지역조사부터 다시 시작했다.

이미 많은 우물이 설치되어 있었지만, 그 중에는 사용하지 않는 우물도 있고 고장이 난 채 방치된 우물도 있었다. 현장답사를 하며 주민들에게 그 이유를 물었다. 사람들은 '우물이 말라서', '물맛이 이상해서' 우물을 사용하지 않는다고 했다. 고장 난 핸드펌프는 '부속품이 비싸서 교체하기가 어렵다'고 했다. 그리고 새로 설치하게 될 우물은 모두가 사용할 수 있는 장소가 아닌 자신의 집 앞이나 친척 집 앞이면 좋겠다고 했다.

지역조사를 다닌 여러 마을에서 비슷한 결과가 나타나자 우리 내부적으로 우물지원에 대한 원칙을 수립해야 한다는 의견이 모아졌다. 그리고 새로이 정립한 프로세스가 가능한지 알아보기 위해 시범적으로 한 마을을 선정했다. 나와 폴리는 그 마을로 들어가 사람들과 함께 생활하면서 사람들의 생활 습관을 파악하고, 현재 있는 우물의 위치 및 이용 빈도 등을 확인했다.

그렇게 시범으로 선정된 마을에서 보낸 시간이 6개월.

6개월을 오롯이 한 마을에만 집중했다. 그러자 서울에 있는 사무국에서는 난리가 났다. 몇 백 명의 우물 후원자들에게서 자신이 후원한 우물이 언제 건립되느냐는 문의전화가 빗발치기 시작했던 것이다. 서울 사무국에서도 답답했을 테지만 그동안의 방식을 지속하면 또 다시 지원은 우왕좌왕 이루어질 것이 분명하기 때문에 캄보디아 지부에서는 현장의 진행속도에 맞춰달라고 말할 수밖에 없었다.

현장의 속도와 한국의 속도는 다르다. 이런 문제는 아마 어느 지역이든, 어느 단체이든 비슷하게 느끼고 있을 것이다. 현지 사람들을 한국식 사고방식으로 대하거나 선입견을 갖고 바라보지 말아야 함에도 불구하고 우리는 가끔 그런 우를 범하기도 한다.

그렇게 우물지원 사업 담당자로 1년을 보내니 단기 사업에 대한 회의감이 몰려 왔다. 이미 정해진 사업을 들고 마을에 들어가 아무런 관계맺음도 없이 우물을 만들고, 그럼 또 다른 마을에 들어가 또 우물을 만들고…….

이런 사업이 어떤 의미가 있는 걸까.

우리가 들고 간 이 사업이 이 사람들에게 정말 필요한 것이긴 할까.

마을 사람들과 관계를 쌓으면서 그들의 목소리를 들을 수는 없을까.

그들과 함께할 수 있는 프로젝트는 정말 없는 걸까.

물음표가 느낌표가 될 줄 알았는데 마음속에 더 많은 물음표가 생겨났다. 그래서 캄보디아에서의 활동을 마치고 장기 프로젝트를 진행하는 케냐로 가기로 결심했다.

그와 나의 이야기

그와 나는 2009년 국제개발을 공부하는 스터디 모임에서 처음 만났다. 나는 이제 막 국제개발 분야에 발을 담그기 시작한 신출내기였고, 그는 이미 인도와 케냐를 다녀온 뒤 지구촌공생회에서 해외사업팀장으로 일하고 있던 실무자였다. 그를 보게 될 때면 이런저런 궁금한 것들을 질문했었는데 그때마다 제대로 된 명확한 답을 주지 않아 실망하기도 했었다. 대학원 1학기가 끝날 무렵, 현장으로 나가야겠다는 마음을 먹고 그에게 물었다.

"팀장님! 팀장님 같으면, 농사 경험도 없는 저를 케냐 활동가로 뽑으시겠어요?"

그는 대답이 없었다. 아무 말 없이 그저 빙그레 웃는 그를 보며 '아, 나는 안 되겠구나.'라는 생각이 들었다. 그 대신 그는 캄보디아에서 자원활동을 해볼 것을 권했다. 생각해보니 그래도 문화와 생활습관이 비슷한 아시아 국가에서 첫 경험을 해보는 것도 좋을 듯했다.

캄보디아 자원활동가 면접 당일, 면접관으로 그가 들어왔다. 그리고 내게 살면서 가장 힘들었던 일은 무엇이었는지, 어떻게 극복했는지 등을 물었다.

순간, 스무 살 때 오토바이 사고로 두 명의 친구를 동시에 잃었던 일이 떠올라 나도 모르게 눈물이 주르륵 흘렀다. 나중에 들은 이야기지만, 그는 내가 감정적으로 일을 할까봐 파견을 반대했다고 했다. 그는 반대했지만, 나는 캄보디아 자원활동가가 되었다.

후에 해외사업팀 팀장이었던 그는 캄보디아로 긴급 파견이 결정되었다. 그래서 우리는 예상치도 못하게 캄보디아에서 재회하게 되었다. 나도 그때 왜 그랬는지 모르겠지만, 캄보디아에서 처음 그를 보자마자 와락 껴안았다. 반가운 마음이 너무 컸나보다.

그는 캄보디아에서 고등학생을 대상으로 한 봉사 단기캠프를 진행하면서 빈 그릇 운동과 일회용품 줄이기 운동을 몸소 실천하며 참가자들을 교육하고 있었다. 환경에 대한 문제의식을 갖고 자기 삶에서 실천해나가는 모습이 참 멋있어 보였다. 그때부터 나도 빈 그릇 운동과 일회용품 줄이기 운동을 시작했다. 언제부터인가 나도 모르게 그렇게 그를 따라하고 있었다.

낯선 땅, 낯선 환경, 낯선 사람들.
그 속에서 우리야말로 이방인이다.
케냐는 그런 우리에게 또 다른 이름을 주었고,
우리는 이제 새로운 이름으로 또 다른 삶을 시작한다.

1

케냐에서의 시작, 수바

'수바'는 마사이어로 "안녕하세요?"라는 뜻의 인사말이다.

내 이름은 램브리스

10분 후면 조모 케냐타 국제공항나이로비에 위치해 있다. 케냐의 총리와 대통령을 지낸 조모 케냐타(Jomo Kenyatta)의 이름을 땄다.에 도착한다는 기내 방송이 나왔다. 하늘에서 내려다 본 아프리카는 아직 밤이 가시지 않았는지 짙은 어둠이 드리워져 있었다.

2007년 4월 10일.

"쾅!"하는 굉음을 내며 비행기는 활주로에 내려앉았다. 드디어 아프리카 케냐, 이곳에 도착했다.

현실의 아프리카와 마주하며

아프리카 케냐에 가겠다고 결심을 하고 아프리카는 어떤 곳일까 막연하게 생각해봤다.

밀림과 초원이 있는 곳.

부시맨 같은 검은 피부의 원주민이 사는 곳.

사자, 얼룩말, 하마 등 여러 야생 동물들이 광활한 초원에서 뛰노는 그런 동물의 왕국.

TV를 통해 보았던 그런 모습들이 내가 아는 아프리카의 전부였다. 하지만 파견을 준비하면서 아프리카는 또 다른 모습으로 나에게 다가왔다. 아프리카는 나에게 현실이 되기 시작했다.

케냐로 떠나기 얼마 전 뉴스를 통해 한 목사님이 괴한이 쏜 총에 맞아 목숨을 잃었다는 소식을 들었다. 케냐는 치안이 좋은 나라가 아니다. 괜히 불안한 마음이 들기 시작했다. 그러던 와중에 친구 중 한 명이 아프리카 오지에서 자원활동을 하다가 말라리아에 걸려 중도에 활동을 포기하고 귀국했다는 소식도 들려왔다. 점점 더 부담감이 커졌다.

이런 곳에서 내가 잘해낼 수 있을까?

출국을 코앞에 두고 잔뜩 의기소침해졌다. 인도네시아로 파견되는 친구 녀석이 그런 나를 격려해주었다.

"필요한 곳에 가는 거니까 걱정하지 말고 잘 다녀와. 넌 잘할 거야."

내 어깨를 두드려주던 그의 손은 정말 큰 힘이 되었다. 기아와 질병에 허덕이고 있는 사람들을 생각하며, 그리고 내가 해야 할 일들을 생각하며 마음을 다잡았다.

공항 문을 열고 나이로비에 첫발을 내디뎠다.

아침 공기가 참 상쾌하게 다가왔다.

우기가 시작되려는지 밤사이 비가 많이 왔다고 했다. 하늘엔 먹구름이 가득했다. 케냐의 수도인 나이로비는 해발고도가 1,738m로 우리나라 설악산과 높이가 비슷하다. 고도가 높아서 그런지 연중 우리나라 초

케냐 수도 나이로비의 도심. 여느 도시와 다르지 않다.
하지만 케냐의 나이로비에는 아프리카 최대 빈민가 중 하나인 키베라가 있다.
키베라에는 80만 명의 빈민들이 살고 있다. 80만 명의 빈민이라니, 어쩌면 빈민'가'라기보다 하나의
거대한 빈민'도시'라고 표현하는 것이 더 정확할지도 모르겠다.

여름 날씨와 비슷해 사람 살기 딱 좋다고 느껴졌다. 하지만 해안지역은 연중 37~39℃로 우리나라 한여름 날씨보다 더 무덥다.

공항을 빠져나와 시내를 거쳐 조금 긴장되는 마음으로 여행 책에 나와 있는 안내를 따라 숙소로 향했다. 거리를 걷다보니 얼굴색이 달라 그런지 많은 사람들이 나를 흘깃흘깃 쳐다보는 게 느껴졌다. 거리는 새벽을 시작하는 사람들로 붐볐고, 마라톤 강국답게 조깅을 하는 사람들도 많았다. 수많은 빌딩, 어디론가 열심히 내달리는 자동차들, 바삐 걸어가는 사람들, 하루 장사를 위해 부지런히 준비하고 손님을 기다리는 가게 주인, 책가방을 메고 학교에 가는 학생들, 한 명의 손님이라도 더 태우려고 목청껏 외치는 마타투대중교통으로 이용하는 미니봉고 안내원.

어느 도시건 아침은 이렇게 분주하게 시작되는가 보다. 이곳 역시 사람 사는 동네다. 나와 같은 사람이 하루하루 열심히 살아가는 삶의 터전이다. 다만 얼굴색이 다르고 사는 방식이 조금 다를 뿐이다.

이제, 그 설렘으로 나아갈 때

3개월 후에 숙소를 옮길 예정이어서 도심과 그리 멀지 않고, 가격도 저렴한 유스호스텔을 구했다.

3명이 함께 쓰는 방인데 한 분은 케냐 대학에서 교수로 재직 중이라고 했다. 처음에는 어색했지만, 교수님이 아프셨을 때 몇 번 음식을 챙겨드리면서 많이 가까워지게 되었고 이런저런 농담도 하면서 지냈다. 조선시대 선비처럼 턱 수염을 기르셔서 내가 '영감님'이라고 부르면 재미있다고 웃어주셨다. 또 다른 동거인은 렙톤이라는 친구인데 춤을 배운다고 했다. 이 친구와 함께 밥도 해먹고 난 한국어를, 렙톤은 스와힐리어를 서로

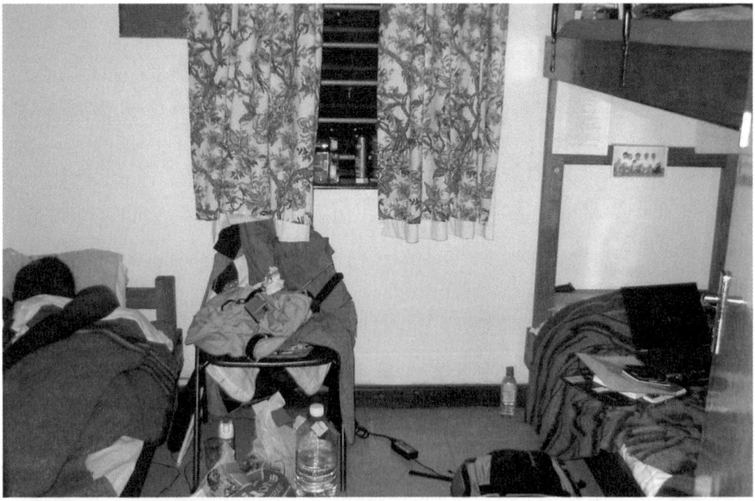

3명이 함께
방을 썼던
유스호스텔.

유스호스텔 옥상.
서로의 언어를 배우고
서로의 문화를 나누다
보면 밤이 얼마나
깊었는지도 몰랐다.

에게 가르쳐주며 저녁시간을 보내곤 했다. 그는 가끔씩 춤을 보여주겠다며 나를 옥상으로 데려가기도 했다. 이렇게 여럿이 있으니 적적함도 달랠 수 있고 케냐에 대해 많은 것을 배울 수 있었다. 조금씩 나의 일상은 아프리카의 생활들로 채워지기 시작했다. 그러면서 이 생경한 공간과 생활에 대해 가지고 있던 긴장감은 어디론가 사라져 버렸다.

도시에서 2~3시간만 가면 마을 사람들이 손으로 웅덩이를 파서 그 안에 고인 흙탕물을 그냥 먹는다고 한다. 그 오염된 물을 먹고 배앓이를 하고, 심지어 그 배앓이가 심해져도 병원에 갈 돈이 없어 목숨까지 잃는다고 한다. 헌데 그 오염된 물조차도 구할 수 없는 곳은 5km, 10km를 걸어 물을 길어 와야 한다. 그곳에 사는 사람들에겐 그곳이 바로 목마른 지옥일 것이다. 도시 뒤편에 숨겨진 그 목마름을 해소하려면 어떻게 해야 할까. 내가 할 수 있는 일은 무엇일까.

이제 시작이다. 본격적으로 아프리카에서의 활동이 시작된다. 내일은 어떤 일들이 나를 기다리고 있을까?

설레는 마음으로 사람들을 만날 때가 되었다.

내 이름은 램브리스

강성원은 우리 부모님이 지어주신 내 첫 번째 이름이다.

인도에서 활동할 때에는 수자타 아케데미인도JTS가 설립한 초등학교 학생들이 '아쇼크'라고 지어 주었다. 아쇼크는 '고뇌가 없는 사람'이라는 뜻으로 기원전 3세기 무렵 인도 마우리아 왕조의 제3대 왕으로 불교를 중흥시킨 왕의 이름이기도 하다.

캄보디아에서 활동할 때는 '섬낭'이었다. '행운'이라는 뜻으로 캄보디아인 직원이 붙여준 이름이다.

그리고 이곳에서는 '램브리스'가 되었다. 마을 주민 여러분이 지어주신 이름이다. '자비', '은총'이라는 뜻을 담고 있다. 우리말로 놓고 보자니 다소 거창한 느낌도 들지만 내가 이곳에 온 이유가 새겨지는 것 같아 좋다.

이렇게 현지 이름을 부르면 왠지 주민들과 더 쉽게 친해질 수 있을 것 같은 느낌이 든다. 아무래도 이곳 사람들에겐 '강성원'보다는 '램브리스'가 더 편할 것이다. 그리고 함께 활동하는 한국 활동가들과도 직책과 나이를 떠나 평등하게 인간과 인간으로 활동하자는 의미에서 서로 현지 이름을 부르기로 했다. 나는 지부장이라는 직책으로 이곳에 왔지만 사실 내게 주어진 자리는 내가 다른 사람들보다 경험이 좀 더 많기 때문에 맡겨진 자리이지 특별히 내세우거나 존경받거나 할 것은 아니다. 각자 맡은 바 소임을 다할 뿐이니까.

현지 이름으로, 또 잘 안 되는 현지 언어로 자기소개를 하면 주민들은 박장대소하며 즐겁게 반겨주신다. 특히 어르신들은 "기특하게도 우리말을 이렇게 배웠구나."라며 좋아하신다. 그리고 후에 그 마을을 다시 방문하면 꼭 내 이름을 기억하고 "램브리스"라고 불러주신다. 난 그 모습이 참 고맙다. 비록 그들과 똑같이 먹고 똑같은 환경에서 살지는 않지만 내가 할 수 있는 만큼 그들에게 다가가고 싶다.

'내가 다가서는 만큼 그들도 나에게 다가서주지 않을까.'라는 마음으로.

램브리스.

그 이름처럼 더 많은 자비심으로 세상에 도움이 되는 일을 많이 해야겠다고 다짐해본다.

왜 케냐로 가냐고요?

2000년 UN은 새천년개발목표Millennium Development Goals를 발표한 바 있습니다. 그 안에는 2015년까지 세계 빈곤의 정도를 반으로 줄이겠다는 목표치가 담겨 있었지요. 하지만 아프리카, 특히 사하라 이남 아프리카의 빈곤은 계속 악화되고 있는 실정입니다. 그래서 국제기구를 비롯한 세계 각국의 단체들은 아프리카를 지원하기 위해 물적 · 인적 자원을 집중하기 시작했습니다. 그리고 한국도 이에 동참하기로 결정했습니다. 2006년 노무현 전 대통령은 아프리카 연합AU: African Union의 중심국가인 나이지리아를 방문한 뒤 한국 이니셔티브를 발표했는데, 그 내용은 2008년까지 아프리카에 대한 정부개발 원조를 1억 달러까지 늘리고 무상원조도 획기적으로 증액한다는 것이었습니다. 또한 아프리카의 빈곤을 퇴치하기 위해서 의료, 보건, 농수산업 분야 등 한국의 경제발전 경험을 공유하기 위한 다양한 정책을 지원하겠다고 발표했습니다. 이후 한국의 많은 단체들이 아프리카 지원에 집중하기 시작했습니다.

아프리카의 많은 나라 중 케냐는 아프리카의 관문이자 교통의 요지이기도 합니다. 그리고 케냐에는 많은 국제단체들이 활동하고 있기도 했고, UN의 산하기관인 UN환경계획UNEP: United Nations Environment Programme 본부가 이곳 케냐에 있어 다른 아프리카 나라들의 정보를 수집하는 데에도 용이하다는 이점들이 있습니다. 그렇게 우리가 속한 지구촌공생회도 아프리카에 첫발을 내딛게 되었습니다.

내 이름은 나시바이

캄보디아를 떠나 한국으로 돌아온 지 고작 한 달.

나는 짐을 풀기도 전에 또다시 떠나는 짐을 쌌다. 생전 걸리지도 않던 감기에, 목 디스크에, 약해진 위장 때문에 어제도, 오늘도 병원을 들락날락했다. 그런 나를 보며 부모님은 속이 상하신지 혀를 끌끌 차셨다. 1년 만에 다시 만난 선배는 나를 보면 안쓰럽다며, 너는 왜 다른 친구들처럼 결혼해서 평범한 행복을 즐기지 못하는 거냐고 물었다.

그리고 나는 내 자신에게 묻는다.

내가 원하는 것이 무엇인지, 그곳에서 내가 이루려고 하는 것이 무엇인지, 무엇 때문에 떠나려고 하는 것인지.

나의 행복을 찾아 떠나는 길

나는 캄보디아에 있는 동안에도, 또 케냐로 가는 지금 이 순간에도 내가 뭔가 대단한 일을 할 거라고 생각하지는 않는다. 그리고 내가 중심이 되어 무엇인가 해보고 싶은 일이 있는 것도 아니다. 사실 나는 대단한 목적도, 또 대단한 포부 같은 것도 없다. 다른 사람들이 생각하는 것처럼 나 자신을 희생해서 공공의 목표를 달성하겠다는 그런 거대한 목표나 목적, 혹은 특별한 철학적 접근도 없다. 내 자신을 희생해서 그들의 행복과 삶에 기여하겠다는 생각도 해본 적 없다. 나는 남의 행복을 위해 나를 희생할 만큼 희생정신이 투철한 것도 아니다. 힘들 때 내가 의지하거나 나를 지탱할 수 있게 만드는 신앙이 있는 것도 아니다. 오로지 내가 좋아서, 내가 한 번 느끼면서 살아보고 싶어서라는 조금은 1차원적인 그런 이유뿐이다.

나는 그저 그들의 삶이 궁금할 뿐이고, 그 삶 속에 조금이나마 들어가고 싶을 뿐이다. 그저 사람들이 어떻게 사는지 천천히 그들을 보면서 함께 살아가고 싶다는 아주 소박한 이유가 있을 뿐이다. 그리고 그 소박한 이유가 나를 행복하게 해줄 것이라고 믿는다.

그동안 나는 자본주의에 물들대로 물들어 돈과 명예에 집착하기도 하고, 다른 사람들의 시선에 신경 쓰며 살아왔다. 그러다 어느 순간 내 학력과 회사가 가져다준 선입견에서 벗어나고 싶었고, 내 삶에서 돈이 차지하고 있던 자리도 작아졌다. 그렇게 사람들의 시선에서 벗어나 내 삶을 정면으로 마주하고 싶어졌고, 조금씩 내려놓게 된 것 같다. 그러나 여전히 나는 아직 갈 길이 멀다. 소신 있게 내 삶의 주체가 되어 살아가고 싶은 욕구가 강렬함에도 불구하고, 예전에 내가 걸었던 그 길을 가고 있는 친구들을 만나면 왠지 모르게 작아지는 나를 발견하기도 한다. 그렇다고 해서 내가 그 길을 또다시 선택하지도 않을 테지만.

꿈꾸던 아프리카 대륙에 한 발 내딛는 순간, 또 다른 삶이, 또 다른 감동이 그곳에서 나를 기다리고 있을 거라 믿는다.

케냐 행 비행기에 몸을 실으며

2011년 3월 6일.

케냐로 가는 비행기를 타기 위해 인천공항에 왔다. 부모님은 나를 배웅하기 위해 벌써 두 번째 인천공항에 오셨다.

"엄마, 잘 다녀올게. 엄마도 건강히 있어."

얼마나 오래 못 본다고, 엄마 품에 안기니 괜히 울컥해서 눈물이 날 뻔했다. 엄마가 보기 전에 서둘러 입국심사대로 걸음을 옮겼다. 입국심사를 마치고 케냐 행 비행기를 탔다. 당시에는 직항 비행기가 없어 도하를 경유했다. 도하로 가는 비행기에 많은 사람들이 몸을 실었다.

이 사람들이 모두 케냐로 가는 걸까?

처음 가는 아프리카 행은 한국에서부터 낯설었다. 도하는 유럽으로 가는 사람들이 많이 들르는 경유지인데, 꼬박 10시간을 날아 도착한 도하 공항은 신혼부부들, 유럽으로 출장을 가는 직장인들, 그리고 수많은 외국인들로 북적였다. 나이로비로 가는 비행기를 타기 위해 도하 공항에 앉아 기다리는데, 사람들이 점점 몰려들었다. 키도, 덩치도 나보다 두 배는 커 보이는 사람들이 내 앞을 오가는데, 왠지 조금 두렵기도 하고, 괜스레 위축되기도 했다.

나이로비로 가는 비행기를 타고 6시간. 조모 케냐타 공항에 도착했다. 강성원 지부장이 마중을 나와 주었다. 캄보디아에서의 활동을 마치고 오랜만에 만난 그가 어찌나 반갑던지! 그렇게 그와 만나 공항을 빠져나와 내가 머물 카지아도로 향했다. 가는 길에 교회에서 나오는 사람들이 보였다.

내가 처음 만난 케냐는 무척이나 깔끔하고 정돈된 도시였다. 사람들은 모두 깔끔하고 멋스러운 옷을 입고 있었다. 텔레비전이나 책에서 보아 온 이미지가 만들어낸 환상은 내가 케냐를 직접 만나기 전부터 이미 내 머릿속에 '케냐는 이럴 거야.'라고 그림을 그리고 있었나 보다.

내 이름은 나시바이

케냐에 도착한 다음날, 강성원 지부장은 나를 데리고 이곳저곳을 안내했다. 그리고 자신의 이름은 '램브리스'라고 했다.

"램브리스가 무슨 뜻이에요?"

"Grace! 자비, 은총이라는 뜻! 영아씨도 마을에 가면 사람들이 처음 보자마자 이름을 지어줄 거예요. 케냐에서는 다 함께 케냐 이름을 씁시다. 지부장, PM[프로젝트 매니저], 단원[자원봉사단원] 이런 구분 없이 현지 이름을 부르면서 평등한 관계를 만들어가요. 이제부터 나를 지부장님이라고 부르지 말고, '램브리스'라고 불러요! 오늘은 마을에 들어가서 인사도 하고, 함께 둘러봐요."

그와 함께 앞으로 지지고 볶을 마을로 향했다. 그 마을은 활동가들이 머무는 카지아도 중심지에서 차를 타고 30분가량 가야 한다. 마을로 가는 대중교통은 따로 없다. 마을 사람들은 보통 오토바이를 타거나 마을을 오가는 공사 트럭을 이용하지만, 아무것도 구할 수 없을 때는 마을까지 걸어야 한다.

차를 타고 마을까지 들어가는 길목은 말 그대로 예술이었다. 넓게 펼쳐진 초원, 푸른 하늘. 길이 좋지 않아 멀미가 나기도 했지만 창문으로 들어오는 시원한 바람에 내 기분마저 살랑거렸다. 우연히 만나는 얼룩말, 타조, 가젤…… 텔레비전에서나 보던 야생동물들이 내 눈앞에 나타났다. 내가 정말 아프리카에 온 것이다.

그렇게 30분을 달려 인키니 마을에 도착했다. 멀리서 본 농장은 온통 푸른빛으로 덮여 있었는데, 케일, 토마토, 시금치 등이 자라나고 있었다. 농장에 있던 마을 분들은 나를 보자마자 "수바!"라며 인사를 건넸다.

인키니 마을은 우리가 소속되어 있는 지구촌공생회와 2009년부터 인연을 맺은 곳이다. 마을 사람들은 이곳에 십시일반 땅을 기부하여 공동농장을 만들었다. 이 마을에 살고 있는 사람들은 마사이 사람들로 마사이 사람들은 전통적으로 유목생활을 해왔다. 그래서 나는 '유목민에게 농업을?'이라는 의문이 가장 먼저 들었다. 이곳은 기후변화의 영향을 직접적으로 받고 있다. 2008년에는 가뭄이 심하게 들어, 소가 200마리씩 죽어나갔고, 정부의 정착제도로 인해 소에게 풀을 먹이던 초원이 점점 사유지가 되면서 유목생활 자체가 어려워졌다. 그래서 이들에게 농업은 생계를 위해 꼭 필요한 것이 되었다.

농장 요리사인 그레이스 아주머니는 나를 보자마자, "나시바이!"라고 불렀다.

"이제부터 네 이름은 나시바이야. 올로시바이내가 오기 전 2010년에 이곳에서 활동했던 김성은 씨의 현지 이름으로 '행복'을 뜻한다. 다음으로 왔으니까 넌 나시바이야."

"그게 무슨 뜻이에요?"

케냐에서 그렇게나 지지고 볶았던 애증의 활동가들과 함께
인키니 공동농장에서.

"행복."

행복. 나시바이.
나는 속으로 몇 번씩 내 이름을 불러보았다.
나는 이제부터 나시바이야.
안녕? 나시바이. 잘 부탁해.

활동가들은 케냐에서 이렇게 지내요.

케냐에 파견된 한국인 활동가는 지부장 1명, 프로젝트 매니저 3명, 봉사단원 2명으로 총 6명입니다.

함께 활동하는 한국인인 우리는 공동체 생활을 하였는데, 우리가 머물던 사무실 겸 숙소는 한 컴파운드 안에 6개의 독립된 가정집으로 이루어져 있습니다. 우리가 3개의 집을 빌려 사용하고, 나머지 3집은 케냐 사람들이 살고 있습니다. 한 집은 방 2개와 화장실, 작은 부엌이 달린 공간인데, 이렇게 화장실이 집 안에 있는 경우는 매우 드물어 하늘의 별따기였지요. 수세식 화장실은 물을 많이 사용하게 되기 때문에 보통 컴파운드 안에 있는 재래식 공동 화장실을 이용합니다. 일주일에 한 번씩 정전이 되었고, 수도시설은 연결되어 있지 않아 컴파운드 공동 물탱크에 물을 공동으로 사서 채워 넣은 다음 그 물을 일주일에 한 번씩 각 가정에 발전기를 돌려 채워 넣었고, 우기가 되면 빗물을 받아서 사용합니다. 염분이 많은 물탱크 물을 쓰다가 빗물을 마셨을 때의 그 상쾌함이란 한국에서는 절대 맛볼 수 없는 경험이었지요.

공동체 생활에는 규칙이 있기 마련! 매일 아침 6시 30분에 일어나 다함께 사무실과 부엌, 공동 공간을 청소하고 7시쯤 아침식사를 합니다. 한 사람당 3일씩 돌아가면서 밥 당번을 하였는데 한국에서 한 번도 밥을 해보지 않았던 우리들이 한국에서 들고 온 요리책에 의지해 요리를 했답니다.

공동체 생활은 외로운 외국 생활에서 힘이 되기도 하지만 일과 생활이 잘 구분되지 않아 때로는 서로 힘들어하기도 했어요. 싸워서 보기 싫은데, 일도 같이 해야 되고, 집에 와도 또 봐야 되고……. 말도 통하고 마음도 다르지 않았던 한국 사람들끼리의 갈등은 지나고 보니 참 아이러니하네요.

메마른 땅, 카지아도

우기라 그런지 나이로비 시내는 연일 비가 내렸다. 케냐는 대우기, 소우기, 건기로 계절을 구분하는데 3월부터 6월까지가 대우기이고 10월부터 12월까지가 소우기, 그리고 나머지 기간은 건기이다. 하지만 요즘은 기후변화로 그 패턴이 깨지고 있어 우려하는 사람이 많다. 그나마 나이로비는 비도 잘 오는 편이고 케냐의 수도여서 그런지 비교적 시설도 잘 되어 있어 특별히 물 걱정은 하지 않는다.

나이로비 시내에 있다 보면 여기가 아프리카인지 서울인지 착각이 들 때도 있다. 많은 차들이 매연을 뿜으며 거리를 질주하고, 수많은 빌딩숲 사이로 사람들이 분주하게 어디론가 바삐 움직인다. 여느 도시와 다르지 않은 풍경. 그래서 다큐멘터리로만 케냐를 접했던 사람들은 오히려 '아프리카라고 못살지 않네.'라고 생각할 수도 있다. 하지만 이 모습이 아프리카의 전부는 아니다. 시내에서 2~3시간만 벗어나면 물 사정은 아주 열악해진다. 5km, 10km를 걸어 나가야 물을 얻을 수 있다. 그 긴 거리를 걸어야 우물이라도, 다 말라버린 강이라도 만날 수 있다. 그렇게 얻은 흙

카지아도 지역을 정신없이 오가다 보면
눈 덮인 킬리만자로 산이 내게 힘을 내라고 말해주는 것 같다.

탕물을 사람들이 마시고, 가축들이 마신다. 그 물로 씻고, 그 물로 닦는다.

이렇게 도움의 손길이 필요한 지역이 많이 있다. 하지만 이러한 지역을 무작정 찾아갈 수는 없기에 어떤 지역을 어떻게 선정할 것인지를 고민했다. 우선 나이로비에 있는 수도국을 방문해서 식수환경이 열악한 지역들을 추천받아 직접 방문할 지역을 선정했다. 그리고 그 추천받은 지역에 있는 수도국을 방문하였고, 그 지역 수도국에서 지역의 대표자분들을 소개받아 함께 마을을 돌아보았다. 케냐에서 이미 활동을 시작한 국내외 NGO단체들과 선교사분들의 도움도 받았다. 선교사분들은 케냐 오지에서 10년, 20년 긴 시간을 주민들과 함께 살아오셔서 주민들의 문화, 관습 등을 우리에게 알려주셨다.

카지아도를 만나다

수도국에서 추천을 받은 지역 중 우리는 수도 나이로비에서 그리 멀지 않은 카지아도 지역을 선정하여 방문하기로 했다. 케냐와 탄자니아의 국경지대에 자리한 킬리만자로 산의 웅장한 위용을 볼 수 있는 곳이지만, 물 부족으로 인한, 또 환경변화로 인한 여러 문제들이 산재하고 있는 곳이기도 하다.

케냐에는 총 8개의 주가 있는데 카지아도는 리프트밸리 주에 속하는 도 단위의 지역으로 48만 명 정도가 거주한다. 그리고 이 지역은 맨손으로 사자를 때려잡는다는 용맹함으로 유명한 마사이 사람들이 사는 지역이기도 하다. 이곳의 마사이 사람들은 아직 자신들의 전통을 대물리며 살아가고 있다. 그래서인지 자존심도 아주 세다고 한다. 카지아도 거리를 돌아다니다 보면 마사이 전통복장을 입은 사람들을 자주 만날 수 있다. 목걸이에 귀걸이, 팔찌까지 온몸에 자신들이 직접 만든 장식품들로 화려하게 치장을 한다.

탄자니아에 살고 있는 마사이 사람들은 흰색을 좋아한다고 하는데, 케냐에 살고 있는 마사이 사람들은 장신구며, 옷이며 붉은색을 유독 좋

마사이 사람들은 변화의 바람 속에서도
여전히 자신들의 전통을 지키며 살아가고 있다.

아한다. 마사이 내에서도 여러 혈통이 있기 때문에 조금씩 다른 특징들이 있다고 한다. 현대화되고 시시각각 변하는 세상에서 아직까지도 자신들의 전통을 지켜온 것이 한편으론 조금 고집스럽다는 생각도 들지만, 서양의 것이라면 무조건 따라하고 좋아하는 우리들의 모습을 한번쯤 되돌아보게 되기도 한다.

사람이 마시는 물이라고?

나이로비에서 마타투를 타고 시내에서 30분 정도 벗어나니 광활한 초원이 펼쳐졌다. 시내의 빌딩 숲과는 너무도 대조적인 풍경. 금방 어디에서든 기린, 얼룩말이 뛰어나올 것 같아 두근거렸다.

우리가 도착했을 때는 하늘이 온통 먹구름으로 뒤덮여 있었다. 당장이라도 비가 쏟아질 기세였지만 비는 오지 않았다. 주민들의 말로는 우기라 구름이 잔뜩 끼기는 했는데, 이상하게도 두 달째 비가 오지 않았단다. 그러고 보니 카지아도 중심지 곳곳에서 물통을 들고 다니는 사람들이 눈에 띄었다. 다들 물통을 들고 이슬람 사원이 있는 곳으로 갔다. 이곳 이슬람 사원에서는 자체적으로 물을 개발해 주민들에게 물을 판매하고 있었다. 우리나라 돈으로 280원 정도면 20ℓ 통을 가득 채울 수 있다. 그 물이면 한 사람이 하루 이틀은 지낼 수 있다. 도청이 자리하고 있는 카지아도 중심지는 제법 발전된 지역이다. 그런데도 이렇게 물 부족을 겪고 있다. 도대체 더 작은 마을은 물을 어떻게 사용하고 있다는 것인지 상상하기도 힘들었다.

지역 수도국에서 소개해준 존은 우리에게 자기 마을을 안내했다. 오실라이라는 마을로 카지아도 중심지에서 그곳으로 가는 대중교통이 없

웅덩이에서 퍼온 흙탕물을
병에 담고, 컵에 따르면 그대로
식수가 된다. 이 물을 마시면
배탈이 나고 목숨이 위태로울 수
있다는 것을 알면서도 타는 갈증을
해소하려 이 물을 마신다.
오히려 이런 물이라도 넉넉하게
마실 수 있으면 좋겠다고 말한다.

어 차를 빌려 2시간 정도 들어가야 했다. 꼬불꼬불 산길을 넘고 말라버린 강을 두 개나 건너서야 도착했다.

마을 대표와 인사를 나누고 처음 둘러본 곳은 마을 사람들이 식수로 사용하고 있다는 웅덩이였다. 웅덩이 주변으로는 동물들이 못 들어가게 울타리가 설치되어 있었다. 웅덩이는 말라가고 있었고 그 빛깔은 사람이 도저히 먹을 수 없을 정도로 탁한 상태였다. 다른 웅덩이도 사정은 마찬가지였다. 정말 이 물을 마실까 싶어 가까운 집에 들어가 먹는 물을 보여 달랬더니, 물을 한 잔 따라주시는데……,

그 물이다. 웅덩이에서 봤던 바로 그 물이었다. 정말 그 물을 마시고 있었다. 마을 사람들 말로는 이 물마저 없어지면 5~8km나 떨어진 곳에서 물을 길어 와야 한다고 했다. 설거지나 빨래, 청소 등 청결을 위한 물이라는 건 상상도 할 수 없다. 사람 먹을 물도 없는데 가축들에게 줄 물은 더더욱 없다.

이 목마른 지옥에서 그들은 그렇게 살아 내고 있다.

우리가 생활했던
카지아도 중심지 역시
물 사정은 마찬가지였다.
수도꼭지를 아무리 돌려도
물은 나오지 않았다.
큰 통에 물을 받아 나누어
사용할 수밖에 없었다.
비가 오면 모든 통을 동원해
빗물을 받아 사용했다.

내가, 또 우리가 아무렇지 않게 썼던 물은 이렇게 귀한 것이다. 어쩌면 이들이 써야 할 물까지 너무도 무신경하게 낭비하며 살고 있는 것은 아닐까.

왜 이렇게 물이 없을까

물이 부족한 원인은 여러 가지가 있을 것이다.

환경오염으로 인한 기후변화도 그 중 한 가지이다. 기후변화로 인해 비 오는 시기가 바뀌고 건기가 길어지면서 가뭄으로 인한 피해가 속출하고 있다고 한다. 몇 년간 비가 오지 않은 때도 있었는데 그 시기에는 소가 굶어 죽고, 소뿐만 아니라 사람들도 물이 없어 생을 다하지 못했다고 한다. 2008년엔 가뭄이 극에 달해 우리가 만난 마을 대표자의 집에서도 270마리나 되었던 소가 16마리밖에 남지 않았다고 한다. 마사이 사람들은 가축을 신이 주신 것이라고 생각한다. 그만큼 특별하게 여긴다. 게다가 가축을 사육해서 양식을 얻기 때문에 가축이 죽는 것은 생계에 직접적인 타격이 된다.

또 하나는 벌목이다. 가난으로 땔감을 살 형편이 되지 않아 산에서 나무를 한다. 대체 에너지가 개발되지 않는 이상 막을 수도 없다. 땅이 척박해 농사를 지을 수 없어 이곳 사람들은 주변에 있는 나무를 베어다 팔기도 하고, 그 나무로 숯을 만들어 팔기도 한다. 그러다 보니 비가 오더라도 나무가 없는 땅은 물을 머금고 있을 수가 없어 모두 증발하거나 흩어져 버린다. 그래서 주민들은 점점 더 심한 피해를 입게 된다.

설치, 그 다음 관리는?

이곳 카지아도는 지형적인 특성상 대체로 지상에서 150~300m까지 깊숙이 파고 들어가야 물 층이 있다. 그래서 땅을 파는 데 드는 비용도 만만치 않다. 1m당 우리 돈 8~10만 원 정도의 비용이 든다. 만약 150m를 파야 한다면 땅 파는 데만 적어도 1,200만 원이 필요하다. 그리고 지하 깊은 곳에 있는 물을 끌어올리기 위해서는 모터가 필요하고 그 모터를 돌리기 위해서는 발전기가 필요하다. 관정굴착과 모터, 발전기 이런 비용을 모두 합하면 우리 돈으로 총 5,000만 원은 필요하다. 특별한 소득원 없이 소를 키워 소젖으로 끼니를 때우는 이들에게 이 돈은 가히 천문학적인 액수이다.

문제는 그렇게 설치된 핸드펌프 장치가 지속적으로 사용될 수 있을 것인가라는 점이다. 시설을 설치한 뒤 어떻게 관리해야 하는지에 대해 교육하기도 하지만 그 장치에 익숙하지 않은 주민들이 처음 보는 기계를 관리한다는 것은 쉬운 일이 아니다. 게다가 주민들의 참여 없이 지원 단체에 의해 일방적으로 프로젝트가 진행되다 보니 주민들은 관리를 어떻게 할 것인지에 대해 관심을 갖지 않는다. 이건 단순히 이들이 무관심하기 때문이 아니다. 일방적으로 진행되는 일 속에 주민들이 자리할 틈이 없기 때문이다. 예전에 지원된 기계들이 고장이 난 채 방치된 경우를 흔히 볼 수 있다. 70%에 달하는 시설들이 그렇게 무용지물이 되어버렸다. 고가의 기계라 수리비용도 만만치 않기에 주민들은 그 비용을 감당할 수 없어 또 다시 물통을 들고 물을 찾아 걷는다.

이런 현황을 보면서 주민들이 좀 더 쉽게 사용할 수 있는 방법은 없을까 고민했다. 캄보디아에서는 우리나라의 옛날 재래식 우물과 같은 형태를 지원한 적이 있었는데 케냐에도 이 방식을 도입해보기로 의견을 모았다. 재래식 우물을 지원하게 되면 그다지 많은 장치가 필요한 것은 아니기 때문에 제법 영구적으로 사용할 수 있을 듯했다. 하지만 지원 자체가 가능할지 의문이 들었다. 물 층이 지하 50~60m 정도에는 위치해 있어야 우물을 만들기에 적합하다. 동남아시아는 보통 대수층이 30~40m 정도에 있어 재래식 우물을 적용하는 데에 무리가 없었다. 하지만 이곳은 지질구조가 달라 우리가 고민했던 재래식 우물의 방식을 적용하기엔 대수

층이 지면에서 너무 멀리 있다. 그렇다면, 우리가 계획하고 있는 우물은 이곳에는 적합하지 않은 것이다. 주민들이 보다 쉽게 이용하고 쉽게 관리할 수 있는 장치는 무엇인지 계속적인 고민이 필요하다.

물 문제는 단지 우물을 파고 시설을 설치하는 것으로 끝나지 않는다. 물을 길어 오는 통도 제대로 씻지 않아 통 안에 이끼가 끼어 있는 경우가 많았고 집안에 보관하고 있는 물통도 마찬가지였다. 식수를 지원하는 사업의 경우는 식수지원뿐 아니라 시설을 관리하는 방법과 함께 깨끗하게 사용하는 방법에 관한 교육도 병행되어야 한다.

문제는 물만이 아니다

학교나 병원이 모두 10km정도 떨어진 도시에 있어 교육을 받는 것도, 치료를 받는 것도 어렵다. 흙탕물을 먹고 배탈이 나서 설사를 해도 병원에 가기가 쉽지 않다. 수인성 질병으로 인해 죽은 아이들도 몇 있다고 한다.

이것이 바로 아프리카의 또 다른 모습이다. 이렇게 어렵게 살아가고 있는 사람들이 있다는 것이 안쓰러웠다. 만약 내가 한국에만 있었다면, 나이로비 건물 속에만 있었다면, 이런 현실을 보지 못했을 것이다.

앞으로 무슨 일을 해야 할지 더욱 명확해지는 것 같다.

문제는 이러한 곳이 이곳만은 아니라는 것이다. 더 열악한 곳, 더 시급한 곳을 찾아 주민들과 함께 이 문제를 어떻게 해결해야 할지 연구해야겠다. 오늘도 목마름의 고통을 버텨내며 살아가는 사람들을 위해 마음을 다잡아본다.

카지아도에 사는 마사이 사람들의 생활

케냐는 아프리카 대륙의 동쪽에 위치한 동아프리카에 속합니다. 케냐의 수도 나이로비에서 남쪽으로 83km쯤 가면 카지아도가 나옵니다. 카지아도는 반 건조지역으로 탄자니아 국경을 마주하고 있으며, 마사이 사람들의 홈그라운드이기도 합니다.

마사이 사람들은 전통적으로 유목생활을 하며 살아왔으며 소와 땅은 자신들에게 신이 주신 선물이라 믿고 있습니다. 케냐 정부의 정착제도와 기후변화로 인해 마사이 사람들은 더 이상 유목생활을 하지는 않습니다. 정확히 말하면, 할 수 없게 된 것이지요.

건기가 되면 바람이 심하게 불어 마을이 온통 붉은 흙으로 뒤덮이곤 합니다. 건기에는 물을 찾아 가족 중 한 사람이 가축과 함께 이동을 하였다가 우기가 되면 다시 집으로 돌아오는 생활을 한다고도 합니다. 하지만 이런 부분적인 이동생활도 어려워지고 있습니다. 가뭄으로 목초지가 황폐화되고 있는데다가, 초원이 점점 사유지가 되면서 마사이 사람들이 더 이상 가축들과 함께 자유로이 이동할 공간을 잃어가고 있는 것이지요.

카지아도는 중심지를 제외한 마을에는 전기가 공급되지 않아 마을 사람들은 호롱불로 생활하거나 자동차 배터리를 이용하곤 합니다. 흔하진 않지만, 간혹 태양열을 사용하는 가정들도 있습니다. 수도시설이 없어 그나마 중심지에 위치한 가정은 물탱크 물을 사서 쓰거나 빗물을 받아 사용하고, 외곽에 사는 사람들은 물을 뜨기 위해 매일 5~6km, 멀게는 10km를 걸어 저수지 물을 길어 오거나, 마을 공동 물탱크에서 물을 사오기도 합니다.

이곳 여성들은 물을 구하기 위해 하루에 두 번, 아침저녁으로 먼 길을 오갑니다. 그리고 땔감을 구하는 것도, 소젖을 짜는 것도, 온갖 집안일도 다 여성들의 몫! 게다가 시간이 남으면 소일거리로 구슬공예를 합니다. 구슬을 이용하여 목걸이, 팔찌, 귀걸이를 만들고 전통의상을 만들어 팔기도 합니다. 남성들과 남자 아이들은 주로 소치는 일을 합니다. 아무래도 가부장적 규범이 이어지고 있다보니 여성들의 일이 많습니다.

마사이 사람들의 삶

아프리카 하면 떠오르는 것들은 여러 가지가 있겠지만 그 중에서도 마사이 사람들은 꽤 유명하다. 오랜 세월 지켜온 전통에 사자를 맨손으로 때려잡는다는 용맹함이 더해져 유명세가 전 세계에 퍼져 있다.

우리나라에서는 자세 교정과 허리통증 완화에 좋다는 마사이 신발이 선풍적인 인기를 끌면서 마사이 사람들에 대한 인지도도 올라갔다. 하지만, 정작 마사이 사람들은 타이어로 만든 신발을 신고 다닌다. 이들은 예전에는 유목생활로 많이 걸어야 했고, 최근에는 별다른 교통수단이 없어 걸어 다녀야 하기 때문에 이들에게 가장 좋은 신발은 가장 튼튼한 신발이다.

마사이 사람들은 케냐 남부 그리고 탄자니아 북부, 즉 양국의 접경지대인 킬리만자로 산 주변 지역에 7만여 명 정도 살고 있다. 이들은 오래 전부터 목축을 하며 풀과 물을 찾아 이곳저곳을 이동하며 살았다. 나이로비도 마사이 사람들이 사용하는 언어인데 '찬 물이 나는 지역'이라는 뜻이다. 케냐의 지명 중 '나'로 시작되는 곳은 대개 마사이 사람들이 거쳐

여성들은 화려한 장신구로
치장한다.

마사이 남자들에게 칼과 긴 막대기는
must have item!

간 지역으로 보면 된다. 나이바샤, 나꾸루, 나록 등. 이렇듯 마사이 사람들은 여러 지역에 분포하며 이동생활을 했다.

하지만 1884년 베를린 회의(콩고 회의)에서 아프리카 사람들은 배제된 채 서양 열강들의 뜻대로 아프리카의 국경이 그어지고, 그렇게 만들어진 국경은 1963년 케냐가 영국으로부터 독립을 하면서 더욱 분명해졌다. 마사이 사람들은 더 이상 풀과 물을 찾아 이곳저곳을 이동할 수 없게 된 것이다. 그래서 케냐 정부에서는 특정 지역을 지정해 유목민들의 정착생활을 이끌었는데 그 지역 중 한 곳이 바로 우리가 있는 카지아도이다.

마사이 사람들은 오랜 세월 전통을 고수해오면서 자신들의 전통에 대한 자부심도 강하다. 여전히 대부분의 사람들이 전통의상을 입고 다니고 전통가옥인 마냐타에서 잠을 자며 결혼식 및 성인식을 모두 전통적인 방식으로 치르고 있다. 여성들은 화려한 장신구로 치장을 하고, 남성들은 용맹을 나타내는 붉은색 계통의 옷을 입고, 항상 허리춤에 칼을 차고 다닌다. 그리고 가축을 몰 때 필요한 긴 막대기도 늘 들고 다닌다.

남성들은 15세가 되면 성인식을 치르게 되는데, 성인이 되는 청년들은 소와 양을 몇 마리씩 몰고 야생으로 나간다. 그곳에서 1년간 고기, 피와 소젖을 먹으며 생활한다. 사자를 비롯한 맹수를 만나면 자신을 지키고 가축을 지키기 위해 싸워야 한다. 이 때문에 '마사이 사람들은 맨손으로 사자를 때려잡는다.'는 소문이 퍼졌다고 한다. 그렇게 자연을 배우고 용맹을 배우며, 자신을 지키고 가축을 지키고 또 가족을 지키며 살아가는 법을 터득한다. 소년은 용맹한 전사로 성장한다.

마사이 사람들은 일부다처제이다. 그래서 한 보마몇 개의 마냐타를 포함하고 있는 큰 울타리 안에 마냐타가 몇 채씩 있는데 마냐타 한 채에서는 한 명의 부인이 자신이 낳은 아이들과 함께 지낸다. 과거에는 보통 4~5명의 부인을 두었고 한 명의 부인마다 5~6명의 자식들을 낳았다. 한 가족이 20~30명이 되는 셈이다. 이들은 어릴 때부터 한솥밥을 먹고 자라기 때문에 사실상 친형제나 다름없이 친하게 지낸다. 많은 사람들이 함께하며 공동체가 무엇인지, 양보가 무엇인지를 삶 속에서 자연스레 느끼고 배우며 성장한다.

전통가옥인 마냐타는 나뭇가지에 소똥과 진흙을 발라 짓는다. 가축을 기르다 보니 주변에 흔히 구할 수 있는 것이 소똥이기에 이것을 이용

한 보마를 둘러싼 울타리 주변으로 마냐타가 줄지어 있다.
한 보마 안에 있는 여러 부인과 자녀들은 자연스럽게 어울려
커다란 하나의 공동체를 이룬다.

마냐타의 입구는 위험한 야생동물의 출입을 차단하기 위해 막힌 구조로 되어 있다.
'S'자를 그리며 돌아 들어가야 한다.

해 집을 짓는다. 자연에서 구한 재료는 집이 허물어지면 다시 자연으로 돌아간다.

집 구조상 특이한 점이 있는데, 문으로 들어가면 앞이 막혀있어 돌아 들어가야 한다는 것이다. 이는 뱀이나 전갈처럼 독이 있는 동물이 집안으로 침입하지 못하도록 한 것이다.

집안은 아주 어둡다. 창문이 있긴 하지만 3개 손가락을 붙여놓은 크기밖에 되지 않는다. 이들은 야생동물이 가축을 사냥하는 것을 막기 위

해충을 막기 위해
작게 만들어 놓은 창문으로
겨우 빛이 스며든다.
밖은 대낮이어도
집안은 한밤중이다.

해 보마 안에서 가축을 기른다. 가축과 사람이 함께 살다보니 가축의 분비물로 인해 자연스레 파리가 꼬이게 된다. 집안으로 각종 벌레들이 들어오지 못하도록 창문을 작게 만들어 집안을 어둡게 해놓는데, 이 작은 창문에도 그들만의 삶의 지혜가 녹아 있는 것이다.

마냐타 한가운데에 큰 돌덩어리 세 개를 괴고 그 위에 그릴을 놓아두면 부엌이 완성된다. 굴뚝이 없고 창문이 작아 도통 환기가 되질 않는다. 그래서 불을 피우면 연기 때문에 눈이 매워 집안에 있을 수가 없다. 실제로 이 연기 때문에 호흡기 질환이나 안구 질환으로 고생하기도 한단다. 하지만 좋은 점도 있다. 집안 가득 온기가 남아 그 온기로 하룻밤을 보낼 수 있다. 실제로 케냐의 밤은 생각보다 꽤 춥다. 땔감은 주변의 나무

마냐타 안의 부엌.
한 가운데에서 불을 떼고
음식을 하다 보니
연기가 빠지지를 않는다.

를 주워와 사용하고 때로는 인도처럼 소똥을 말려서 사용하기도 한다.

이처럼 그들의 삶은 자연에서 방법을 찾고, 자연과 함께 살다 자연으로 돌아간다. 생태적인 관점에서만 본다면야 이들의 삶이 우리의 삶보다 더 지속가능한 삶이지 않을까.

우리네 삶에서는 많은 물건들이 공장에서 대량으로 생산되고 그 물건들은 또 대량으로 소비된다. 백화점에 진열되어 있는 상품 중 80%가 그대로 폐기처분된다고 한다. 그렇게 폐기처분된 상품들은 환경오염으로 우리 삶을 파괴한다. 우리는 이 악순환의 고리를 끊지 못하고 있다.

마사이 사람들은 자연을 지키며 최소한의 삶을 살아왔지만 이들은 우리가 만든 지구온난화로 가장 큰 몸살을 앓게 되었다. 기후변화로 가뭄이 심해져 더 이상 가축을 키우는 것만으로는 살 수 없게 되었다. 목초지는 사라지고 강은 말라버렸다. 선진국의 무분별한 개발로 인한 지구온난화가 자연과 잘 어울려 살고 있는 아프리카 사람들의 삶까지 갉아먹고 있는 것이다.

킬리만자로 산 주변에서 만난 한 마사이 어르신은 산 정상에 쌓여 있는 눈을 가리키며 이렇게 말씀하셨다.

"얼마가지 않아 눈이 사라지겠어. 잘 모르겠지만 지구가 더워지고 있나봐. 우리는 오래전부터 이렇게 자연과 함께 살아가고 있는데 이유가 뭘까?"

그리 머지않은 2022년쯤엔 지구온난화로 킬리만자로 산 정상의 눈이 모두 녹아버릴지도 모른다고 한다. 그 눈이 다 녹아내리기 전에 킬리만자로 산을 꼭 봐야겠다며 많은 관광객들이 줄지어 방문하고 있다. 사람들은 지구온난화보다 눈으로 뒤덮인 킬리만자로 산을 볼 수 없게 되는 것이 더 걱정스러운 것일까.

우리는 개발이라는 이름 하에 많이 사용하고 또 그만큼 많이 버리면서 우리의 터전을 스스로 파괴하며 산다. 하지만 그들은 자연과 어울려 함께 살아간다. 마사이 사람들의 전통을 지키며 살아가는 모습 속에서 우리의 미래를 다시 생각해봐야 하지 않을까.

우리는 국제 '개발'이라는 명목으로 이곳에 왔지만, 그 개발은 과연 무엇을 의미하는 것일까. 그 개발의 목적은 무엇일까. 어디에서 우리 모두를 위한 미래를 찾을 수 있을까.

땅을 잃어가는 마사이 사람들

케냐에는 다양한 민족이 어울려 살고 있는데, 그 중 마사이 사람들은 소수 민족으로 탄자니아와 케냐 국경 지대인 리프트밸리 지역이 삶의 터전이었습니다. 소는 신이 주신 선물이라 여기는 마사이 사람들은 목축업을 하며, 소의 피와 젖을 마시며 살아온 전형적인 유목민이었습니다. 1963년 독립 이후 케냐 정부에서는 정착 제도를 실시하여 공유지를 마사이 사람들에게 나누어 주었습니다. 하지만 마사이 사람들이 살아오던 지역은 자연이 그대로 보존되어 있어 정부에서는 관광 유치산업을 진행하고자 국립공원 지역으로 지정하여 마사이 사람들을 강제적으로 이주시키기도 했습니다. 자유롭게 이동하며 살아오던 마사이 사람들은 정부 제도로 인해 더 이상 이동하면서 살 수 없게 된 것이죠. 이곳 주민인 조셉은 살면서 한 번도 이동해본 적이 없다고 합니다. 태어나고, 결혼을 하고, 아이가 생긴 지금까지 그 집에서 그대로 살고 있는 것이지요. 건기에만 가족 중 한 사람이 가축을 몰고 목초지를 따라, 물을 따라 이동하다가 우기가 되면 다시 집으로 돌아온다고 합니다. 이렇게 마사이 사람들의 생활이 변해가고 있습니다.

마사이 사람들은 기후변화의 영향을 직접적으로 받고 있는데, 2008년에는 심각한 가뭄이 찾아와 한 마을에서만 소 200마리를 잃었다고 합니다. 해마다 건기는 더 심해지고 우기는 더욱 짧아져 목축업을 하면서 살아가기가 점점 더 힘들어지는 상황입니다.

마사이 사람들은 가축의 귀중함은 알지만 땅의 중요성(사유지)에 대한 인식은 조금 부족해서 마을을 떠날 때면 땅을 파는데, 아마도 사람들에게 땅은 늘 그곳에 있는 것이지, 누군가의 소유가 되는 것은 아니라고 생각하는 것 같습니다. 공유지가 사유지화되고 있는 현실에서 예전처럼 이동하며 가축을 키우기 어렵다는 사실을 땅을 판 돈을 들고 마을을 떠나서야 깨닫게 되는 경우가 많습니다. 고향을 떠나 가축에게 먹일 풀을 찾는 일도, 물을 찾는 일도 어려운 일이 되어버려 다시 고향으로 돌아오기도 합니다. 그러나 이미 그 땅은 다른 사람들의 소유가 되어 농경지가 되어 있고, 돌아온 마사이 사람들은 안타깝게도 자신이 팔았던 그 땅에서 소작농이 되는 경우가 빈번하게 발생하고 있습니다.

짜이를 한 잔씩 들고 둘러앉으면 수다가 시작된다.
이름을 묻고, 나이를 묻고, 가족을 묻고.
그러다 보면 진짜 이야기를 듣게 된다. 진짜 마음을 보게 된다.
관계형성은 우리 활동의 기초공사이다.

2

모두 함께 둘러앉아, 짜이 한 잔

'짜이'는 물과 우유를 끓이다 홍차가루를 넣고 설탕을 넣어 만든 차다.

마을조사는 인사부터

지구촌공생회 서울 본부에서 한 통의 전화를 받았다. 이사장이신 송월주 큰스님께서 만해대상을 수상하셨는데 그 수상금을 이곳의 학교 건립 지원금으로 쓰고 싶다는 얘기였다. 만해대상은 독립운동가이자 시인이자 승려였던 만해 한용운 선생님의 정신을 기리기 위해 1999년에 만들어진 상이다. 만해 한용운 선생님의 정신이 송월주 큰스님을 통해 케냐에서 다시 살아나는 순간이었다.

현장에 있다 보면 이렇게 어느 독지가의 후원으로 급히 사업이 결정되는 경우가 종종 있다. 물론 현장에서 필요한 사업이 구상되고 그 구상을 서울 본부에서 구체화시켜 기획한 뒤 모금이 이루어지는 것이 좋은 방향이라고 생각한다. 하지만 현실은 항상 이상적으로만 돌아가지는 않는다. 이렇듯 후원의 성격에 따라 급하게 프로젝트가 결정되기도 하기 때문에 현장에서는 최소한의 대비라도 해두는 것이 필요하다. 그렇게 어려운 일들은 아니다. 정기적으로 지역 정부나 NGO단체, 지역 대표자들을 만나 식사를 하거나 사무실에서 차라도 한 잔하다 보면 의외로 많은 정보들을 수집할 수 있다. 또 일상 속에서 주민들과 안면을 트고 친하게 지내다 보면 그 지역에서 필요한 것들을 미리 파악해둘 수도 있다. 지역조사, 마을조사는 꼭 철저한 계획을 통해서가 아니라도 이렇게 인사 한 번 나누는 것으로 이미 시작된다.

직접 보고 들어야 하는 현장 이야기

우리는 학교가 필요한 지역을 찾아 나섰다. 지역 교육부를 찾아가 카지아도 지역 전체 교육현황에 대해 이야기를 듣고 올로이토키톡 마을을 추천받았다. 카지아도 관할 구역 내에 있는 이 마을은 마사이 사람들이 사는 지역으로 수도 나이로비에서 남쪽 탄자니아 국경 방향으로 차를 타고 4시간 정도 가야 한다. 수도 나이로비에서 멀리 떨어져 있어 정부로부터 지원을 제대로 받지 못해 전반적인 생활환경이 열악하다고 한다.

올로이토키톡 마을뿐만 아니라 추천받은 대부분의 마을은 생활환경이 열악하다. 마을 진입로가 비포장도로인 것은 말할 것도 없고, 물이나 전기는 상상할 수도 없다. 교실은 2~3개만 있는 곳도 있고, 교실 한 칸을 지을 돈이 모자라 짓다만 곳도 있다. 그래서 어느 마을이든 다들 자기 마을에 학교가 필요하다고 이야기한다. 우리는 직접 마을을 찾아 현장답사를 하고, 마을의 대표와 주민들의 이야기를 들으면서 이들이 정말 학교를 필요로 하는 것인지, 아니면 공짜라니까 일단 받아두자고 생각하는 것인지를 판단해야 한다. 우리도 공짜라고 하면 정말 당장 필요하지 않아도 괜히 받고 싶은 마음이 생기지 않나. 그런 마음이 당연한 것일 수 있지만 우리는 한정된 자원을 효율적으로, 효과적으로 활용해야 하기에 이를 잘 판단해서 꼭 필요한 마을에 지원해야 한다. 계속해서 관계자들을 만나고 주민들에게 과제를 주기도 하면서 점검할 수밖에 없다.

가령 첫 모임 때 사람들이 얼마나 참석했고, 그 중 부녀자의 비율은 어느 정도인지, 대표자는 자신의 역할을 잘하는지, 회의는 얼마나 잘 준비했는지 등 주민들의 행동 하나하나를 눈여겨봐야 한다. 회의는 전체가 모여 진행하기도 하지만 부녀자는 부녀자끼리, 원로는 원로끼리, 장년층은 또 그들끼리 그렇게 소모임별로 진행하는 것도 필요하다. 그리고 각 모임들이 생각하는 마을의 과제를 서로 논의할 수 있도록 해야 더 많은 이야기들이 오갈 수 있다. 이런 모임을 통해 지원이 정말 필요한지, 어떤 방향으로 진행해야 할지 감을 잡아간다.

올마피테트 마을에서 함께하며

올마피테트 마을도 지역 교육부에서 추천받은 마을 중 한 곳이다. 앞서 방문한 올로이토키톡 마을에서 북동쪽으로 43km 가야 한다. 이 마을은 가장 가까운 곳에 있는 학교가 마을에서 약 5km 정도 떨어져 있어 교회 건물을 학교 삼아 사용하고 있었다. 맨 처음 방문했을 때 주민들이 굉장히 적극적이어서 이 마을을 좀 더 알아보기 위해 몇 차례 더 방문했었다. 그리고 두 달 후 다시 마을을 찾았다.

이번에는 하루 묵으며 마을을 돌아볼 요량으로 짐을 꾸리고 음식도 조금 구입했다. 벤 선생님올마피테트 초등학교의 교사대표이다. 댁에서 하룻밤 신세지기로 했다.

마을 근처까지 마중 나와 주신 벤 선생님의 오토바이를 함께 타고 비포장도로를 40여 분 달려 마을 입구에 도착했다. 처음이 아니라 그런지 마을에 들어서자 눈에 익은 얼굴들이 나를 알아보고는 반갑게 인사를 건

언제나 정감 넘치게 우리를 맞아주셨던
올마피테트 마을의 주민들.

네주셨다.

우리는 학교로 쓰이고 있는 교회로 이동했다. 그곳에선 예배를 마친 주민들이 나오고 있었다.

"램브리스, 수바."

교회를 나서는 아줌마들이 잊지 않고 내 이름까지 불러주며 인사해주셨다. 그렇게 마을 사람들과 인사를 나누고 벤 선생님 집으로 향했다. 집에 도착하니 벤 선생님 부인과 가족들이 반갑게 맞이해주셨다. 필요한 짐만 챙겨 벤 선생님과 함께 마을을 둘러보러 나왔다.

날이 어두워지기 시작하자, 밖에서 풀을 뜯던 가축들이 울타리 안으로 들어왔다. 가축들이 들어오자마자 아이들과 아줌마들은 염소젖과 소젖을 짜기 시작했다. 한국에선 초등학생들도 학교, 학원을 전전하다 지친 몸으로 집에 돌아오는데 이곳 아이들은 흙바닥에서 친구들과 함께 자연을 벗 삼아 뛰어논다. 이곳 아이들은 한국의 아이들보다 지식은 적을지 몰라도, 가진 것은 부족할지 몰라도 더 풍성한 삶을 살고 있는지도 모르겠다. 어쩌면 이들이 더 건강할지도 모르겠다.

벤 선생님 집으로 들어서니 갓 짠 소젖으로 따끈하게 끓인 짜이를 한 잔 내어주셨다. 짜이를 한 잔 마시고 있으니 내가 왔다고 알렸는지 마을 사람들이 나를 보겠다며 오셨다. 말이 통하지 않아 많은 이야기를 나눌 수는 없지만 웃으며 반겨주시는 것만으로 참 따뜻하고 고맙다. 저녁식사는 9시가 다되어 시작했다. 메뉴는 우갈리와 고기 수프. 고기 수프는 자주 먹을 수 있는 음식이 아닌데 아마도 내게 손님대접을 한다고 특별

이곳 아이들은
가축과 함께 뛰어놀며 자연 속에서 자라난다.

히 준비하셨나 보다. 저녁을 다 먹고 사람들도 하나둘 돌아가고 나는 잠자리에 들려고 방으로 갔다.

침상에 자리를 잡고 가만히 누웠다. 이제부터가 걱정이다. 여기엔 얼마나 많은 벼룩이 있을 것이며 밤새 얼마나 나를 공격할 것인지…….

결국 밤새 한숨도 자지 못했다. 벼룩은 내 부드러운 살결을 무는 절호의 기회를 놓치지 않았다. 벼룩이 내 몸 구석구석에서 기고 뛰었다. 사돈의 팔촌까지 불러와 내 몸을 초토화시켰다. 여기저기 물리는 느낌이 들었지만 딱히 대책은 없다. 날이 새기만을 기다릴 뿐. 밤은 왜 그리 긴지 그래도 지구는 돌고 돌아 새벽이 왔다. 갈아입을 옷이 없어 수십 마리의 벼룩을 고스란히 몸에 품은 채 밖으로 나왔다. 꼬박 하루를 별 수 없이 벼룩과 공생해야 했다.

아침이 밝아오자 벤 선생님과 아이들이 집밖으로 나왔다. 나를 보고 "잘 잤어요? 춥지는 않았나요?" 웃으며 아침인사를 건네셨다. 밤새 내 몸에서 어떤 일이 벌어졌는지 그들은 상상이나 할 수 있을까.

벤 선생님의 부인은 불을 피워 짜이를 끓이고, 물을 데웠다. 그 물로 아이들은 세수를 하고 샤워를 했다.

대부분 아침은 짜이 한 잔. 혹시 전날 밤에 먹은 우갈리가 남았다면 식은 우갈리와 짜이. 이것이 이들 아침식사의 전부이다. 그렇게 아침식사를 하고 아이들은 학교로 향했다.

벤 선생님의 집은 학교에서 30분 정도 떨어져 있어 다른 집들에 비하면 비교적 가까운 편이다. 공식적인 등교시간은 8시 30분이지만, 아이들은 7시면 학교에 오기 시작한다고 한다. 학교에서 집이 멀리 떨어져 있는 아이들은 1시간을 걸어서 학교에 오기 때문에 아침 일찍부터 등교를 서두른단다. 허름한 건물이 순식간에 아이들로 북적거렸다. 비록 좁고 허름한 건물이지만 그 건물 속에는 아이들을 가르쳐야 한다는 주민들의 마음이, 그 의지가 모여 있었다. 수십 명의 아이들이 모이자 수업이 시작되었다.

수업이 진행되는 동안 나는 마을을 둘러보기로 했다. 지나가는 주민들이 내 이름을 부르며 인사해주셨다. 그렇게 인사를 받으면 왠지 기분이 좋다. 나를 잠시 스쳐가는 이방인으로 보는 것이 아니라 정말 함께하는

양철로 만든 교회 바로 옆에 주민들이 만든 전통방식의 건물이 있다.
이곳에서 수업이 이루어지고 있다. 유치원 과정부터 초등학교 3학년생까지 총 70명이
이곳에서 공부한다. 공간이 부족해 오전반, 오후반으로 나누어 수업을 진행한다.
초등학교 4학년이 되면 더 이상 이곳에서 공부할 수 없어 7km나 떨어진 곳으로,
야생동물의 습격을 피해 다녀야 한다.

사람으로 인정해주는 것 같은 그런 느낌이랄까. 그렇게 사람들과 인사를 나누며 마을을 돌아보았다. 식수사정부터 시작해서 길, 위생, 가옥구조 등 생활에 관련된 여러 부분을 눈으로 확인하면서 주민들의 목소리에 귀를 기울였다.

가장 중요한 건 관계형성

외부에서 마을조사를 하겠다며 큰 차를 타고 먼지를 풀풀 날리며 마을에 들어와 많은 사람들을 불러 모아놓고 취재하듯 질문을 던지고 대답을 받아 적고 사진 몇 장 찍고, 그러고는 다시 큰 차에 몸을 싣고 먼지와 함께 사라지는 단체들이 있다. 물론 객관적인 데이터가 필요할 때도 있고 일을 급하게 진행해야 할 때도 있다. 하지만 지역조사, 현장답사는 프로젝트 진행의 일부가 아니다. 식수지원이든, 교육지원이든 프로젝트 그 자체보다 더 중요한 것이 있다. 그것은 바로 이곳 주민들과의 관계형성이다.

그냥 마을을 둘러보고 얼굴을 익히고 그러면서 사람들과 이야기를 나누고 하는 것들이 어떻게 보면 아무 일도 아닌 것처럼 보일 수도 있다. 괜히 시간만 보내는 것처럼 비춰질 수도 있다. 하지만 그것이 어쩌면 단순히 인구가 몇 명이고, 식수를 어떻게 얻고, 화장실이 몇 개가 있고, 이런 것들을 '조사'하는 것보다 더 많은 것을, 더 중요한 것을 알려줄 것이라 믿는다.

올마피테트 마을

올마피테트 마을은 마사이 사람들이 전통적인 생활을 이어가고 있는 곳입니다. 하지만 킬리만자로 산에서 내려오는 물을 이용해 농사를 지으려는 다른 부족민들이 모여들면서 최근에는 여러 부족민들이 함께 살고 있습니다. 이 마을에 정착한 다른 부족민들은 보통 마사이 사람들에게서 땅을 빌려 농사를 지으며 삽니다. 주로 토마토를 재배하는데 나이로비나 제2의 도시이자 항구도시인 몸바사에서 사람들이 트럭으로 구입해간다고 합니다. 4개월 한철동안 농사를 잘 지으면 200,000실링약 280만 원의 수익을 올릴 수 있다고 합니다.
이곳은 일부다처제의 대가족 사회라 한 보마 안에 10~15개 정도의 마냐타가 있습니다. 가령 부인이 3명 있으면 3개의 집이 있고 자식들이 결혼을 하면 새로 집을 지어 분가합니다. 한 집에 대략 6명 정도의 식구가 살고 그 집이 10~15개가 있으니 한 보마 안에 적어도 60~90명의 사람이 살고 있는 셈이지요. 그런 보마가 이 올마피테트 마을에만 20개가 있으니 이 마을의 인구는 대략 1,200~1,800여 명으로 추산할 수 있겠네요.

다니엘 가족과 함께

오늘은 웬일로 물이 잘도 나온다. 제법 따뜻한 물이 나의 몸을 감싸고 흐르자 순간 '아!'라는 감탄사가 입에서 저절로 흘러나왔다. 혹시 이 순간만을 기다렸던 것은 아닌지 조금은 부끄러운 생각도 들었다. 물을 아껴보겠다던 나의 생각은 오간 데 없고 그 순간의 따뜻함에, 시원함에 흠뻑 취해버렸다. 그리고 올로이양갈라니 마을로 갈 채비를 했다.

몇몇 마을을 방문한 후 최종적으로 올로이양갈라니 마을에 우물을 지원해보자는 생각을 가지고 마을을 좀 더 알아보기 위해 다시 방문하기로 했다. 올로이양갈라니 마을은 카지아도 중심지에서 17km 정도 떨어진 작은 마을이다. 인구는 1,200명 정도로 초등학교와 고등학교가 하나씩 있고, 드문드문 집들이 보이는 곳이다. 사실 이 마을에는 물이 있다. 단지 그 물이 제대로 관리되지 않아 오염되고 있었다. 그런 오염된 물조차도 없어 힘들어하는 지역도 있는데 이 지역에 지원을 한다는 것이 한편으론 내키지가 않았다. 하지만 인구 수, 주민들의 적극성, 현장접근성 및 적합성 등 여러 정황을 고려해봤을 때 한번 해보자는 판단을 했다.

올로이양갈라니까지 가는 정기노선이 없는 관계로 차를 가지고 있는 주민이 일정한 돈을 받고 마을 사람들을 태워준다기에 나도 그 차를 타기로 했다. 지난번 이 마을을 찾았을 때 안내를 맡아주셨던 다니엘을 만나 함께 마을로 들어가기로 했다. 다니엘은 지역 수도국에서 일하고 계신다. 나름 이 마을에서 영향력이 있어 마을의 소소한 일들을 도맡아하시는 듯했다. 그리고 술을 상당히 좋아하시는 분이다. 며칠간 다니엘 댁에서 지내면서 마을을 둘러보기로 했다.

약속한 시간에 다니엘과 만났는데 빈손으로 갈 수는 없어 바나나를 조금 사서 차에 올랐다. 장을 보러 나왔던 동네 주민들이 속속들이 모였고 다들 짐칸에 몸을 실었다. 인원을 확인하고 곧 출발했다. 하늘은 금방이라도 비를 뿌릴 듯 잔뜩 찌푸려 있었다. 그렇게 비포장도로를 열심히 달리고 있는데 어둑어둑하던 하늘에서 비가 한 방울 두 방울 떨어지기 시작했다. 나는 다행히 앞쪽 좌석에 타고 있어서 비를 피할 수 있었는데 짐칸에 타고 있는 사람들이 걱정되었다. 그래서 뒤를 돌아보았는데, 내가 괜한 걱정을 한 것인가. 비에도 아랑곳하지 않고 자기네들끼리 열심히 이야기꽃을 피우며 웃고 있었다. 난 도대체 뭘 걱정했던 건가.

끝없이 펼쳐진 황금빛 대지.

비포장도로 위로 먹구름이 잔뜩 낀 하늘.

흩뿌리는 빗줄기.

차창밖에 펼쳐진 풍경은 그 자체로 영화의 한 장면이다. 그렇게 달려 다니엘 집에 도착했다.

다니엘 가족과의 만남

허허벌판에 떡하니 집 한 채가 서 있다. 집에 있던 식구들이 마중을 나와 나를 반겨주셨다. 네 살 먹은 다니엘의 외손녀 제미마가 나를 보자 뛰어와 인사했다. 보통 이곳 아이들은 나의 외모가 낯설어 그런지 다가가면 피하거나 울기도 하는데 제미마는 달랐다. 아마 다니엘이 내가 간다고 집에 전화를 해두었나 보다. 인사를 나누고 비를 피해 집으로 들어가서 간단하게 내 소개를 했다.

"지나랑구 강, 니메또카 코레아 꾸시니. 니나판야 까지나 코레아 엔지오 이나이뚜아 미코노 은주리, 미미 이나 사이디아 마지."이름은 강이고, 한국에서 왔습니다. Good Hands(지구촌공생회)라는 한국 NGO단체에서 활동을 하고 있고, 현재 물 지원을 위한 지역조사 중입니다.

첫 만남에 서먹함도 없애고 좀 더 사람들과 가깝게 지내고자 내 소개를 스와힐리어케냐의 공통어는 영어와 스와힐리어다. 마사이 사람들은 그들만의 고유한 부족어를 사용하기도 한다.로 했다. 이 소개는 만나는 모든 사람에게 하는 인사말이라서 그런지 완전히 입에 베어버렸다. 이렇게 이들의 간단한 언어를 배워서 이야기하는 것이 바로 이들 문화를 존중하는 첫걸음이지 않을까. 우리가 현장에 갈 때 이들은 가난하고 못살고 잘 모르고, 우리는 좀 더 가졌고 더 많이 알기 때문에 그들을 가르쳐야 한다는 생각을 한다면 큰 오산이다. 우리에게 우리의 문화가 있고 그 문화가 존중받기를 원하듯, 이들도 이들의 문화가 있고 그 또한 존중해야 한다.

스와힐리어로 자기소개를 하니, 가족들은 그 모습이 신기했는지 크게

어머니께서 주신 망토를 두르고 밖으로 나왔다. 이곳에선 슈카라고 부른다.
이 두 녀석은 낯가림도 없는지 나를 쫄래쫄래 잘도 따라다닌다.

박수를 치며 웃었다. 그리고 가족들도 각자 자기소개를 했다. 다니엘의 첫째 부인 도로시, 딸 비트리스, 아들 젤라이, 웰슨, 조카 조엘, 외손녀 제미마. 그리고 결혼을 해서 따로 살고 있다는 누구누구, 또 누구누구……. 갑자기 내 정신이 멍해졌다. 너무 많아 외울 수도 없을뿐더러 발음하는 자체도 어렵다. 내가 멍해져서 눈만 껌뻑거리고 있으니 어머니께서 방에 들어가 마사이 사람들이 들고 다니는 막대기와 빨간 슈카숄처럼 두르고 다니는 천를 들고 오셨다.

잠시 나갔던 정신을 바로 잡고 슈카를 받아들었다. 나는 인도에서 해본 경험이 있어 능숙하게 망토를 둘렀다. 잘한다고, 잘 어울린다고 또 박수를 치며 함빡 웃으셨다.

나는 슈카를 두르고, 막대기를 짚고 밖으로 나갔다. 두 아이가 나를 따라 나섰다. 비가 흩날리듯 조금씩 내리는데 꽤 쌀쌀했다. 집 주위에는 아무것도 없었다. 집들도 드문드문 있어 시야를 방해할 만한 것은 아무것도 없었다. 끝없이 펼쳐진 대지의 저 끝에는 더 광활한 하늘이 드리워져 있었다. 초원 위에는 소들이 한가로이 풀을 뜯고 있었다. 평온함만 감도는 이곳. 하지만 그 평온함 속에 치열한 물과의 전쟁이 벌어지고 있다는 것을 상상이나 할 수 있을까.

집에 돌아오니 집에서는 연기가 모락모락 피어오르고 있었다. 벌써 저녁때가 되었나 보다. 날이 저물면서 바람이 더욱 거세져 제법 추웠다. 마냐타에 들어서니 사람들이 불 주변으로 옹기종기 모여앉아 두런두런 이야기를 나누고 있었다. 전기가 없어 호롱불 하나를 밝혀두고 둘러앉아 뭐가 그리 재미있는지 깔깔대는 웃음소리가 그칠 줄을 몰랐다.

저녁식사로 감자와 양파를 볶고 푹 끓여 밥과 함께 먹었다. 나는 워낙 가리는 음식이 없어 이곳에서도 뭐든 잘 먹었다. 이야기꽃은 밥을 다 먹을 때까지도 멈추지 않았고 나에 대한 질문도 계속되었다. 나이부터 시작해서 결혼은 했는지, 부모님은 뭐하시는지, 한국은 어떤 나라인지 등. 통하지 않는 언어를 극복하기 위한 방책은 역시 몸. 손짓에 발짓까지 동원해 대화를 끌어갔다.

처음 지역조사를 다니며 마냐타를 방문했을 때는 사람들이 이 공간에서 어떻게 지낸다는 건지 궁금했다. 나는 이런 공간에서 살 수 있을까 반신반의하기도 했는데 이제는 제법 따뜻하고 아늑하다. 사람들이 살아가는 삶의 냄새가 참 좋다. 비록 환기가 되지 않아 연기 때문에 눈이 매워 눈물이 절로 흐르기도 하지만 사람들은 그래도 웃는다. 그들의 환한 미소가 자욱한 연기를 타고 내 얼굴에도 내려앉는 것만 같다. 조금 부족해도, 가난해도 그들은 웃음을 안다.

그들보다 더 많이 가지고 더 많은 것을 누리고 있는 우리들은 항상 부족함을 느끼며 더 많은 것을 얻고자 치열한 경쟁을 한다. 그리고 그 경쟁 속에서 자신의 삶이 불행하다고 느낀다. 우리가 혹 행복으로 가는 것이 아니라 불행으로 가는 거꾸로 된 삶을 살고 있는 건 아닐까. 고급 승용차를 타고, 모피를 입고, 100평 아파트에 살면서도 채워지지 않는 욕심 때문에 '더, 더, 더!'를 외치는 것이 진정한 행복인지 생각해보게 된다.

사람들은 마파티양철로 지어진 집로 나를 안내했다. 마냐타에서 자고 싶다고 얘기했지만, 비가 오면 안 된다고 하면서 굳이 나를 마파티로 데려갔다. 우리가 함께 밥을 먹었던 마냐타는 이제 부엌으로만 사용하고, 그 뒤편에 마련한 마파티에서 생활한단다. 마파티에는 나를 위한 침대가 마련되었다. 마파티라 해도 전기는 없다. 호롱불이 컴컴한 방을 있는 힘껏 밝히고 있었다. 밖에는 바람이 몹시 불었다. 나는 준비해간 옷을 있는 대로 껴입고 옷에 달린 모자까지 쓰고 잠을 청해야 했다. 케냐를 더운 나라라고 생각한다면 큰 오산이다.

문득 눈을 떠 시계를 보니 새벽 1시 45분. 옷을 너무 껴입고 자서 그런지 몸이 옷에 짓눌리는 듯했다. 이리저리 막 뒤척였지만 답답함은 해결되지 않았다. 날이 밝으려면 5시간은 더 있어야 했다. 바람이 몹시 부는지 창문이 요란스런 소리를 냈다. 이러다 집이 날아가는 건 아니겠지…….

제미마와 함께한 마을 구경

밖에서 분주한 소리가 들려오기 시작했다. 굳게 감겨 있던 눈을 간신히 떠 시계를 보니 6시가 조금 넘었다. 간밤에 잠을 설쳐서 그런지 찌뿌둥했다. 방 안의 공기는 약간 서늘했지만 밖에 나가니 날씨는 아주 화창했다. 어제 내린 비 때문인지 더 맑았다. 심호흡을 깊이 하면서 신선한 공기를 나의 폐에 가득 담았다.

아, 몸속까지 상쾌해지는 이 느낌!

슬금슬금 밖으로 나오는 나를 보시고 간밤에 잘 잤냐고 물으셨다. 나는 잘 잤다는 의미로 "하쿠나 마타타."애니메이션 '라이언킹'을 통해 우리에게도 익숙해진 이 말도 스와힐리어이다. '아무 문제 없다'는 의미가 담겨 있다.를 연발하면서 웃었다. 주변을 둘러보니 아무래도 내가 제일 늦게 일어났나 보다. 다들 제 일을 하느라 분주했다. 가축들도 풀 먹으러 갈 준비를 하고 있었다. 나는 곧바로 마냐타로 갔다. 마냐타에는 여자들이 모여앉아 짜이를 끓이고 있었다. 그 온기로 마냐타는 어젯밤처럼 따뜻했다.

짜이 한 잔과 식빵으로 아침을 열었다. 보통 마사이 사람들은 아침식사는 이렇게 짜이를 마시고 저녁식사는 밤 9시 정도에 주식인 우갈리와 함께 양배추 볶음을 먹거나 가끔 고기 스프를 먹는다. 우갈리는 끓는 물에 옥수수가루를 풀어 우리나라 백설기처럼 만든 것이다. 백설기는 설탕이 들어가 단맛이 있지만 우갈리는 맛이 없다. 무無맛. 그저 옥수수가루를 백설기처럼 만든 것이어서 아무 맛도 나지 않는다. 이것도 꽤 산다는 집이라야 먹을 수 있고 더 가난한 집은 점심을 거른 채 저녁만 먹는다. 사실 대다수의 마사이 사람들은 살림이 넉넉하지 못해 보통 하루에 두 끼 정도만 먹는다.

오늘은 토요일이지만 다니엘은 일이 있어 카지아도에 나가야 한다고 했다. 그래서 나는 제미마와 함께 마을 구경에 나서기로 했다. 이방인 혼자서 이 집 저 집 기웃거리기가 뭣해서 꼬맹이 제미마를 앞세웠다. 제미마는 나를 삼촌이라 부르며 잘도 따랐다.

다니엘의 아버지께서 지내신다는 집에 가장 먼저 들렀다. 다니엘의 형이 아버지를 모시고 함께 살고 있는 집이다.

제미마를 앞세워 집에 들어섰는데 사람들이 모여 무언가 하고 있었다. 가서 자세히 보니 염소가 새끼를 낳는 중이었다. 사람들이 모여서 염소의 출산을 돕고 있는데 분위기가 좀 이상했다. 새끼 염소가 죽은 상태여서 빼내야 한단다. 이들의 재산 1호는 가축이다. 누군가가 나에게 이곳에서는 부인이 죽으면 눈물을 흘리지 않지만 소가 죽으면 눈물을 흘린다는 말을 한 적이 있다. 그만큼 가축을 중요시 여긴다는 뜻이다. 가축과 함께 유목생활을 이어오던 이들에겐 어쩌면 가축이 삶의 전부일 수도 있다.

상황이 어느 정도 수습되고 내 소개를 하고 인사를 나눴다. 다니엘의 아버지는 연세가 자그마치 100하고도 20을 더해야 한다고 했다. 너무 놀라 출생연도를 여쭀더니 모른다고 하신다. 믿어야 하나, 말아야 하나 생각하고 있는데, 마사이 사람들은 가뭄이나 홍수, 산불 같은 큰 사건을 기준으로 나이를 가늠한다고 한다. 우리네 셈법과는 다르지만 그렇게 따진다면 120세는 족히 되실 것도 같다.

가족들에게 내가 여기 온 목적을 설명하니 자기들이 파놓은 우물이 하나 있다고 한다. 그곳에 가보니 우물이라기보다는 그저 좀 큰 웅덩이가

마을 사람들이 흙을 파고 돌을 깨어 만들었다는 우물이 여럿 있다. 흙탕물이다.
그나마 둘레에 돌을 괴어 둔 우물은 주변 흙이 덜 들어와 좀 나아 보인다.
그래도 나뭇가지와 나뭇잎이 둥둥 떠다니는 건 마찬가지다.

하나 있었다. 그 주변에는 군데군데 흙더미가 쌓여 있고 손으로 판 자국들이 보였다. 돌을 깬 흔적들도 곳곳에서 확인할 수 있었다. 이렇게 큰 웅덩이를 파서 건기에 사용할 물을 모아둔다고 했다. 목마른 자가 우물을 판다고 했던가. 온전히 사람들의 손으로만 파낸 우물에는 물을 구하고자 하는 이들의 노력이, 그 간절함이 고스란히 새겨져 있었다.

각자 자기들 땅에 이렇게 우물을 파놓았지만 가족, 친척을 비롯한 마을 주민들이 누구나 와서 사용할 수 있도록 하고 있다고 했다. 하지만 우물이라고 해봤자 그냥 땅만 파놓은 상태라 비가 오면 주변에 있는 오염물들이 떠밀려 들어와 깨끗한 물도 더러워질 것 같았다. 큰 돌 몇 덩이로 주변을 막아놓은 우물은 그나마 수질이 상대적으로 나아 보였다. 물론 좀 덜 더러워 보인다는 의미일 뿐 이 물이라고 식수로 쓸 만큼 깨끗한 물은 아니다. 또 다른 우물은 둘레가 흙으로 되어 있어 비가 오면 흙이 무너져 내려 아예 흙탕물이 된다고 했다. 캄보디아와 크게 다르지 않았다. 캄보디아에서도 사람들이 손으로 땅을 팠지만 우물의 벽에 별다른 장치를 하지 않아 흙탕물이 되어 식수로 사용하기에는 적합하지 않았다. 또 다른 문제는 가축이다. 가축들도 물을 마셔야 하는데 그 물의 양은 사람이 마시기에도 턱없이 부족해 보였다.

비트리스를 위하여

주변을 돌아보고 오니 비트리스가 막 집을 나서고 있었다. 이 마을의 주민들이 많이 들고 다니는 20ℓ짜리 물통과 끈을 들고 있었다. 딱 보니 비트리스가 물을 뜨러가는 것 같아 바로 그녀의 뒤를 따랐다. 집에서 조금 떨어진 곳에 개울이 있었지만 우기에만 흐르는 개울이라 지금은 다 말라 있었다. 그 개울을 따라 좀 더 걷다 보니 조그마한 웅덩이가 나왔다. 마을 사람들이 건기에 개울이 마르면 사용하려고 만들어 놓은 것이라고 한다. 그 웅덩이는 나뭇가지, 나뭇잎을 비롯한 이런저런 부유물들로 가득했다. 그런데 이 물이 깨끗한 물이란다. 비트리스는 다른 쪽에 있는 웅덩이를 가리키며 주변에 있는 흙이 물을 흐려 그 물은 마실 수 없게 되었다고 했다.

그녀는 아주 능숙하게 통에 물을 담고는 줄을 묶어 머리에 맸다. 나는 기사도를 발휘하고자 그 줄을 낚아채 내가 하겠다고 했다. 하지만 그 말을 들은 비트리스는 절대로 안 된다며 다른 사람이 보면 자기가 혼난다

이곳에서 물을 퍼 나르는 일은 여성들의 몫이다.
비트리스는, 그리고 이곳의 많은 여성들은
20ℓ 물통을 짊어지고
하루에도 몇 번씩 이 길을 오가야 한다.

고 했다. 물을 길어 나르고, 집안을 청소하고, 음식을 만들고 하는 일들은 모두 여성들의 몫이기 때문에 남성인 내가 하면 안 된다는 것이었다. 그렇게 비트리스는 나의 호의를 거절한 채 그 무거운 물통을 지고 앞장섰다.

마사이 사람들은 꽤, 아니 엄청나게 가부장적이다. 우리 부모님 세대, 그리고 그 전 세대 어르신들이 그랬던 것처럼. 그래서 식수지원은 단순히 물을 지원하는 것으로 그치는 것이 아니라 이곳 여성들의 가사노동을 줄이는 데에도 보탬이 될 것이다. 그나마 이 마을은 이런 웅덩이라도 집에서 멀지 않은 곳에 있어 덜 힘든 편이었다. 그리고 좀 산다는 집에서는 당나귀로 물을 실어 나르기도 한다. 하지만 많은 여성들이 하루의 절반을 물을 길어 나르는 일에 할애한다. 물이 좀 더 가까운 곳에 있다면, 물을 힘들이지 않고도 구할 수 있다면 그 파생효과는 아마도 우리가 상상하는 것 이상일 것이다.

물론 중요한 것은 '주민들이 그것을 원하는가.'이다. 어느 지역에서는 NGO단체들이 식수난이 심각해 보이는 지역에 핸드펌프를 지원해줬는데도 불구하고 사람들이 집에 가까이 있는 그 시설을 사용하지 않는다고 했다. 그 내막을 살펴보니 여성들이 오가며 수다도 떨고, 가사노동에서 벗어나는 해방감도 느낀다고 하면서 집 근처에 있는 식수원을 두고 일부러 좀 멀리 떨어진 곳으로 물을 뜨러 다닌다고 했다. 우리의 기준으로 판단하는 것이 아니라 그들의 이야기를 먼저 듣는 것이 무엇보다도 중요하다는 것을 항상 새겨야 한다.

오늘은 여러 곳을 많이 돌아다녀서 그런지 피로가 몰려왔다. 집에 들어오니 밖에서 풀을 뜯고 있던 소와 양들도 일렬로 줄을 맞춰 집에 돌아오고 있었다. 오늘도 어김없이 마냐타 안에서 담소가 펼쳐졌다. 물론 나는 잘 알아들을 수 없지만 그래도 한쪽에 자리를 잡고 앉아 그들 속에서 웃음을 더했다.

이렇게 다함께 모여 하루를 나누고 각자 자기만의 꿈을 꾸러 흩어졌다. 오늘도 누군가가 내 방 호롱에 불을 켜놓았다. 나 역시 누군가의 손길이 필요한 사람이다. 사람 인人 자를 보면 서로 기대고 있듯이 세상은 이렇게 사람들과 함께 살아가야 하는 거구나 싶다. 내가 이들을 돕겠다고 이 먼 나라 케냐에 왔지만 이들의 도움이 없다면 나는 아무 것도, 어떤 것도 할 수 없을 것이다. 지위고하, 지역, 인종, 종교를 막론하고 사람으로서 함께 살아가는 세상, 그런 세상을 꿈꿔본다.

누군가의 손길로 오늘도 나는 따뜻하게 잠을 청했다.

쉴 틈 없는 일요일

왼쪽 다리가 너무 아팠다. 그 아픔에 잠을 깼다. 시계를 보니 어젯밤에 깼던 그 시간인 새벽 1시 40분이 막 지나고 있었다.

드디어 올 것이 왔다.

벼룩군과 빈대양!

걱정은 했지만 정말 올 줄이야. 벼룩군 사단과 빈대양 군단이 와서 나를 공격하고 있었다. 가렵다 못해 아픔이 밀려왔다.

바람의 딸, 한비야씨는 물린 자국을 보고 빈대인지 벼룩인지 구분할 수 있다고 했다. 나도 인도에 있을 때나 지금 아프리카에 와서도 벼룩과 빈대는 모기에 물리는 것처럼 일상이 되어버려 이제 어느 정도는 견딜 수 있다. 하지만, 그래도 이렇게 큰 사단과 군단이 몰려오면 물과의 전쟁보

아무런 정수 시설 없이 이 흙탕물은 그대로 식수가 된다.
그래서 가축들도, 사람들도 각종 질병에 시달린다.

다 벼룩과의 전쟁을 먼저 치러야 할 지경이 되어버린다.

마사이 사람들의 보마를 보면 울타리 안 주변부로 마냐타가 있고 그 마냐타 안쪽으로 가축우리가 있다. 가축을 야생동물로부터 보호하기 위해 그렇게 만들었는데 그러다 보니 파리와 벼룩도 그들과 함께 살게 되었다. 나는 홀로 벼룩과 빈대와의 전쟁을 치르면서 어김없이 찾아온 아침을 맞이했다.

아침이 되면 집집마다 연기가 모락모락 피어난다. 이 지역에는 나무가 거의 없다. 그래서 소똥을 햇볕에 말려 땔감으로 사용한다. 어느 지역에서는 땔감을 구하기 위해 무분별한 벌목이 진행되고 있는데 이 또한 문제가 되고 있다. 이렇게 소똥을 대체 연료로 사용하게 되면 벌목을 조금이

나마 줄일 수 있지 않을까? 우리나라도 숲이 울창하게 된 것이 나무심기뿐 아니라 연탄이라는 대체연료가 보급되면서부터라고 하는데, 소똥뿐 아니라 태양, 바이오가스 등 적정기술을 활용한 대체 에너지 보급도 시급하다. 하지만 그 적정기술을 보급하는 데 있어서 고려해야 할 부분이 있다. 기술은 현지 눈높이에 맞아야 하고, 자재는 지역에서 쉽게 구할 수 있는 것이어야 하며, 그 적정기술의 중심에 주민들이 있어야 한다. 이러한 것이 고려되지 않고서는 적정기술이 적정하지 않은 하이테크 기술이 되고 시간이 지나면 결국 무용지물이 될 것이다.

오늘은 일요일. 다들 교회에 간다고 분주했다.

제일 예쁜 옷을 골라 입고, 머리도 만지고, 신발도 닦으면서 다들 한껏 멋을 부렸다. 제미마도 상당히 신경 썼다. 나는 오늘도 제미마 옆에 붙기로 결심했다.

나는 부모님의 영향으로 교회보다는 절이 익숙하지만 아프리카 케냐에서는 교회에 가는 것도 필요한 일이라는 생각이 들었다. 케냐에는 가는 곳마다 교회가 세워져 있다. 케냐 인구의 약 80%가 기독교를 믿기 때문이다. 게다가 정말 오지라고 생각되는 곳에도 한국 교회가 세워져 있다. 한국은 미국 다음으로 인구비율 당 선교사를 많이 보내는 나라라고 한다. 그러니 나도 교회에 가봐야겠다고 생각했다. 여기에 살고 있는 주민들의 삶을 이해하기 위해서는 그들의 삶 곳곳을 둘러봐야 하지 않겠는가. 그들의 삶과 문화를 이해하는 것이 내가 이곳에서 해야 하는 첫 번째 일이자 가장 중요한 일일 것이다.

언덕을 하나 넘고 40여 분을 걸어 교회에 도착했다. 교회로 가는 길 중간에 여러 웅덩이를 볼 수 있었는데 꽤 이른 아침인데도 가축들이 물을 마시고 있었다. 이곳도 사람들이 손으로 웅덩이를 파서 물을 사용하고 있었다. 아마도 지표면과 대수층이 그리 멀지 않은가 보다.

우리가 조금 늦게 교회에 도착해서 그런지 벌써 예배가 시작되고 있었다. 20명 남짓한 사람들이 모여 기도를 하고 있었다. 그러다가 앞으로 나가서 노래도 부르고 춤도 추면서 재미있게 기도를 했다. 마사이 특유의 전통춤을 추면서 흥겹게 기도가 진행되었다. 이들에게 종교, 기독교는 하나의 문화로 자리한 것 같다. 그렇게 교회의 일정이 끝난 뒤 사람들은 끼리끼리 모여 서로의 안부를 물었다. 물 긷고, 밥하고, 청소하고, 빨래하는 가사노동의 반복에서 벗어난 아주머니들은 서로의 이야기를 나누면서 교류한다. 교회에서 노래를 부르고 춤을 추고 사람들을 만나는 것이 틀에 박힌 일상에서의 탈출이자, 삶의 해방구가 되는 것이다. 그 활력으로 또 일주일을 살아간다. 종교는 그들에게 종교 그 자체를 넘어 삶의 한 부분이다.

교회를 다녀와 다니엘을 따라 마을 중심가로 나갔다. 중심가라고 해봤자 양철로 지은 건물이 7개 남짓 모여 있을 뿐이다. 우리나라 읍내보다 더 소박한 규모다.

넓은 벌판을 지나 중심가에 도착하니 일요일이라 그런지 사람들로 북적북적했다. 다니엘이 사람들과 이야기를 하는 동안 나는 이곳저곳을 둘러보았다. 그런데 한 집에서 양과 염소 털을 분류하고 있었다. 주위에 있던 주민 한 분이 말씀하시길, 털이 붙어 있는 양과 염소 가죽을 지역주민에게 80실링약 1,120원에 사서 손을 본 후 나이로비 가공공장에 100~ 150실링약 1,400~2,100원을 받고 되판다고 했다. 그렇다면 혹 가공공장을 여기다 세워서 고용도 창출하고 직접 나이로비에 내다팔면 이들의 소득을 확보하는 데에도 도움이 되지 않을까라는 생각도 들었다. 가난을 해결하기 위해 이들에게도 소득원이 있어야 하지 않을까? 물론 소득만으로 해결할 수 있는 건 아니겠지만 주기적으로 확보할 수 있는 소득원이 생긴다면 좀 나아지지 않을까. 이들은 예로부터 가축을 기르는 일에는 따라올 자가 없다. 이런 기술들을 잘 배워서 이용하면 지금 이 가난에서 조금이라도 벗어날 수 있지 않을까.

중심가를 돌아보고 집에 오니 다니엘의 동생이 집에 와 있었다. 내 소식을 듣고 온 모양이다. 나를 보더니 다짜고짜 자기 집 주변에 우물이 있는데 보러 가지 않겠냐고 했다. 정말 숨 돌릴 틈도 없는 날이다.

아프리카 케냐로 오면서 했던 '필요한 곳에 잘 쓰이도록 하겠다.'는 다짐을 되새기면서 또 집을 나섰다. 차를 타고 15분쯤 달려 도착했는데 그곳에는 핸드펌프가 있고 산에서 물이 흘러나오고 있었다. 어쨌든 이곳은 나름 축복받은 축에 속한다. 그렇게 둘러보고 이야기를 나누기 위해 다니엘 동생 집에 들어갔다. 잠시 후 짜이 한 잔과 함께 질문 공세가 펼쳐졌다.

케냐에는 언제 왔는지, 내 가계도 조사부터 결혼계획, 한국문화를 비롯해 기타 등등. 그러던 중 내가 사용하는 경비와 지원되는 돈이 어떻게 마련되는지에 대한 질문이 나왔다. 내가 사용하는 자금과 우물을 지원하는 돈들은 한국에 계시는 분들이 자신이 먹을 것, 입을 것을 아껴서 자신보다 더 어렵게 사는 사람들을 위해 기부하는 돈이라고 했다. 그래서 나도 이 돈을 아껴 정말 필요한 곳에 잘 사용해야 하고 우물도 정말 필요한 곳, 가장 열악한 곳을 잘 찾아 지원해줘야 한다고 했다. 덧붙여 그렇기 때문에 여러분은 이를 잘 사용하여 스스로 이 가난에서 빨리 벗어나도록 노력을 해야 하고, 더 힘들게 사는 사람들을 위해 지금 받은 것을 갚

다니엘 가족들과 함께한 3박 4일.
제대로 씻지도 못하고 다리는 벼룩과
빈대의 공격으로 엉망이 되었지만
진정 사람 냄새를 맡을 수 있는
행복한 시간들이었다.

아야 하지 않을까……라고 일장 연설을 하게 되었다. 그렇게 열변을 토하다 보니 갑자기 분위기가 숙연해졌다. 이런, 내가 말을 너무 많이 했나.

그렇게 오늘 일정을 마감하고 집에 돌아오니 해가 뉘엿뉘엿 지고 있었다.

집에 돌아오니 다니엘 부인은 우유를 열심히 짜고 계셨다. 우유는 마사이 사람들의 중요한 양식이다. 가난한 집에서는 이것으로 끼니를 때우기도 한다. 우유에 물을 타거나 옥수수가루를 타서 마시는 것이 한 끼 식사이다. 여느 때와 마찬가지로 마냐타 안에서 여성들의 수다는 밤이 깊어가는 줄 모르고 계속되었다.

마지막 밤인 오늘은 사람들과 함께 사진도 찍고 얘기도 나누면서 아쉬움을 달랬다. 짧은 시간이었지만 한 밥상에서 밥을 나눠먹고 생활하는 것이 얼마나 사람들 사이를 끈끈하게 하는지 새삼 느낄 수 있었다.

인키니 농장의 힘, 마마들

카지아도 중심지에서 약 14km 떨어진 인키니 마을에서는 지난 2009년부터 마을농장 프로젝트를 진행하고 있다. 유목생활을 하던 마사이 사람들이지만 기후변화의 영향과 정착제도의 실시로 인해 더 이상 유목생활을 할 수 없게 되었다. 유목생활이 아닌 다른 삶의 방식인 농업을 소개하고 지속가능한 소득창출을 위해 이곳에 시범농장을 꾸렸다. 그렇게 꾸려진 농장은 주민들의 자원활동으로 운영된다.

비가 오면, 꼭 다시 만나요

농장으로 가기 전 카지아도 시장에 들러 마마스와힐리어로 '마마'는 결혼한 여성에 대한 존칭의 의미로 사용된다. '엄마'라는 뜻도 있다.들을 위한 옷을 샀다. 매일 아침 맑았던 하늘은 오늘따라 잔뜩 흐리다. 농장으로 향하는 발걸음이 무겁다.

오늘은 정들었던 마마들과 헤어지는 날. 그들을 떠나보내는 날이다.

인키니 농장에는 주민위원회와 협의하여 농장에 고용된 10명의 농장 활동가우리는 농장에서 일하시는 분들을 농장활동가라고 부른다.가 있다.

농장관리자인 마이클, 요리사 그레이스, 경비원 폴, 농장활동가인 파라사이토, 조엘, 주다, 데이비드 아저씨들과 사라, 날로투에샤, 코야소 마마들.

2011년 1월부터 약 5개월간 농장에서 함께 땀 흘리고 울며 웃었던 사람들이다.

목축을 위주로 유목생활을 했던 마사이 사람들은 기후변화의 영향으로 매년 가축을 잃어 점점 생계가 어려워지고 있다. 이들에게 목축이 아닌 다른 삶의 대안을 보여주고 농장에서 발생한 수익을 통해 마을 스스로 씨앗 기금을 마련할 수 있도록 하는 것, 그래서 외부 자금에만 의존하는 것이 아니라 자발적이고 주체적으로 자신들의 마을을 개발할 수 있도록 하는 것. 그것이 인키니 시범농장의 시작이었다.

처음 이곳에 농장을 제안하면서 주민들의 땅 기부로 농장이 만들어지고, 주민들은 적극적으로 농장에서 자원활동을 했다. 하지만 예상치 못했던 일들이 벌어지고 프로젝트가 중단되기도 하면서 주민들의 참여는 점차 낮아졌고 이런저런 운영상의 어려움을 겪게 되었다. 주민위원회와의 논의 끝에 마을 내 지원자를 받아 농장활동가를 선발하기로 했다. 많은 사람들이 농업을 체험할 수 있도록 고용인력순환제를 도입하기로 한 것이다. 되도록 많은 사람들이 농업에 대한 경험과 체험을 할 수 있고, 이 농장은 주민 모두의 책임이라는 의식도 생길 것이라는 기대감으로 농장활동가를 3개월 주기로 바꾸기로 한 것이다.

서둘러 간 농장에서는 이미 마마들이 일을 시작하고 있었다. 매일 아침 지각하기를 밥 먹듯 하던 날로투에샤 마마는 오늘따라 유난히도 열심히 잡초를 제거했다. 나이가 많아 힘든 일은 피했던 사라 마마도 오늘

인키니 농장에 힘이 되어준 마마들.

은 온 힘을 다해 잡초를 뽑았다. 그동안 말이 거의 없었던 코야소 마마는 오늘따라 계속 나에게 말을 걸어왔다.

오늘이 마지막이라는 것이, 오늘의 헤어짐이 다들 아쉬운가 보다. 다들 나와 같은 마음인가 보다.

함께 점심식사를 하며 마마들에게 그동안의 고마움을 표현하고자 카지아도 시장에서 사온 마사이 전통의상을 선물로 드렸다. 마마들은 계속 "아씨올렝, 아씨올렝."고맙습니다.하고 인사를 건네며 어느 때보다 환한 웃음을 지어주셨다.

그런데, 점심식사가 끝나고 늘 잔디밭에 누워 낮잠을 즐기던 날로투에샤 마마가 보이지 않는다. 그녀가 어디 있나 농장을 두리번두리번 거리는데, 농장 한가운데 있는 나무 아래에서 혼자 앉아있는 그녀가 보였다. 그녀에게 다가가 옆에 앉았다. 눈에 눈물이 그렁그렁 맺힌 그녀가 나에게 얘기했다.

"비가 오면, 농장에 다시 올게."

그녀의 이름처럼날로투에샤는 '비와 함께 온 사람'이라는 뜻이다. 그녀는 비가 오면 농장에 다시 올 거라고 말했다. 눈물 맺힌 그녀의 눈을 보니 나도 모르게 눈물이 나서, 고개를 돌려 몰래 눈물을 훔쳐냈다.

헤어짐은 늘 이렇게 아쉽다. 하지만 이 순간이 마지막이 아닌 것임을 알기에, 이곳에서든 마을에서든 우리는 또 만나고 함께할 것임을 알기에 나는 마마들을 향해 환하게 웃었다.

농장에서 함께 울고 웃었던 그 시간들을 마마들은 어떻게 기억할까? 농장에서의 활동과 경험이 단지 금전적인 차원이 아닌 그들의 삶에도 긍정적인 영향으로 작용하길 바란다면 내 욕심이 과한 걸까?

마을 사람들의 집 앞에 작은 텃밭이 하나씩 하나씩 늘어가는 것을 볼 때마다 나도 그만큼 힘이 난다.

내일부터는 또 다른 사람들과 함께 농장을 만들어갈 것이다. 새로운 사람들과 함께 할 내일을 기다리며 오늘의 아쉬움을 달래본다.

티테이 마마와 함께.

티테이 마마

인키니 농장에서 가장 열심히 자원활동에 참여했던 티테이 마마가 아프다는 이야기를 들었다. 한번 찾아가 봐야지, 찾아가 봐야지 하다가 해를 넘기고서야 드디어 오늘 가게 되었다.

현지활동가인 조이스와 함께 카지아도에서 설탕, 우갈리 가루, 찻잎을 사고 마마네 집을 향해 걸음을 옮겼다. 마마네 집은 농장에서 40분 정도 떨어진 곳에 있다. 티테이 마마는 농장활동가 조엘 아저씨의 부인으로 농장위원회 중 한 사람이다. 2011년부터 농장위원회 회의 때마다 늘 가장 먼저 오신 분이고, 자원활동 프로그램에서도 하루도 빠지지 않고 열심히 참여하셨다.

40분을 걸어 드디어 도착했다. 오랜만에 만난 티테이 마마가 우리를 맞아주시는데, 그동안 많이 아프셨는지 마마에게서 아픈 사람 냄새가 났다. 어디가 그렇게 아프신 건지, 언제부터 그렇게 아프셨던 건지.

티테이 마마는 어렸을 때 소에 허리를 받힌 적이 있었는데, 그 영향인지는 모르겠지만 자궁에 문제가 있어 내일 나이로비에 있는 케냐타 병원

양철로 만든 마파티.
마사이 전통가옥은 소똥으로 지은 마냐타이지만
요즘은 양철 지붕을 얹은 마파티로 개량되고 있다.

에서 수술을 하게 되었다고 했다. 지금은 조금 나아지기는 했지만 오랫동안 걷기에는 힘들다고 하셨다.

티테이 마마가 짜이 한 잔 하라며, 마파티로 안내해주셨다. 마파티는 조엘 아저씨가 지내는 집으로 입구에 소파가 놓여 있었다. 아저씨는 앉아있는 우리에게 이런저런 이야기를 시작하셨다.

병원비가 60,700실링[약 85만 원]인데 20,000실링[약 28만 원]을 마을 사람들에게 빌렸다, 그런데 이자가 5,000실링[약 7만 원]이다, 그리고 어제 양 10마리를 팔아 40,000실링[약 56만 원]을 마련했다, 그런데 여전히 돈을 만드는 것은 어렵다…….

그리고 농장 수익금을 빌려서 사용할 수 있냐고 물으셨다. 농장 수익금은 마을 사람들 공동의 이익을 위해 모으고 있다. 개인의 필요에 의해 빌려주거나 줄 수는 없는 일이었다. 그리고 농장 수익금의 사용 여부는 나에게 달려 있는 것이 아니라 농장위원회 회의를 통해 결정하는 사항이다. 사람은 감정의 동물이라 이런 이야기를 들으면, 과연 이렇게 활동하는 것이 올바른 일인가 하는 생각이 들 때가 있다. 마을 사람들의 사정을 자세히 알수록 그들이 원하는 것을 해주는 것이 맞는 것이 아닌가 하는 생각이 들기도 한다.

이런저런 생각에 심란해 하고 있는데 조엘 아저씨가 손을 씻으라며 비누와 물을 가져다 주셨다. 통에 담긴 물은 실랑가 물[저수지에 고인 물]이 아니라며, 탱크에 있는 물이라는 말씀도 하셨다. '짜이 마시는데 왜 손을 씻어야 하지?'라고 생각하며 손을 씻는데, 티테이 마마가 짜이와 함께 접시에 식빵을 담아 오셨다. 식빵은 카지아도 중심지에 있는 가게에서만 구할 수 있어 마을 사람들이 쉽게 먹을 수 있는 음식이 아니다. 그런데 식빵을 주시다니, 왠지 미안함과 고마움이 교차했다. 빵과 함께 짜이를 마시며 티테이 마마의 이야기를 들었다. 마마는 더 먹으라며 내 잔에 짜이를 더 따라주셨다. 기분이 묘했다. 나는 그저 마마의 수술이 잘 되길 기도하는 것밖에는 할 수 있는 일이 없었다.

며칠이 지나 수술을 마친 티테이 마마가 집으로 돌아왔다는 소식을 듣고 다시 마마네 집으로 향했다. 새로 나온 달력도 전해드릴 겸.

내가 도착했을 때엔 이미 동네 사람 여럿이 모여 있었고, 티테이 마마의 아들이 우리를 안내했다. 마마네 마냐타는 병원 냄새로 가득했다. 수술은 잘 되었고, 닷새 동안 입원해 있다가 집으로 돌아왔다고 했다. 그리고 며칠 후 다시 병원에 가 실밥을 뽑을 예정이라고 했다. 마마는 수술한 곳이 아픈지 말하는 것도 힘들어 보였다. 그래도 주변이 사람들로 가득 차 마음이 포근해지는 것 같았다. 괜히 폐가 될까 싶어 달력만 전해드리고 얼른 일어나려는데 마마는 짜이를 마시고 가라고 한사코 붙잡았다. 짜이를 기다리는데, 잠이 쏟아져 마마가 마주 보이는 자리에 앉아 있다가 나도 모르게 잠이 들어버렸다. 두툼한 이불이 아닌 소가죽을 깔아 나무의 울퉁불퉁함이 그대로 느껴지지만 오늘따라 그 자리가 참 편했다.

10분 정도가 흘렀을까. 기다리던 짜이를 가져다 주셨다. 마냐타 안은 작은 불빛도 허용하지 않는 듯 한낮에도 밤처럼 깜깜했다. 모든 마냐타들이 그렇듯이. 짜이를 마시고 밖으로 나오는데, 해가 중천에 떠 있었다.

티테이 마마네 집에서 나와 새로 제작한 내년도 달력을 들고 다시 걷기 시작했다. 마을에서 달력을 구하기란 하늘의 별따기다. 마을 사람들의 사진을 담아 만든 인키니 마을 달력은 그 의미가 더 하기에 이 달력을 전해줄 수 있는 것도 내게는 행복이다.

지난 한 해의 모습을 담아 우리들만의 달력을 만들었다.
그래서 우리 마마들은
달력을 손에서 놓지 못하고 보고 또 본다.

로나 마마

오늘은 오랫동안 보지 못한 로나 마마를 만나러 왔다. 로나 마마는 인키니 농장 부근에서 작은 가게를 운영하는데, 요즘은 몇 달째 가게 문이 굳게 닫혀 있었다.

마마한테 무슨 일이라도 있는 걸까.

로나 마마네 집은 티테이 마마네 집보다 조금 더 가까이 있다. 인키니 농장에서는 약 30분 정도 걸어가야 한다. 조이스와 함께 마마네 집으로 향하는데, 작년 4K클럽인키니 초등학교에서 진행하는 방과 후 활동 중 하나인 농업 클럽으로 인키니 농장에서 이론 · 실습 교육을 진행하였다. 멤버였던 로나 마마의 딸을 만났다. 그런데 그 작은 등에 아기를 업고 있었다. 마마의 딸은 농장 옆에 있는 인키니 초등학교를 다니고 있었는데, 방학동안 임신을 해서 학교를 그만두었다고 했다. 인키니 마을 여학생들은 방학 중에 임신을 해서 다음 학기에 학교를 그만두는 경우가 종종 있다.

아, 이 10대 소녀가 엄마가 되었다니!

로나 마마는 집안일을 돌봐줄 사람이 없어 운영하던 가게를 그만두었던 것이다. 마마는 매일 장작을 패고, 물을 길어오고, 음식을 준비한다. 마마에게는 이 하루가 너무 짧다.

마마와 함께 요즘 사는 이야기, 농장 이야기, 마을 사람들 이야기를 나누다 마마가 끓여주신 짜이 한 잔을 마시고 집을 나섰다.

사람들을 만나 이렇게 사적인 이야기를 나누는 것이 가끔은 조심스럽기도, 부담스럽기도 하다. 하지만 그들의 이야기를 들으면 그들의 삶이 보이기 시작한다. 그리고 그만큼 그들을 조금씩, 조금씩 이해하게 된다.

오늘은 너희 집, 내일은 우리 집

"네끼씨! 언제 너희 집에 초대할거니?"

"토요일!"

"토요일 말고 금요일에 가서 너희 집에서 하룻밤 자도 될까?"

"그래!"

오늘은 엔요뇨르 마을에서 처음으로 묵는 날이다. 그리고 네끼씨 집에서 자기로 한 날이다. 길을 나서기 전, 집 앞 가게에 들러 짜파티둥글넓적하게 프라이팬에 부쳐내는 밀가루 부침개를 만들 가루와 설탕, 찻잎을 사서 가방에 담았다. 그리고 연고, 거즈, 반창고를 챙겨 가방에 넣었다. 물이 없으면 꺼낼 일도 없겠지만 그래도 칫솔과 치약도 챙겼다.

오후 5시 20분. 종례를 끝으로 학교의 모든 수업이 끝났다. 아이들이 우르르 몰려나와 "잘 가~."라고 인사했다. 몇몇 아이들은 서로 자기 집에 가자며, 내 손을 잡아끌었다. 네끼씨는 그때까지도 내게 집에 가자는 말을 하지 못했다. 수줍음인지, 쑥스러움인지, 아니면 사춘기 소년의 자

네끼씨와 함께.
네끼씨는 신발이 작아 불편하다며
맨발로 다닐 때가 많았다.

존심 같은 건지도 모르겠다. 그런 네끼씨를 불러 집에 가자고 했다. 네끼씨는 신발이 불편한지 신발을 벗어 손에 쥐고, 맨발로 길을 걷기 시작했다. 길은 오르락내리락 산길이다. 30~40분 남짓 걸어가니 집이 보였다.

네끼씨의 엄마인 레베카 마마가 문 앞에 나와 우리를 반갑게 맞아주셨다. 마마는 내 손을 이끌어 하룻밤을 보낼 집으로 데려갔다. 소똥으로 집을 짓기는 했지만, 일반 마냐타와는 다르게 지붕이 높아 허리를 구부리지 않아도 되었다. 지붕은 양철로 덮었고 방 안에는 넓은 침대도 있었다. 나는 가방을 그곳에 두고 네끼씨와 함께 마냐타로 갔다.

마냐타에서 짜이를 끓이고 있던 레베카 마마는 연신 나에게 우갈리를 먹는지, 치킨을 먹을 수 있는지 물었다. 네끼씨와 레베카는 계속해서 내가 어떤 음식을 먹을 수 있는지, 뭘 좋아하는지 물었다.

"네끼씨! 난 우갈리도 좋고, 치킨도 좋고, 수쿠마도 좋고 다 좋아!"

레베카 마마는 잠시 뒤 내 손을 잡고 집 앞에 있는 가축우리로 갔다.

"나시바이! 소젖 짤 수 있어?"

흠, 인키니 농장에서 여러 차례 시도해보았지만 결국 실패했었다. 그래, 오늘 다시 도전해보자 싶어 소젖에 손을 댔지만, 우유는 나오지 않았다. 그런 내가 재밌는지 다들 깔깔 거리고 웃었다.

레베카 마마는 저녁식사 메뉴를 고민하고 또 고민하더니 결국 내가 사온 짜파티 가루로 짜파티를 굽고, 집에서 키우던 닭을 잡았다. 짜파티를 굽고 있는데, 에밀리 아줌마가 나를 보겠다고 들르셨다. 학교가 끝나고 함께 오다 헤어졌던 까중구도 왔다. 까시꾸아 아저씨도 오셨다. 이들은 이렇게 내가 조금 다가가면 어느새 내 앞에 성큼 다가와주셨다.

식사 전 짜이를 마시고 있는데 네끼씨가 내게 물었다.

"나시바이, 근데 나는 나시바이가 어디에 사는지, 나시바이 집이 어딘지 잘 몰라."

"그래? 우리 집은 카지아도 중심지에 있는데, 궁금해?"

"응, 내일 나시바이랑 같이 가서 자고, 일요일에 집에 올래!"

"그래, 그럼. 그렇게 하자. 내일 같이 우리 집에 가자."

그동안 나는 마을 주민을 우리 집에 초대하는 것은 조심스러운 일이라고 생각하고 피해왔다. 게다가 한 아이에게만 신경을 쏟으면 다른 아이들이 좋아하지 않을 것 같다고 생각했다. 하지만 네끼씨가 우리 집이 궁금하다고 물었을 땐 생각이 좀 바뀌었다. 나도 이 아이에게 너희 집에 가고 싶다고, 언제 초대할거냐고 묻지 않았던가. 난 그렇게 편하게, 당연하게 네끼씨 집에 가려고 했으면서 이 아이가 우리 집에 오고 싶다고 할 땐 왜 조심스런 마음이 앞서야 하는지, 왜 따져야 하는 것이 많아지는지……. 그래서 난 결단을 내렸다. 오늘밤은 이곳에서 보낸 것처럼 내일 밤은 우리 집에서 함께하기로 했다.

레베카 마마가 해준 닭요리를 먹고, 나는 네끼씨의 누나와 함께 마냐타에 누웠다. 맞은편에는 네끼씨와 까중구가 함께 누웠다.

오후 9시 30분.

불빛 하나 없는 이곳은 어두웠지만, 참 편하고 따뜻했다. 잠을 자기 전, 네끼씨가 장작을 들고 와 불을 지폈다. 연기 때문에, 감기 때문에 연신 콜록콜록 거렸다. 장작불이 이렇게 따뜻했었나? 딱딱한 마냐타에서 나도 모르게 잠이 들었다 깼다. 몸을 뒤척일 수 없이 좁은 공간, 그 공간 속으로 찬바람이 바닥에서, 벽에서 스며들어 왔다. 장작은 이미 꺼졌다.

잠바를 입고, 양말을 신고 있는데도 추위를 막지는 못했다. 레베카 마마가 준 슈카마사이 남자들이 몸에 두르는 망토를 덮고 있지만, 좀처럼 잠이 들지 못했다. 감기에 걸린 네끼씨는 밤새도록 기침을 했다. 네끼씨의 누나는 내 옆에서 코를 골며 잤다. 좁고 딱딱한 이 침대에 익숙하게 잠들어 있는 그녀를 보니 뭔가 마음이 찡했다. 그렇게 뜬눈으로 밤을 지새워야 했다.

아침에 일어나 레베카 마마가 끓여준 짜이를 마시고, 네끼씨를 따라 나섰다. 네끼씨는 아침 일찍 소와 염소, 양을 몰고 물을 먹이러 나갔다. 소는 가만히 있질 못했고, 네끼씨는 그런 소를 잡느라 뛰어다녔다. 그러다 한 구석에 소를 몰고는 까시꾸아 아저씨네 집에 놀러가자고 나를 불렀다. 까시꾸아 아저씨네도 정신없이 바빠 보였다. 주말이면 아이들은 소를 몰러 나오고, 부모들은 장작을 패고 밭을 돌보느라, 빨래를 하느라 분주하다.

"나시바이, 카지아도로 몇 시에 갈 거야? 정말 네끼씨랑 같이 갈 거야? 우유 가져가서 짜이 끓여 마셔."

집으로 돌아왔더니 마마는 한 통 가득 끓인 우유를 담아주셨다. 카지아도로 가는 길이 배고플까봐 조금 이른 점심식사도 만들어주셨다.

"나 씻을 테니 좀만 기다려줘."

네끼씨는 카지아도로 구경 갈 생각에 신이 났나 보다. 어젯밤엔 세수도 안하고 자더니 참 부산스럽게도 움직였다. 네끼씨는 어느새 새 옷으로 갈아입고 나타났다. 레베카 마마는 내게 언제 또 올 건지 묻고 또 물으셨다. 하룻밤은 더 깊은 정이 들기에 충분한 시간인가 보다.

"곧. 곧 다시 올게요."

엔요뇨르 마을

엔요뇨르 마을은 카지아도 중심지에서 약 30km 정도 떨어진 곳에 위치하고 있습니다. 인키니 마을에서 차를 타고 30분쯤 더 가다보면 엔요느르 마을이 나옵니다. 인키니 마을은 주변이 모두 초원인데, 엔요뇨르 마을은 언덕과 나무로 둘러싸인 곳입니다. 야생동물에 의한 피해가 심한 지역이기도 하고, 비가 많이 오면 강물이 불어 외부로 나오는 길이 차단되어 고립되기 일쑤인 마을이기도 합니다.

엔요뇨르 마을과는 2009년 핸드펌프 지원으로 인연이 시작되어, 지역주민들의 활발한 참여와 적극적인 모습에 농업교육을 함께 진행하고 있고, 2010년 하반기에는 학교 건축을 지원하기도 했습니다. 엔요뇨르 초등학교는 케냐 정부에서 인계하여 공립학교로 등록되었습니다. 하지만 도심에서 먼 작은 시골 마을이기에 파견을 원하는 정부교사를 구하기가 쉽지 않은 상황입니다. 그래서 교장 선생님과 학부모들이 십시일반 돈을 모아 학부모 교사를 채용하여 운영하기 시작하였습니다. 방과 후 수업으로 전통음악 수업과 연극 수업을 전문 강사와의 연계를 통해 진행하고 있기도 합니다.

뜻이 있는 곳에 길이 있다고 하듯이 아이들의 교육을 원하는 이들은 스스로 학교를 만들고 교사를 만들기도 합니다. 배움이 곧 아이들의 희망이라는 것을 알기 때문이겠지요.

마사이 새색시 시집가던 날

우물을 지원하기로 확정된 올로이양갈라니 마을에서 결혼식이 열렸다. 그동안 지역답사 차 여러 차례 이곳을 오갔는데 자연스럽게 친해지다 보니 이렇게 뜻 깊은 날 초대를 받게 되었다. 신랑의 할아버지는 이 마을의 유명 인사이자, 최고령자이시다. 그의 자식들도 대부분 결혼해서 주변에 살고 있다. 할아버지는 5명의 아들이 있는데, 오늘의 신랑은 할아버지의 첫째 손자이다. 할아버지의 첫째 아들이자, 신랑의 아버지는 2명의 부인을 두고 있는데 각각 6명의 자녀들이 있다. 첫째 부인의 첫째 아들이 바로 오늘 결혼하는 신랑이다. 가족들이 많다 보니 북적북적했다. 신부 집은 신랑 집에서 30분 정도 떨어진 곳에 있다. 신부는 아버지를 일찍 여의고 어머니와 함께 산다고 했다. 그리고 신부에게는 갓난아이가 있다.

이곳에선 결혼 전에 이미 아이가 있는 미혼모를 종종 볼 수 있다. 하지만 이것이 결혼에 흠이 되지는 않는다. 흔히 있는 일이라 그런 걸까? 일부다처제라는 관습 때문일까? 방학이 끝나면 더 이상 학교에 나오지 않는 아이들도 흔치 않게 볼 수 있다. 조혼이 많이 이루어지기 때문이라고 한다. 방학 동안 결혼을 하면서 학업이 중단되는 것이다. 꿈과 희망이 한창 피어날 나이에, 어쩐지 안타까운 생각이 든다.

아직 연애결혼보다는 중매결혼이 더 흔하다. 부모님끼리 먼저 혼담이 오가고 신랑신부가 만난다. 어릴 때 이미 신랑과 신부가 정해지는 경우도 있다. 결혼을 하기 위해서는 신랑 측에서 신부 집에 지참금을 지불해야 하는데, 신부의 교육수준에 따라 그 액수가 달라진다고 한다. 지참금 때문에 딸을 단순히 재산으로 보는 풍조가 나타나서 교육을 위한 교육이 아닌 딸을 '팔기' 위해서 키우기도 한다. 그래서 학교와 NGO단체에서는 여성에게도 교육이 필요하다는 것을 알리고 있다. 더 많은 소를 받기 위해 딸을 교육시키는 것이 아니라 아이들의 잠재력을 계발하기 위해 교육시키는 것이 중요하다는 캠페인도 진행한다.

우리는 저녁 늦게야 새색시 집에 도착했다. 카지아도 중심지에서 30분쯤 떨어진 마을로 전기가 들어오지 않아 주위는 컴컴했다. 저 멀리 중심지에서 번져 나오는 불빛이 제 위치를 알려줄 뿐. 그래서 그런지 하늘의 별이 무척 반짝였다.

신부네 집안에 들어서는데 먼저 와있던 친척들이 일제히 우리를 쳐다봐서 순간 우리 일행도 조금 당황했다. 거실 중앙에 놓인 호롱불 하나를 두고 사람들이 빙 둘러 앉았다. 우리는 악수를 건네며 인사를 했다. 그리고 짜이 한 잔과 함께 저녁식사를 했다. 밤 11시가 되어서야 내일 행사에 대한 본격적인 이야기가 시작되었다. 전통적으로 결혼식 전날 이렇게 신랑신부 양측의 가까운 친척들이 신부 집에 모여 다음날 진행될 결혼식에 대해 이야기를 나눈다고 한다. 우리 일행이 그 자리에 초대된 것이다.

이야기는 이들의 언어인 스와힐리어로 진행되어 정확하게 알 수는 없었지만 내일 행사준비에 관한 이야기가 오갔다. 행사가 행사니 만큼 호롱불을 사이에 두고 회의는 진지하게 진행되었다. 이 회의에는 남성들만 참석했다. 신랑도 그곳에 함께 있었다. 여성들은 다른 곳에 모여 왁자지껄하게 무엇인가를 이야기하고 있었다. 신부는 가기 전날까지 부엌일을 하는지 분주하게 움직였다. 2시간 가까이 진행된 회의가 정리되고 나서야 잠을 청할 수 있었다.

행사 전날 신부의 마음은 어떨까?

자기 집에서의 마지막 날 밤. 내일이면 낯선 공간에서 낯선 사람들과 함께 살아갈 텐데, 신부는 그런 것들을 생각할 겨를도 없이 내가 잠이 드는 순간까지 부엌을 오갔다. 내일 화장이 잘 받으려면 푹 자야 할 텐데. 내일 행사를 기대하면서 바람소리와 함께 잠을 청했다.

그런데,

이런 시골집은 한밤중에도 많은 일이 일어난다.

곤히 자고 있는데 누군가가 자꾸 쳐다보는 느낌이 들어 살며시 눈을 떠보니 머리 위에서 고양이 한 마리가 나를 지켜보고 있었다. 그 순간, 얼마나 깜짝 놀랐는지 하마터면 비명을 지를 뻔했다. 그리고 얼마 후 '쩝쩝' 거리는 소리가 들렸다. 누가 침대 밑에 큰 냄비를 놓았는지 고양이 한 마리가 큰 냄비에 들어가 뭔가를 열심히 먹고 있었다. 그렇게 놀란 가슴을 쓸어안고 다시 잠에 빠졌다.

신부는 잘 잤을까?

눈을 뜨자 날은 밝았고 밖에선 분주한 소리가 들려왔다. 아침부터 바삐 움직이는 신부에게 다가가 기분을 물었다.

"오늘 결혼하는 날인데 기분이 어때요?"

"좋아요."

살며시 웃는 오늘의 신부가 참 예뻤다.

초대받은 사람들이 속속들이 신부 집으로 모여들고 있었다. 오늘 이 날을 위해 마타투미니봉고도 2대나 준비되었다. 정장을 입은 남자들과 예쁜 드레스를 입은 여자들이 눈에 띄었다. 오늘의 결혼식을 더욱 빛내주기 위해 친척과 친구 14명이 모여 들러리가 되기로 했단다. 그 중에는 오늘 입을 옷을 사기 위해 몇 달 동안 돈을 모은 사람도 있다고 한다. 아침부터 미용실에 다녀온 친구들도 있다고 한다. 마사이 전통의상을 입은 친척 분들과 동네 주민들도 속속들이 도착했다. 웨딩카도 준비를 시작했다. 우리 일행도 함께 거들어 장식을 달았다. 리본으로 장식을 하고 풍선도 붙였다.

한쪽에서는 신부의 짐을 차에 싣는다고 방에서 짐을 꺼내오고 있었다. 내가 가는 것도 아니고, 내가 신부를 키운 것도 아닌데, 그 모습을 보니 왠지 모르게 마음 한 구석이 허전해졌다.

모든 것이 준비되었다. 떠나기 전 오늘 행사가 무탈하게 진행될 수 있도록 기도하고 밖으로 나갔는데 작은 실랑이가 벌어지고 있었다. 마사이 전통의상을 입은 아주머니들이 집 입구에서 몸싸움을 하고 있는 것이 아닌가.

이게 대체 뭔 일인가!

깜짝 놀라 어리둥절하고 있는데, 마사이 사람들의 전통의식이란다. 신부 측 친척들이 신부를 데려가지 못하게 노래를 부르고 춤을 추며 집

입구를 막아서면, 반대로 신랑 측 친척들은 집안에 들어가 신부를 데려가기 위해 밀고 당기는 실랑이를 벌이는 것이다.

그러다 결국 집 입구가 열렸다.

바닥에는 마사이들의 붉은 천이 깔려 있고 그 길을 따라 들러리들과 함께 신랑신부가 걸어 나왔다. 그러다 신랑 측 사람이 신부를 번쩍 안고는 대기 중인 차에 신부를 앉혔다. 주변 사람들은 계속 노래를 부르면서 흥을 돋우었다.

그렇게 떠날 채비가 모두 끝나고 드디어 신랑 집으로 출발했다.

오늘 동원된 차는 마타투 2대를 포함해서 전부 8대. 차 안에서도 노래는 끊이지 않았다. 누군가 선창을 하면 다른 사람이 따라서 후창을 하며 노래는 계속되었다. 날이 날인 걸 아는지 하늘은 유난히 청명하고 대지는 더욱 푸르렀다.

30분 남짓 차를 달리니 신랑 집이 저 멀리 보이기 시작했다. 딱 봐도 잔칫집 티가 났다. 사람들로 북적북적 정신이 없다. 천막에, 앰프까지 동원되어 영락없는 잔칫집이다. 차가 도착을 하고 신부 측 사람들이 차에서 내릴 때쯤 신랑 측 사람들이 환영의 노래를 부르면서 신부 측 사람들과 일일이 악수를 하며 인사를 나눴다.

신랑 집에 들어서자마자 음식이 펼쳐졌다. 고기, 짜파티, 고기볶음밥과 탄산음료. 오늘을 위해 그동안 애지중지 키웠던 소, 염소를 몇 마리 잡았나 보다. 결혼식뿐만 아니라 대부분의 행사가 꽤 긴 시간동안 진행되기 때문에 보통 식사를 먼저 한다.

점심을 다 먹고 본격적인 행사가 시작되었다.

신랑 집 마당에 천막을 치고 의자와 앰프를 설치해 행사장을 만들어

신부 측 들러리들이
옷을 맞춰 입고 입장하고 있다.

예식장이 완성되었다. 식장 입구에 신랑신부와 들러리들이 입장을 기다리고 사회자는 자리를 정리했다. 하객은 어림잡아 400여 명 정도. 천막 안팎으로 사람들이 꽉꽉 들어찼다.

신랑신부 입장.

들러리들은 노래를 부르며 뒤따랐다. 신랑신부의 입장으로 열기는 더욱 달아올랐다. 마사이 사람들의 전통춤과 노래로 분위기는 더 후끈해졌다. 이렇게 모두가 한데 어우러져 노래를 부르고, 춤을 추면서 그들의 하나 됨을 축하했다.

신랑신부의 입장이 끝난 후 사회자가 간단한 소개를 하고 몇몇 사람들이 축하 메시지를 전달했다. 우리네와는 달리 주례사는 없다. 대신 부모님, 가까운 친척들이 나와서 한마디씩 덕담을 전했다. 신랑신부를 정말 잘 아는 사람들이 덕담을 해주니 그 모습이 더 정겹고 의미 있어 보였다. 하객들은 이야기를 들으면서 때론 웃고 때론 박수도 보내면서 결혼식은 모두 함께 즐거운 축제가 되었다.

이곳 결혼식의 하이라이트는 케이크 커팅식. 케이크를 잘라 신랑신부는 서로의 입에 넣어주고, 그 다음에는 하객들 중 중요한 사람들에게 신랑신부가 직접 케이크를 입에 넣어준다. 그리고 한 사람씩 신랑신부에게 준비해온 축의금과 선물을 전한다. 우리도 순서를 기다린 후 앞에 나가 간단한 소개와 인사를 하고 선물을 전달했다.

이렇게 2시간 넘게 이어진 모든 행사가 끝이 났다.

끝이라고?

아직 더 남았다.

바로 뒤풀이.

결혼식이 끝나면 신랑신부와 들러리들은 뒤풀이를 시작한다. 하지만 아쉽게도 우리 일행은 다른 일정을 위해 돌아와야 했다. 지금 생각해도 못내 아쉽기만 하다. 우리의 경우 식이 끝나면 신랑신부는 순식간에 식장에서 사라져 둘만의 시간을 보내는데 하객들에게 감사를 전하고 친구들과 우정을 나누는 이들의 결혼식은 그야말로 정말 축제인 것 같다.

축제에 함께할 수 있도록 초대해주셔서 감사합니다.

웨딩드레스에 마사이 전통 장신구들이 절묘하게 어울린다.
내 눈엔 어쩐지 신부님의 웨딩드레스보다
마사이 사람들의 전통의상이 더 화려한 것 같기도 하다.

모든 일은 항상 뜻대로만 되지는 않는다.
때로는 실망도 하고, 후회도 한다.
가끔은 우리가 잘하고 있는 것인지 혼란스럽다.
그래도 우리는 또 다시 힘을 낸다. 함께하는 사람들이 있기에.

3

오늘도 힘을 내어, 창가무카

'창가무카'는 '화이팅'이라는 뜻의 스와힐리어이다.

OS ANGELE
AIDER

오늘은 삽질하는 날

아침 일찍 택시를 불러 인키니 농장으로 향했다.

과연 얼마나 왔을까? 작업을 시작하고 있을까?

떨리는 마음이 벅차 눈앞에 펼쳐진 푸른 하늘과 넓은 초원 그리고 그 속에서 자유롭게 뛰어 놀고 있는 양떼들을 향해 애써 눈길을 돌렸다.

오늘은 주민들이 모여, 농장과 시추공지하수를 끌어올리기 위한 장치이 연결된 파이프라인을 땅속에 매립하기로 한 날이다. 시추공과 파이프라인이 연결된 후 바로 작업을 했어야 했지만, 차일피일 미루다 보니 일정은 계속 밀리고 밀려 6개월이나 지났다.

과연 몇 명이 와 있을까?

농장을 향해 달리는 택시 안에 앉아 있으니 이런저런 생각이 밀려왔다.

약속 시간에 맞춰 농장에 다다랐다.

아, 정말 사람들이 왔을까?

두근거리는 마음으로 농장에 한 발짝 내디뎠다. 사람들로 북적여야 하는데, 내 눈 앞에 펼쳐진 농장은 고요함 그 자체였다.

이곳이 인키니 공동농장임을 알려주는 입간판.

어쩔 수 없는 건가? 내가 너무 많은 기대를 한 건가?

실망스럽다. 농장관리자인 마이클인키니 농장 매니저로, 인키니 마을 청년이다. 농업 전문 교육기관에서 1년간 농업 교육을 받았다.에게 누가 왔는지 물었다. 그는 한 명만 왔다고 대답했다.

나는 잡초를 제거하고 있는 농장 마마들에게 다가가 조용히 삽을 들어 삽질을 하기 시작했다. 처음 해보는 삽질이 힘들기도 했지만, 밀려오는 이 실망감을 애써 감추기 위해 묵묵히 삽질만 해댔다.

시간은 참 조용히도 흘러만 갔다. 그래도 혹시나 하는 마음에 다시 마이클에게 물었다.

난생 처음 해보는 삽질은 정말 어렵고 힘들다.

"아직도 아무도 안 왔나요?"

그때 저 멀리에서 위원회의 위원장님이 보였다. 그 뒤로 한 남자가 따르고 있었다.

"위원장님이 왔어요. 세 명이 먼저 작업을 시작할 거예요."

실망감이 가시진 않았지만, 그래도 오긴 왔구나 싶어 마음이 조금 누그러졌다.

벌써 6개월이나 지체된 파이프라인 매립. 마을 주민들과 함께 만들어가는 마을 공동농장을 위해, 주민들이 노동력을 제공하고 우리가 시설투자를 하기로 약속했었다. 그러나 한 사람 한 사람에게 직접적인 이익이 돌아가지 않아서인지 자발적이고 지속적인 활동으로 만들어가는 것이 너무나도 어려웠다.

그래서 파이프가 설치되고, 매립되지 않은 채 방치된 지가 어느덧 6개월. 하겠다는 말만 되풀이되며 이 소중한 시간이 흘러가 버렸다. 그 시간 동안 스스로 움직이지 않는 그들을 보며, 실망하기도 했고, 어려움을 느끼기도 했고, 화가 나기도 했다. 자발적인 움직임을 만드는 것이 이토록 어려운 일이던가. 나는 어떻게 해야 하는 건가.

내가 이곳 케냐에 온지 일주일 되던 날 주민위원회와 첫 모임을 가졌다. 그때 파이프 매립에 대해 논의했었고, 위원회 사람들 역시 움직이지 않는 주민들을 보며 답답하다고 했다. 재촉하는 우리에게 그들이 했던 말이 새삼 떠올랐다.

"마을 사람들은 인키니 농장에 대해서 아직 잘 모릅니다. 그들에게 농장의 비전을 공유해야 하고, 사람들이 변화하는 데에는 시간이 필요합니다."

나는 그 말에 100% 공감했다. 프로젝트를 진행하다 보면, 정해져 있는 기간 동안 성과가 나와야 하기 때문에 오랜 시간이 걸리는 일에는 항상 곤란을 겪을 수밖에 없다. 그것이 단기 프로젝트의 한계인 것임을 알면서도 또 똑같은 과정을 되풀이하고 있었다. 사람이 변화하는 데는 정말 오랜 시간이 걸린다. 그렇다면 과연 나는 그들과 함께 보조를 맞춰 나갈 준비가 되어 있는 걸까?

시추공 쪽으로 가는 위원장님을 뒤따라갔다. 키가 큰 그를 따라잡는 것이 벅찼지만 그의 보폭에 맞춰 걸음을 재촉했다. 지나가는 길목에서 삽을 들고 가는 두 명의 아주머니들을 만났다. 나는 마마들에게 달려가 삽

나무그늘에 앉아 쉬는 것 같아 보여도
우리는 심각하게 회의 중이다.

을 함께 들었다. 나도 모르게 웃음이 났다. 마마들과 함께 삽질을 시작했다. 비가 온 뒤라 땅이 단단해져 삽이 잘 들어가질 않았다. 그럴수록 삽을 든 내 손에는 힘이 들어갔다. 30년을 살면서 삽을 잡아볼 일조차 없던 내가 이 먼 아프리카 땅에서 삽질을 하고 있다니…….

30분 정도 삽질을 하자 땀이 줄줄 흐르고, 점점 팔 힘이 빠지기 시작했다. 땅바닥에 주저앉아 흙을 푸고 있는 나를 보며 마마들이 웃었다.

그렇게 꼬박 2시간을 삽질을 하는데도, 마마들의 얼굴에 땀이 비 오듯 흐르는데도, 그들은 멈추지 않고 연신 삽질을 한다. 그들의 모습에서 나는 그들의 삶을 본다.

이 힘들고 고단한 노동에 이미 단련되었다는 듯, 쉬지도 않고 움직이는 그들에게 도대체 누가 게으르다고 하는가.

그들의 변화를 기대한다면 우리는 시간을 갖고 기다릴 수 있어야 한다. 나는 그들과 함께 발맞춰 나갈 준비가 되어 있는가?

몸은 천근만근이지만, 집으로 돌아가는 발걸음은 가볍고, 하늘은 오늘따라 더 푸르게 보인다. 아, 행복하다.

인키니 농장의 물 분쟁 속에서

울고 싶은 하루

회의가 시작되기도 전, 사람들의 목소리가 높아지기 시작했다. 나와 조이스를 가운데 앉혀두고, 그들끼리 소리를 높여가며 무언가에 대해 이야기했다. 영어가 아닌 그들의 언어로. 알아들을 수 없는 말들로 가득했지만, 그들의 얼굴 표정과 목소리의 높낮이에서 무슨 이야기를 하는지 눈치로 짐작할 수 있었다.

긴 토론 후 조셉주민위원회 서기관이 이야기를 시작했다. 농장활동가와 일부 주민위원회 구성원들 사이에서 나온 이야기인 즉, 램브리스가 없으면 회의를 진행할 수 없단다.

나는 왜냐고 물었다.

"램브리스 없이 진행된 회의에서 뭐가 결정된 것이 있었나?"

그들이 되물었다. 그 짧은 순간에 여러 생각들이 내 머릿속에 오갔다.

화를 내며 이 자리를 뛰쳐나갈까? 난 무슨 말을 해야 하지? 어떻게 해야 되지…….

나는 활동을 진행하면서 지키고 싶은 몇 가지 원칙이 있었다.

1. 마을의 문제는 스스로 해결할 수 있도록 할 것
2. 무언가 결정하고, 방법을 이야기하는 것은 그들이 스스로 말할 수 있도록 할 것
3. 그들이 이야기하기 전, 내 생각이나 의견을 먼저 말하지 않을 것
4. 모든 최종 결정은 그들이 할 수 있도록 맡겨둘 것

그래서 실질적으로 인키니 농장에서 내가 하는 일이란 별로 없을지도 모른다. 마을회의에서 무언가를 토론하고 결정하는 것은 그들의 몫이었고, 결정이 나지 않는 경우 다음 회의로 미룬 적도 많았다. 이런 나의 태도가 그들에게는 좋게 보이지 않았던 것 같다. 그냥 참석자 중 한 명처럼 행동한다고 느껴졌을지도 모르겠다. 아마도 그들은 그냥 그런 참석자가 아닌 실질적인 힘이 있는 그런 사람을 원했던 건지도 모르겠다. 회의가 진행되는 동안, 필요한 조언을 해주고 뚜렷한 결정을 내려줄 수 있는 램브리스 같은 사람이 필요했던 것 같다.

회의가 진행되는 4시간 내내 그들은 나에게 손가락질하며 비난 아닌 비난을 쏟아냈다.

"나시바이, 당신이 수확물 가격에 대해 문제 삼았잖아! 그래서 사람들이 비싸다고 농장에 오지 않는 거야!"

"작년에 올로시바이는 매일 와서 마이클을 도와줬는데, 나시바이 너도 당연히 그렇게 해야지! 넌 일주일에 한두 번 밖에 안 오잖아!"

"나시바이, 네가 여기서 하는 일이 대체 뭐야?"

"올로시바이는 이것도 해줬고, 저것도 해줬는데, 나시바이 너는 뭘 해주는 거야!"

"나시바이, 너도 매일 농장에 와서 일을 거들어줘야 해."

아, 머릿속이 복잡해졌다.

사람들을 이해하기 위해 집집마다 방문하며 이야기를 듣고, 사람들과 함께 잡초를 뽑고 쟁기질을 했다. 어떻게 하면 사람들이 이 농장을 자신들의 농장이라 생각할까, 나는 정말이지 매일 밤 고민했다.

그런데,

사람들이 왜 나한테 이런 이야기를 하는 걸까. 사람들이 왜 내 마음을 몰라주지? 도대체 난 지금까지 뭘 한 거지?

마을 사람들이 당연히 내 마음을 알아줄 것이라는 생각. 마을 사람들이 당연히 내 마음과 똑같을 것이라는 생각. 나는 그동안 쭉 그렇게 생각해왔다.

집으로 돌아오는 발걸음이 무겁기만 했다. 금방이라도 눈물이 쏟아질 것 같았다. 눈물을 꾹꾹 눌러 담으며 집으로 돌아와 아무것도 하지 않고 바로 불을 끄고 누워버렸다.

도대체 난 여기서 수개월 동안 뭘 한 걸까. 난 대체 여기 왜 있는 걸까.

나에게 손가락질하며 이야기를 쏟아내던 그들의 모습이 머릿속에서 떠나질 않았다. 결국 이불 속에서 눈물이 터져버렸다.

내가 할 수 있는 일

2009년부터 시작된 인키니 지역의 농장 프로젝트. 프로젝트가 시작된 그 해, 지역주민들의 참여율은 높았고 그만큼 프로젝트는 순조롭게 진행되고 있었다.

하지만 2010년, 예상치도 못하게 터져버린 마을 내의 물 분쟁으로 인해 프로젝트는 6개월간 중단되었고, 그 사이 사람들의 사기와 의지는 점점 더 바닥으로 치닫고 있었다.

우여곡절 끝에 분쟁이 해결될 조짐이 보이면서 프로젝트는 다시 재개되었고 농장운영이 시작되던 그 시점에 나는 이곳에 오게 되었다. 농작물을 심고, 3개 구역을 8개 구역으로 확장하고, 주민들과 '함께 만들어가는' 농장을 만들겠다는 마음으로 가득했다.

하지만 2011년 9월. 마을 내 물 분쟁은 또다시 시작되었고, 농장용수로 사용하던 시추공의 펌핑은 중단되었다.

또 2개월이란 시간이 흘러버린 농장. 물이 없어 스프레이를 할 수도, 옮겨심기를 할 수도, 새로운 작물을 심는 것도 불가능해졌다. 농장에서 일하는 사람들의 의욕은 또 한 번 바닥을 향해 떨어졌고, 나도 같이 지쳐갔다.

그나마 다행인 건지 때마침 찾아온 우기로 인해 예상보다 농작물의 피해는 심하지 않았다. 주민위원회에서는 빗물만으로도 쑥쑥 잘 자란다는 옥수수와 콩을 심자고 했다. 그러나 그동안 애써 키웠던 양배추는 제대로 관리를 하지 못해 쩍쩍 갈라져 버렸고, 케일과 시금치는 적절한 수확시기를 놓쳐 팔 수 없을 만큼 너무 커버렸다. 그리고 빗물로 인해 다시 농장은 잡초로 꽉 찼다. 비로 인해 사람들이 다니는 길이 막혀 농장위원회

조이스는 2009년
인키니 공동농장 프로젝트의
시작부터 함께해오고 있는
현지활동가이다.

회의는 몇 번이나 연기되었고, 농장은 일주일에 세 번씩 문을 닫았다. 우기가 되면, 땅이 진흙으로 변해 일을 할 수가 없다.

혼란스러운 마음에 조이스에게 이야기했다.

"조이스, 내가 처음 온 3월과 지금을 비교해봤을 때, 농장의 상황은 더 악화되었어. 여기서 내가 뭘 할 수 있을까?"

"그건 네가 사람들에게 너무 부드럽게 대했기 때문이야. 사람들이 관심을 갖지 않으면, 모든 지원을 끊고 네가 매우 심각하다조이스는 serious라고 표현했다.는 것을 보여줘야 해."

사실 나는 사람들을 밀어붙이고, 강하게 의견을 피력하고, "당신이 이것을 하지 않으면 농장에 들어가는 지원을 끊을 거야!"라고 대놓고 이야기하는 것이 불편했다. 그건 내가 가고자 하는 방향이 아니다. 활동을 하면서 나는 사람들의 의견을 듣고 존중하고, 그들의 의견을 따르는 과정을 통해 사람들이 조금씩 변화해가는 모습을 보고 싶었다. 프로젝트가 실패로 끝날지라도, 프로젝트가 진행되는 그 과정과 그 시간을 통해 마을 사람들이 무언가를 느끼고 깨닫고 배울 수 있다면 그것으로도 충분히 의미가 있다고 생각했다. 자신들의 문화에 대해 자부심을 갖고 전통을 지키며 사는 마사이 사람들에게서, 변화는 필요하다고 말하지만 생각을 행동으로 옮기는 데에는 오랜 시간이 걸리는 그들에게서 내가 이곳에 머무는 시간 동안 눈에 보이는 변화를 만들어낸다는 것이 과연 가능한 일인지, 너무 과한 욕심을 부리는 것은 아닌지, 나는 잘 모르겠다. 과연 나는 조이스의 의견대로 사람들과 어느 정도 거리를 두면서 "당신들이 아무 것도 하지 않으면 모든 지원은 중단될 거야!"라는 말을 해야 하는 건지, 농장 상황이 이렇게 악화된 것이 정말로 내가 사람들을 너무 부드럽게 대했기 때문인 건지 잘 모르겠다.

조금 더 가까이, 조금 더 많이 사람들과 이야기하고 서로의 의견을 존중하면서 활동하고 싶은데, 그 방법이 과연 맞는 것인지. 나는 지금 올바른 방향으로 가고 있는 것인지. 내가 잘못 생각하고 있는 것은 아닌지. 그렇다면 나는 어떻게 해야 하는 것인지.

나는 정말 모르겠다.

지역중심? 사람중심?

선배 활동가분들은 철저한 지역주민 중심의 프로젝트는 주민의 의견을 100% 들어주는 것에서부터 시작된다고 했다. 그들의 의견을 듣고 실천해보고 나서, 그들이 실패를 경험하도록 하는 것, 그 실패의 경험을 통해 교훈을 얻고 다른 방향을 찾을 수 있도록 도와주는 것. 그렇게 활동

2011년에 찍은 인키니 농장의 모습.
계획대로 진행되지 않는 일들 때문에 속상하지만 그래도 농장은 제 모습을 갖춰가고 있다.
숱한 고민들이 있지만 조금 느린 것뿐 결국 잘 될 것이란 믿음으로
오늘도 농장에 선다.

을 하면서 지역을 중심으로, 주민을 중심으로 실천하고자 했다. 그리고 그것이 이곳에서 내가 해야 할 역할이라고 생각해왔다. 그런데 나는 정말 지역중심, 주민중심으로 이 프로젝트를 진행하고 있는 것일까.

내가 활동하고 있는 인키니 마을의 물 분쟁은 2010년 1월부터 시작되었다. 그리고 인키니 마을의 물 분쟁은 끝날 듯 끝나지 않았다. 농장용수와 이 지역 물탱크의 물은 농장에서 약 2km 떨어진 곳에 위치한 시추공에서 연결된 메인 파이프를 통해 공급된다. 분쟁은 시추공이 설치된 땅과 메인 파이프가 지나가는 땅을 기증한 인키니 지역의 한 가족으로부터 발생했다. 그들은 자신의 집에서도 물을 공급받을 수 있도록 파이프를 연결해달라고 했다. 이렇게 시작된 분쟁으로 인해 2010년 1월부터 6월까지 6개월 동안 프로젝트가 중단되었다. 결국 마을 주민회의, 정부관계자의 협력 등을 통해 파이프를 연결해주고 인키니 농장을 시작하는 것으로 잠정적인 결론을 지었다.

그런데 문제는 이 집에 파이프를 연결하기 위해 설치한 T-조인트로 인해 농장으로 들어오는 물의 양이 현저히 줄어들었다는 사실이다. 이미 물 분쟁이 시작되었던 그 순간부터 예고된 일이다. 매일 펌핑을 해도 늘 물이 부족했다. 뿐만 아니라 시추공에서 농장까지 이어지는 파이프는 여전히 땅 위에 드러난 채로 방치되어 있다. 또 분쟁가족은 물 사용료 지불을 거부하고 있다. 이런저런 문제가 끊이지 않아 조이스와 논의하던 중 결국 농장위원회의 허락을 구해 펌핑을 중단하고 농장용수를 구입하기로 결정했다. 그래서 지난주 수요일 9,000실링약 12만 6천 원을 들여 18톤의 농장용수를 구입했다.

주민위원회 회원인 조셉을 통해 문제의 가족에게 물 이슈가 해결되기 전에는 펌핑하지 않을 것이라는 이야기와 함께 동의서대로 일주일에 한 번만 물을 공급할 것과 물 사용료를 지불할 것을 전달해 달라고 했다. 조셉은 며칠 후 나에게 전화를 해 가족에게 우리의 뜻을 알렸고 당장 농장에 물이 없으니, 디젤을 사와 달라고 부탁했다. 농장 물탱크에 물을 채우려면 펌핑을 해야 하는데 이때 디젤이 필요하다. 그래서 다음날, 나는 그의 말대로 디젤을 구입해 농장으로 갔다. 그런데 조이스는 화를 내며 왜 디젤을 사왔냐고 물었다. 왜 펌핑을 중단했는지 잊었냐며, 강경하게 대응하지 않으면 흐지부지될 거라고 말했다.

혼란스러웠다. 나는 펌핑을 중단하는 강경책보다는 마을 사람들이 움직이면 그만큼 우리도 같이 움직이면서, 부드러운 방법으로 사람들을 대하고 싶었다. 때로는 어렵고 또 다른 문제를 발생시키더라도 말이다. 이들이 문제를 스스로 해결할 수 있도록 나는 옆에서 조력자가 되고 싶었다.

뒤돌아보면, 사람들이 조금씩 움직였던 그 움직임들을 보면, 우리가 무언가 강하게 밀어붙이거나 강력하게 요구하였을 때였던 것 같다. 하지만, 장기적으로 봤을 때 그것은 강압에 따라 잠깐 반짝하고 나타나는 효과일 수도 있다. 흔히 이야기하는 효과성, 효율성 측면에서 보면 강력한 방법이 더 좋을 수도 있다. 하지만 여전히 나는 어떻게 해야 하는 건지, 무엇이 옳은 방향인지 아직 잘 모르겠다.

아직 나에겐 모든 게 어렵기만 하다.

버려진 시추공을 바라보며

계속된 물 분쟁으로 더 이상 시추공의 물을 사용하지 않기로 했다. 1천

기부금으로 어렵게 만들어진 시추공이지만
무용지물이 되고 말았다.

만 원의 기부금으로 힘들게 자리한 시추공이 한 순간에 무용지물이 되었다. 아무도 원하지 않는 시추공이 되어버렸다.

농장과 마을 사람들의 생활용수를 위한 대안으로 농장위원회에서는 농장의 빈 공간을 이용하여 저수지를 만들고, 정부의 기금을 받아 다른 시추공을 만들자고 제안하였다.

그 후 시작을 하네 마네, 필요가 있네 없네, 그러면서 5개월이 흘렀다. 그리고 바로 오늘 저수지 착공을 시작했다. 아침 일찍 인키니 농장을 향해 가니 벌써 굴착기가 들어와 있었다. 인키니 농장으로 들어가는 길목에서 여러 생각들이 교차했다. 무엇이 옳은 길인가 고민하다 보니, 어느덧 5개월이란 시간이 후다닥 흘렀다. 누군가에겐 기다릴 수 없는 시간이었을지도 모르겠으나, 나에게 그 5개월의 기다림은 그 나름의 의미가 있다. 경작 면적을 줄여 만드는 저수지가, 그 작은 땅의 농장 안에 만들어지는 저수지가 이곳 사람들에게 어떤 의미가 있을지 모르겠다. 또다시 나는 수입과 지출, 투입과 산출이라는 잣대로 판단하고 있었다. 사람을 대하는 일, 사람과 사람 사이에서 만들어가는 일의 판단 기준이 어떤 것이 되어야 하는지 늘 혼란스럽다.

레이나인키니 마을의 오피니언 리더로 현재 국제 NGO단체인 'Concern International'에서 프로그램 매니저로 일하고 있으며, 인키니 농장에 대한 비전과 전략을 농장위원회 사람들과 함께 만들어가고 있다.는 인키니 농장의 저수지가 이 마을의 새로운 모델이 될 수 있을 것이라고 말했다. 먼 훗날엔 그의 말대로 그럴 수 있을지도 모르겠다. 지금은 알 수 없지만.

레이나는 언젠가 나에게 이런 말을 했었다.

"우리 마사이 사람들에게 물은 딱 두 가지야. 쉽게 구할 수 있는지, 그리고 양은 충분한지. 이 물이 더럽다고 말하지 마."

물 부족을 한 번도 경험해보지 않은 나로서는, 늘 깨끗한 물만 사용한 나로서는 그 삶을 온전히 이해할 수 없을지도 모르겠다. 평생을 이곳에 산다 한들, 그 모습을 이해하고 받아들일 수 있을까? 아마 나에겐 불가능한 일일지도 모르겠다.

우리 농작물을 헐값에 보낼 순 없어

결국 조이스와 마이클에게 농작물 판매에 대해 걸고 넘어졌다.

인키니 농장에서 수확하는 농작물에 대한 판매는 조이스와 마이클이 담당하고 있었는데, 판매 장부를 보니 판매가가 들쭉날쭉하다는 사실을 알게 되었다. 아무리 중간상인을 고려하여 가격을 조절해야 한다지만, 도저히 수지타산이 맞지 않는다. 그래서 농작물 판매에 대해 그들에게 싫은 소리를 좀 했다.

애써 키운 피망이 팔 곳을 찾지 못해 썩어가고 있었다. 하지만 그렇다고 해서 한 상자를 씨앗 값도 되지 않는 200실링약 2,800원에 팔 수는 없는 노릇 아닌가. 그래서 중간상인에게 팔겠다는 조이스를 말려 카지아도 중심지로 피망을 들고 나왔다. 한국에서도 가끔 농부들이 배추밭을 엎어버린다는 뉴스가 나오곤 하는데, 농부들 마음이 오죽했을까.

우리는 직접 피망을 들고 작은 가게들을 찾아 나섰다. '아, 이거 안 팔리면 어떡하지.' 그런 두려움이 아주 없었다면 거짓말이다.

그런데, 의외다!

인키니 농장에서
자라난 토마토를
수확하다 말고 흥에 겨워
사진을 찍었다.

가게 주인들이 피망을 자꾸 만져본다!

이때다 싶어 우리 농장에서는 피망 말고도 토마토, 케일, 시금치를 재배하고 있다고 말했다. 그들의 귀가 솔깃해지는 게 느껴졌다. 나는 농장에서 중간상인에게 판매하는 금액보다 조금 높은 가격을 제시했다.

앗, 그런데 그들이 괜찮단다. 이게 웬일인가! 나는 신이 나기 시작했다.

그렇게 발품을 팔아 주문을 받고 농장에 돌아왔다.

주문 받은 농작물을 준비하기 위해 있는 손, 없는 손 모두 모았다. 토마토를 따고, 피망도 따고. 하루 종일 그렇게 토마토와 피망과 씨름하면서도 힘든 것도 몰랐다. 마이클에게 케일, 시금치, 고수도 준비해달라고 이야기했다.

토마토 3상자, 피망 3상자, 케일 17kg, 고수 9kg.

한 데 모인 이 아이들을 보니 그제야 힘이 부치기 시작했다. 하지만 다시 기운을 냈다. 이제 이 아이들을 세상 밖에 내놓을 차례다.

인키니 농장의 활동가들이 직접 수확한 토마토를 들고 있다.
내가 이들과 함께했다는 그 사실에
다시금 마음이 벅차오른다.

농작물을 한 가득 실은 차가 카지아도를 향해 달리고 달렸다.

처음 인키니에서 시범농장을 시작하자는 이야기가 나오고 우여곡절 끝에 농장의 모습이 갖춰졌을 땐 그것으로 끝인 줄 알았다. 그런데 그게 끝이 아니었다. 우린 농작물 판매라는 또 다른 모험을 시작했다.

집집마다 돌아다니며 사람들을 대하고, 그들이 무엇을 원하는지 파악했다. 카지아도 중심지의 작은 가게들은 장날에 나온 농작물을 한꺼번에 구입해 판매하고 있었다. 우리가 방금 갓 따온 이 농작물보다 신선할 리 없었다. 게다가 우리들의 농작물보다 훨씬 더 비쌌다. 이제 이들은 우리의 고객이다.

가게마다 돌아다니면서 이야기했다. 우리 농작물을 구입하시면 직접 사러 가지 않으셔도 된다고, 우리가 배달해 드린다고. 그리고 우리 인키니 농장에 대한 설명도 덧붙였다. 이 농작물을 사면, 다른 케냐 사람들을 돕는 거라고. 설명을 들은 그들의 눈이 반짝거리는 걸 느꼈다.

그래, 이렇게 하면 되는 거다!

인키니 농장 사람들도 이 경험을 함께했으면 좋겠다. 사람들을 만나 어떻게 판매를 하고, 어떻게 판로를 개척하는지를 직접 경험하면서 스스로 알아가는 재미를 맛볼 수 있다면 얼마나 좋을까.

결국 이런 판로 개척은 마을 사람들이 도맡아서 해야 한다. 당장은 어렵더라도 언제까지 우리가 해줄 수 있는 일은 아니다. 어떻게 하면 이 카지아도 중심지에서 멀리 떨어져 있는 인키니 사람들이, 차도 없는 그들이 이곳까지 농작물을 팔러 나올 수 있을까. 어떻게 하면 좋을까.

또 수만 가지 걱정과 고민이 시작된다.

그렇게 다시 시작이다.

더 많이 고민하고, 더 많이 생각해서 더 좋은 방향을 만들어갈 것이다. 그것이 내가 이곳에서 할 수 있는 일이고, 해야 할 일이다.

당신과 함께 걷겠습니다

엔요뇨르 초등학교 교장선생님, 청년모임 대표, 마을 대표 등 3명과 인키니 농장의 관리자, 주민위원회 대표, 농장활동가 등 3명과 함께 월 1회 리더십 트레이닝을 진행하기로 했다. 오늘은 카지아도 중심지에서 1시간가량 떨어진 엔요뇨르에서 모이는 날이다.

어느덧 5개월째 진행되고 있는 트레이닝.

그럼에도 불구하고 트레이닝이 있는 날이면 늘 가슴이 두근거린다. 트레이닝이 시작되고 지금까지 계속되고 있는 교통비 지원 요구에 대한 부담감 때문이다.

어젯밤에도 인키니 농장관리자인 마이클에게서 문자가 왔다. 교통비를 지원해 달라고. 그들을 위해 진행되고 있는 교육에는 그들도 어느 정도 투자를 해야 한다고 생각했던 나는, 미안하지만 엔요뇨르에서 보자고, 오토바이를 타고 와달라고 했다. 나는 분명 그들이 오토바이를 타고 올 거라고 굳게 믿었다.

그리고 오늘이 왔다.

카지아도에서 엔요뇨르로 가는 길에 인키니 농장에 잠시 들렀다.

그런데, 이게 웬일인가. 교육 참여자인 다니엘이 농장 앞에 서 있다. 그리고 그 뒤에 마이클도 있다.

이게 대체 무슨 일인가.

그곳에서 그들을 마주하자 밀려오는 실망감을 감당할 수가 없었다. 그들에게 무슨 말이든 하고 싶었는데 아무 말도 나오지 않았다. 나는 그들을 뒤로한 채 다시 택시에 올랐다.

그때 나와 함께 택시에 타고 있던 올로마이야나좌은택 PM. 교육지원 담당자로 나보다 먼저 이곳에 파견되어 인키니 마을의 주민들과 관계를 맺어왔다.가 내렸다. 그는 그들과 함께 걸어오겠다고 했다. 그 말을 듣는 순간 나는 바로 택시에서 내려 그들을 지켜봤다.

어떻게 해야 되지? 지금 이 상황에서 난 어떻게 해야 되는 거지?

순간 머릿속이 새하얘졌다. 무엇을 어떻게 해야 할지 몰라 그렇게 어정쩡하게 서 있는데 램브리스가 엔요뇨르에서 사람들이 기다린다고, 빨리 가자고 소리쳤다. 왠지 망설여졌지만 나는 다시 택시에 올라 엔요뇨르로 향했다.

"어떻게 지금 이 시간에 농장에 있을 수가 있어? 차가 없으면 걸어서라도 와야 하는 거 아냐? 근데 올로마이야나는 왜 내렸지?"

택시에 오르자마자 나는 나도 모르게 그런 말을 내뱉었다. 막상 그렇게 말을 하고 나니, 여러 생각들이 교차했다. 나는 택시를 타고 편하게 가는 이 길을, '걸어서' 오라고 말해버린 내 자신에게 너무 놀랐다.

그동안 나는 나도 모르는 사이에 얼마나 많은 실수를 저지르고 있었던 걸까.

함께 가자고, 무슨 일이 있더라도 그들과 함께 가겠노라고, 나는 꼭 그렇게 활동할 거라고 다짐하고 또 다짐했건만, 그동안 나는 함께 걸어가는 줄 알았는데 어쩌면 나 혼자 가고 있었나 보다. 그들을 그렇게 뒤로 한 채, 나 혼자 성큼성큼 걸음을 옮기고 있었나 보다. 그들과 함께 가겠다는 생각을 행동으로 옮기지 못한 채.

불편한 마음을 안고 엔요뇨르에서 그들을 기다렸다.

약속했던 시간보다 1시간 30분이 늦은 11시 30분. 저 멀리 걸어오는 올로마이야나가 보였다. 그를 뒤따라 조셉, 다니엘, 마이클의 모습이 보였다. 미안한 마음이 솟아올랐다.

그 먼 길을 허겁지겁 걸어 도착한 그들과 함께 리더십 트레이닝을 시작했다. 오늘은 그동안의 트레이닝에 대해 중간평가를 해보기로 했다. 함께 교육을 평가하고, 다음 시간에 배우고 싶은 주제에 대해 논의했다. 그리고 사람들은 건의사항이 있다며 이야기를 시작했다.

"교육장소를 옮겨가며 진행하는 것에 대해 다시 생각해봅시다."

"교육장소를 그냥 카지아도로 정하면 좋겠어요!"

"장소를 카지아도, 인키니, 엔요뇨르로 돌아가면서 하자고 한 건 여러분이었어요."

"맞아요. 그건 우리가 제안했지요. 하지만 바꿉시다. 아침 일찍 카지아도로 나가는 차는 많지만, 엔요뇨르까지 오는 차가 없어요."

"점심을 사주지 말고 차라리 교통비를 지원해주세요."

우리가 있는 카지아도로 매번 오는 것이 힘들다며, 인키니와 엔요뇨르에서 번갈아가며 교육을 진행하자고 했던 건 그들의 뜻이었다. 그런데 사람들이 다시 교육장소를 카지아도로 바꾸자고 했다. 마을에서 카지아도 중심지로 나오는 차량은 꽤 있어 그 차량을 얻어 타면 따로 교통비를 들이지 않아도 된다. 하지만, 아침 일찍 카지아도에서 꽤 떨어져 있는 엔요뇨르로 들어오는 차량은 거의 없었던 것이다. 교육 시간에 맞춰 가려면 오토바이를 빌려 탈 수 밖에 없는데 그 값이 만만치 않다.

"교육을 너무 받고 싶은데, 교통비가 없어서 올 수 없으면 기분이 어떨 것 같아요?"

한 참가자가 우리에게 물었다.

우리는 교육 참여자들에게 돈으로 지원해주는 것을 피해왔다. 대신 교육이 끝난 후 인근 식당에서 점심을 함께 먹곤 했다. 그래서 사람들은 점심식사 대신 그 돈을 교통비로 달라고 했다. 그리고 모두의 합의에 따라 결국 점심식사 대신 교통비를 지원하는 것으로 결론을 내렸다.

그렇게 교육을 끝마치고 돌아갈 시간이 되자, 다시 가슴이 콩닥콩닥 뛰기 시작했다. 아침에 걸어온 그들에게 또다시 걸어서 돌아가라고 이야기하는 것도, 그렇다고 다 같이 택시를 타고 가는 것도 어딘가 불편했다.

그들은 큰 길이 나오는 길목까지만 태워달라고 했다. 하지만 택시기사 아저씨에게 물어보니 거기까지 가기에는 기름이 충분하지 않단다.

나는 그들에게 사실대로 설명하고 같이 걸어가자고 했다. 그들은 나에게 불같이 화를 냈다. 당신 같은 사람은 처음 본다며, 고개를 절레절레

저었다. 그러면서 인키니로 돌아가는 발걸음을 재촉했다.

나는 그들 뒤를 따라 걷기 시작했다. 부지런히 뒤따라 가보지만 보폭이 크고 걸음이 빠른 그들의 속도에 맞춰 걷기란 여간 힘든 일이 아니었다. 종종 걸음을 치기도, 뛰기도 하며 그들과 발을 맞춰보려고 애를 썼다. 그렇게 걷다보니 불같이 화를 내던 그들이 뒤처지는 나를 위해 멈춰 서기도 하고, 되돌아와 나와 함께 걷기도 했다. 그렇게 웃고 떠들며 함께 인키니 농장으로 향했다.

쉴 틈 없이 걷기를 2시간 반.

드디어 농장이 보였다. 푸르른 우리들의 인키니 농장이 우리를 맞이했다.

마사이 사람들은 현재를 산다고 한다.

그렇게 나에게 불같이 화내던 그들이 나와 함께 걸으면서 웃어주고, 나를 기다려주고, 또 서로를 챙겨줬다. 언제 화를 냈었냐는 듯이. 쉬지 않고 걸어 발에는 물집이 잡히고, 다리가 아파 밤새 잠을 설쳤지만 왠지 모르게 마음만은 편안했다.

그리고 나는 다시 한 번 무슨 일이 있더라도 꼭 함께 가자고, 그들과 발맞춰 함께 걸어가자고 내 자신에게 약속했다.

도대체 무엇이 날 이곳, 케냐로 이끄는 걸까

케냐, 카지아도의 인키니 마을에서 지역개발 사업으로 공동농장을 주민들과 함께 만들어 가고 있던 나는 2012년 3월 잠시 한국에 왔다.

캄보디아에서 1년, 케냐에서의 1년. 그리고 지금 내가 있는 이곳 한국. 한국에서는 이제 90% 가량의 인구가 스마트폰을 쓰고, 검색에 익숙해지고, 각종 어플리케이션을 이용한다. 다시 밟은 한국 땅은 너무나도 빠르게 변해버려 조금 낯설기도 하다. 조금은 느리게, 조금은 천천히, 시간의 흐름에 따라 현재를 살고 있는 마사이 사람들과 함께 보낸 나에게는 이 모든 게 조금 낯선 풍경들이다.

주민들과 관계를 맺기 위해 가가호호 방문하며 이야기를 듣고, 농장에서 사람들과 함께 땀 흘리며 괭이질을 하며 보낸 지난 시간들.

농장 수익이 줄었다고, 결정을 못한다고 나를 손가락질하며 비난하던 사람들.

그럼에도 불구하고, 그들의 잠재적인 힘을 발견하기 위해 이리저리 살피고 고민하며 보냈던 그 많은 날들.

마을 사람들과 함께 울고 웃고, 때로는 행복하게 때로는 슬프게 지나왔다. 사람들이 움직이지 않는다고, 사람들이 내 마음을 몰라준다고 떼를 쓰며 욕심을 부리기도 했다.

한국에서 오랜만에 만난 친구들은 나에게 또다시 묻는다.

"케냐에서 그렇게 힘들어 했으면서 다시 가는 이유가 뭐야?"

"도대체 뭐가 널 그리로 이끄는 거야?"

사실, 이제 더 이상 호기심이나 설렘, 기대감 같은 건 없다. 그리고 무언가 잘 될 것이란 확신도 없다. 수없이 나를 넘어지게 만들고 또다시 일어서게 만드는 것이 무엇이었는지도 잘 모르겠다.

함께 보낸 시간에 대한 책임감 때문일까?

아니면 수없이 들어왔던 주민참여에 대한 목마름일까?

외부의 자본과 외부의 힘에 의해서가 아니라, 그들 스스로도 할 수 있다는 믿음 때문일까?

함께 논의하고, 그들의 이야기를 듣고, 천천히 그들이 자신의 목소리를 내는 그러한 작은 변화들을 내 눈으로 직접 보고 싶은 이기적인 욕심이 나를 케냐, 그곳으로 다시 이끌고 있는지도 모르겠다.

여러 가지 고민을 안고 한국으로 한 달간의 휴가를 얻어 돌아온 나에게 현장에서 오랫동안 주민들과 함께 생활하신 한 선배 활동가가 이런 말씀을 해주셨다.

"이리저리 휘청거리는 건, 네가 어떤 삶을 살 것인가에 대해 명확한 정의가 내려져 있지 않기 때문이야. 그 가치와 정의가 명확하다면 바람이 불어도 흔들리지 않겠지. 네가 왜 그곳에 있고, 그곳에서 네가 어떤 역할을 하고 싶은지, 사람들과 무엇을 만들고 싶은 건지에 대해 생각해봐."

어쩌면 지금까지의 나는 너무 큰 질문을 내 앞에 놓고서 어렵다고, 안 된다고 투덜거리면서 넘어지고 일어서기를 반복했는지도 모른다. 그럼에도 불구하고, 무엇이 나를 이곳으로 다시 이끌었는지에 대해 잊지 말아야겠다. 사람들에 대한 믿음과 희망의 끈을 놓지 않고 그들과 함께 그 속에서 지지고, 볶고, 서로를 원망하고 미워할지라도 진정으로 그들과 함께 삶을 살아가야겠다. 프로젝트나 사업이 아닌, 사람 대 사람, 삶과 삶을 늘 생각하며, 서로의 삶을 나누며 살아야겠다.

또 어떤 일들이 내 앞에 펼쳐지게 될까.

여러 가지 생각들과 고민을 가슴에 안고 나는 다시 케냐로 향하는 비행기에 몸을 실었다.

아살리, 창가무카!

오늘은 조이스와 엔요뇨르 초등학교 교장선생님 요타, 엔요뇨르 마을 대표 존 그리고 나 이렇게 4명이 새로운 사고를 치기 위해 뭉쳤다. 장소는 지역주민들이 직접 모임을 만들어 양봉을 하고 있다는 마을이다.

며칠 전 엔요뇨르 초등학교를 방문했을 때 교장선생님과 존과 함께 외부의 도움 없이 학교를 지속적으로 유지하고 관리할 수 있는 방안이 없을까 논의하다가 교장선생님이 이웃 마을에 양봉하는 곳이 있는데 한번 가보자고 제안하셨다. 혹시 가능하면 학교에서 양봉을 해서 꿀을 팔아 운영비를 마련하는 것도 좋지 않겠냐는 의견이었다.

사업의 시작은 주민들의 열정으로부터

현장에 도착하니 한 아주머니께서 우리를 맞이해주셨고 바로 양봉하는 장소로 이동했다. 그곳에는 흔히 볼 수 있는 나무상자도 있지만 시멘트와 벽돌로 따로 분리된 시설을 지어놓기도 했다. 그 안으로 들어가 보니 양봉을 할 수 있도록 내부가 꾸며져 있었다. 아직 우기가 시작되지 않아서 벌들이 활발히 움직이지는 않았다.

조이스와 존이 아주머니에게 열심히 질문을 하기 시작했다. 모든 것이 신기했는지 눈을 말똥말똥 뜨고 쉴 새 없이 질문을 퍼부었다. 8년 전 17명의 여성들이 모임을 조직해 지역 농업국에 프로젝트를 제출하여 우리 돈으로 약 200만 원을 지원받아 이 시설을 갖추게 되었다고 했다. 그리고 연 2회 꿀을 수확하는데 꽃이 피기 시작하는 우기에 수확을 한다. 한 번에 120ℓ 정도가 수확되는데, 1ℓ당 500실링약 7,000원 정도에 시장에 팔고 연간 180만 원 정도 되는 수익을 구성원들이 나눠 갖는다. 비록 큰돈은 아니라도 음식도 사고 학비에 보태기도 한단다.

우리가 방문했던
양봉농장의 외부와 내부 모습.

이야기를 열심히 듣고 있던 존과 요타가 눈을 반짝이면서 엔요뇨르 마을에도 시험 삼아 해보자고 했다. 우리 4명은 그 자리에서 바로 TF팀을 구성했다. 대표는 존이 맡기로 했고 팀명은 '아살리'로 정했다.

'아살리'는 이곳 언어로 '꿀'을 의미한다. 세상 모든 사람이 달콤한 삶을 꿈꿀 수 있기를 희망하는 마음을 담았다. 그리고 구체적으로 어떻게 진행할지 계획을 세웠다. 존이 마을로 돌아가 주민회의를 열겠다고 했다. 뜻을 함께할 사람들을 모아 몇 개의 소모임을 만들어 대표자도 뽑고 지역 농업국에 방문해 좀 더 세부적인 내용을 조사해보자고도 했다. 서로 마음이 통하니 이야기도 술술 풀렸다.

주인의식을 위하여

지금까지 많은 후원단체들이 현지 주민들과의 소통을 배제한 채 사업을 진행해왔다. 아마 이것은 우리나라 단체들의 이야기만은 아닌 것 같다. 각자 자기네 나라 혹은 단체에서 지원받은 돈과 자기들만의 아이디어를 이곳 사람들에게 나눠주었다. 이는 베풂이기도 했지만, 한편으로는 자기들끼리의 잔치에 그친 면도 있다. 그 프로젝트에는 주민들의 뜻, 주민들의 생각, 주민들의 활동은 없었던 것이다. 그러면서 현지 주민들에게 주인의식이 없다고 투덜댔다. 정작 문제가 어디에서 비롯된 것인지 이제는 다시 생각해봐야 할 필요가 있다.

우리가 함께 진행할 이 양봉 프로젝트는 주민들 스스로 고민하고, 정보를 수집하고, 계획을 세우고, 진행한다는 데 큰 의의가 있다. 프로젝트는 중간에 흐지부지 끝날 수도 있고, 실패할 수도 있다. 하지만 지역주민들이 스스로 해본다는 것, 이러한 시도를 해본다는 것 그 자체만으로 이 프로젝트는 이미 절반의 성공을 거둔 것이라고 생각한다. 지역주민들에 의해서, 스스로를 위해서, 지역주민들이 직접 진행하는 프로젝트이다. 우리는 단지 조력자가 되고 코디네이터가 될 것이다. 그림자처럼 그들을 조

요타, 조이스, 존이
양봉이 어떻게 이루어지는지
귀를 쫑긋 세우고 듣고 있다.

용히 따라다니면서 이따금 그들이 필요한 것을 찾지 못해 헤맬 때 필요한 것을 연결해주는 도움을 줄 것이다. 무엇보다 중요한 것은 이렇게 주민들과 지역대표, 활동가가 동등한 입장에서 서로 논의하고 계획을 세워가는 것에 있다.

존은 보았다. 어떻게 하면 되는지. 이곳 양봉농장에서 자신이 마을 사람들과 함께 그려나갈 미래를 본 것이다. 오늘 존의 눈빛에서 뭔가 해보겠다는, 잘할 수 있겠다는 각오를 보았다. 자신도 미래를 생각하면 가슴이 뛰는지 연신 감탄하며 집중했다. 그리고 이제 그는 움직일 것이다. 사람들을 모으고 이야기를 할 것이다. 어떻게 보면 내가 해야 할 일은 여기까지인 듯하다. 나머지는 그들 스스로 알아서 할 것이다.

중요한 것은 개인의 깨달음일 것이다. 무엇인가 해보겠다는 의지와 마음만 있다면 나머지 부수적인 것들은 뒤에 따라오게 되어 있다. 학교, 식수, 병원을 지원하는 것보다 어쩌면 이렇게 사람들이 스스로 깨달을 수 있도록 하는 것이 선행되어야 하지 않을까?

양봉농장을 방문한 뒤 앞으로의 계획을 세워보며 우리는 함께 파이팅을 외쳤다.

"아살리, 창가무카!"꿀, 파이팅!

리더가 필요해

오늘은 각 소모임 사람들과 학교 선생님들 12명이 함께 자리했다. 대표자의 역할은 무엇인지, 마을의 최근 이슈는 무엇인지 등을 이야기하고 제안서를 작성하는 방법을 함께 공부하기로 했다.

2010년 한 사회단체의 후원으로 엔요뇨르 초등학교가 웅장하게 지어졌다. 다들 지어진 학교를 보고 놀라워했다. 하지만 그 웅장한 건물만큼 내실 있게 운영되어야 하는데 그렇지 못한 경우가 많다. 이 문제는 비단 초등학교뿐만 아니라 우물이나 농장 등 다른 프로젝트에서도 동일하게 반복되곤 한다. 대다수의 단체가 보이는 성과에 급급한 나머지 사후관리에 대한 프로그램은 부족한 경우가 많다. 이로 인해 단체가 사업을 종료하고 마을에서 떠나고 나면 운영 및 관리의 어려움을 겪게 되고 최악의 경우에는 문을 닫기도 했다. 이는 지원한 건물이나 장비가 주민들이 운영할 수 있는 정도를 넘어서기 때문이다. 주민들의 상황과 입장을 전혀 고려하지 않고 일종의 보여주기 식으로 프로젝트를 기획하고 진행한 것은 아닌지 돌아봐야 한다.

그래서 엔요뇨르의 이 웅장한 학교 건물이 문을 닫지 않고 본래의 모습을 유지하면서 본연의 기능을 다할 수 있도록 선생님과 주민들의 모임을 통해 머리를 맞대기로 하였다.

우선 학교의 여러 과제들을 해결하고자 과제별로 소모임을 만들었다. 급식지원을 위한 급식 모임, 물 공급을 위한 식수 모임, 농장 운영을 위한 농장 모임, 청소년 모임, 위생적인 생활습관 향상을 위한 위생 모임, 학교 운영을 위한 학교 모임. 이렇게 6개 모임으로 나누어 각각의 사안을 논의하고 주민들이 스스로 과제에 대해 이야기할 수 있도록 조직했다.

초반에는 모임이 자발적으로 잘 이루어졌지만, 시간이 지나면서 그 열의는 점점 떨어지기 시작했다. 모임을 하고자 약속을 잡으면 모이는 사람은 3명이 전부였고 급기야 사람들이 모이지 않아 모임이 취소될 때도 있었다. 그래서 생각해낸 한 가지 방법이 선생님들을 소모임마다 배치해 모임을 좀 더 확실하고 활기차게 꾸려나가고자 했다.

이러한 모임을 만드는 것은 단지 학교를 지원했다는 것으로 끝나는 것이 아니라 학교를 중심으로 지역과 소통하고, 이후 마을개발과 연계할 방법을 찾기 위한 노력이기도 하다. 한국에 있는 대안학교를 모델로 삼아 또 다른 도전을 시작하는 것이기도 하다. 학교를 중심으로 다양한 시도를 해보고 양계, 농사, 양봉 등을 학생들에게, 더 나아가서는 주민들에게 교육시키고 지역으로 전파시켜 마을개발로 이어질 수 있도록 하고자 하는 것이다.

오늘 모임의 목적은 그 연장선상에 있다. 지금까지 논의하고 진행했던 사안들을 다시 한 번 점검해보고 좀 더 적극적으로 활동할 수 있도록 참여자들의 결의를 다지고자 하는 데 있다. 또한 제안서 작성 방법에 대해

멋지게 완공된 엔요뇨르 초등학교 앞에서 한 컷.
이제 마을에 빛이 될 아이들을 길러내기 위해 주민들이 다함께 노력해야 한다.
우리도 그 곁에 함께할 것이다.

교육하고 추후 필요 시 마을에서 스스로 제안서를 작성해 지원금을 받을 수 있도록 하고자 했다.

오늘 모임에서 주목할 한 가지는 바로 강사이다. 오늘 강의를 진행할 강사는 엔요뇨르 초등학교 선생님으로 학교 건물을 짓기 시작하면서부터 함께해왔고 현재는 우리 단체가 진행하고 있는 리더십 트레이닝에서 교육을 받고 있다. 자기가 받은 교육이 마을을 위해 어떻게 활용될 수 있는지를 확인하는 자리이다.

리더를 양성해야 하는 중요한 이유는 바로 여기에 있다. 이렇게 교육을 받은 리더들이 자기가 태어나고 자란 마을에서 개발을 위해 노력한다면 그 마을에 대해 아무것도 모르는 나 같은 외국인이 하는 일보다 훨씬 파급력이 있지 않을까. 마을의 리더가 중심이 되어 마을을 자체적으로 개발하면서 주민들이 스스로 잘 살 수 있는 길을 찾아가면 좋겠다. 이렇게 준비된 지역에 지원금이 들어간다면 지원금에 의존하기보다는 주민들이 자기들의 계획을 세우고 계획에 맞게 지원금을 잘 사용할 수 있을 것이다. 하지만 지금은 주민들도, 단체들도 아무런 준비가 되어 있지 않다. 여러 나라에서 온 수많은 단체들이 마치 난개발을 하듯 각종 지원을 하고 사라진다. 그 과정에 주민은 없다. 정작 주민들에게 무엇이 필요한지, 그리고 주민들이 무엇을 할 수 있는지에 대한 고려가 없다 보니 주민들의 가난은 해결되지 않고 오히려 의존성을 키운 상황이 되어버렸다.

교육과 논의는 2시간이 넘게 진행되었다. 강의를 맡아주신 선생님은 모임의 대표자가 어떤 역할을 해야 하는지에 대해 말씀해주셨고, 제안서를 작성하는 방법도 알려주셨다. 그리고 각 소모임별 현안에 대해 발표하는 시간도 가졌다. 우선 그렇게 소모임별로 과제를 확인하고 더 깊은 논의는 다음 회의에서 진행하기로 했다. 각 대표자들은 자기가 속한 소모임에서 현재의 과제들을 어떻게 해결할지에 대해 논의한 후 다음 이 시간에 그 내용을 가지고 모이기로 했다.

우리는 어쩌면 이렇게 멍석만 깔아주면 될지도 모른다. 깔려진 멍석 위에서 그들은 그들 나름대로 자신들에게 맞는 무언가를 만들어낼 것이다. 충분히 그럴 수 있다. 비록 그 과정이 처음이어서 당장의 성공이 보이지 않을 수 있다. 조금 많은 시간이 걸릴지도 모른다. 하지만 그 시간을 함께 버티고 응원하는 것도 우리의 몫이다. 우리의 조급한 마음이 그들의 계획을 그르치지 않도록 해야 한다.

긴 호흡을 가지고 그들을 믿고 기다려야 한다.

그녀들의 이야기가 궁금했지만,

마마들에게는 어떤 이야기가 숨어 있을까

이곳 여성들은 마을 활동이나 농장 자원활동을 요청하면 항상 적극적으로 참여했고, 변화에 대한 수용도 남성들보다 빨랐다. 마을회의를 할 때도, 농장위원회 모임을 진행할 때도 여성들의 참석률은 늘 높았다.

그런데, 이상하다.

회의는 동그랗게 앉아서 진행되는데, 남성들은 의자에 앉고 여성들은 땅바닥에 앉는다.

도대체 왜?

그 모습이 보기 싫어서 의자를 좀 더 넉넉히 준비했다. 그런데도 여성들은 쉽사리 의자에 앉지 않았다. 일부러 더 많은 의자를 준비해 의자에 앉도록 장려했다. 몇 번을 그러고 나서야 그녀들은 의자에 앉기 시작했다.

참석자 중 80%가 여성임에도 불구하고, 회의를 주도하고 발언을 하는 사람들은 남성들이다. 그녀들은 말 한마디 없이 그저 자리를 지키고

항상 유쾌하고 정이 넘치는 마마들.
모든 일에 적극적인 마마들.
그런데 이런 마마들이 남편들과 함께 있으면 말이 없어진다.

앉아 있을 뿐이었다.

마사이 사람들은 전통적인 가부장체제다. 일부다처제의 전통을 가지고 있어 요즘에도 2명 이상의 부인을 둔 남성들을 흔히 만날 수 있다. 한 보마 안에 남편 집, 첫째 부인 집, 둘째 부인 집이 함께 있어 남편은 자신이 원할 때 언제든 첫째 부인 혹은 둘째 부인 집에 들를 수 있다. 게다가 마사이 사람들은 혼인 시 지참금 제도가 있어 남편은 부인과 아이들을 자신의 재산쯤으로 여기기도 한다.

이런 가부장체제 안에서 여성들은 자신들의 목소리를 자유롭게 낼 수 없다. 우리네 옛 어머니들이 그랬던 것처럼 인키니 마을의 여성들은 여전히 자신의 목소리를 숨기고 살아간다.

그래서 마련한 여성모임.

남편들한테서 벗어난 그녀들은 과연 무슨 이야기를 할까.

동상이몽?

두근두근.

기다리고 기다리던 여성모임, 그 날이 다가왔다. 약속한 시간은 오후 2시. 내 심장은 세차게 뛰었다. 두근거리는 심장만큼 힘찬 발걸음으로 인키니 농장에 향했다.

3명의 마마가 왔다. 이곳은 아프리카. 언제나 그렇듯이 아프리칸 타임을 잊으면 안 된다. 나도 이제는 느긋하게 기다리는 법을 배웠다. 농장 밖 큰 나무 밑에서 기다리고 있는 그녀들에게 다가갔다. 그녀들과 함께 이야기를 나누면 기다리는 시간이 아깝지만은 않다.

나와 나이가 같은데도 벌써 두 아이의 엄마가 된 조세핀과 장난을 치다가 안마나 해줄까 싶어 그녀의 어깨에 살짝 손을 댔는데,

"악!"

조세핀이 자지러지듯 소리를 질렀다.

"너무 아파. 매일 물을 길어 나르잖아!"

눈물이 팽 돌았다. 그녀의 삶이 보여서 마음이 짠했다.

조세핀뿐만이 아닐 것이다. 매일 20ℓ짜리 물통을 이고 나르는 일은 여성들의 몫이다. 이곳의 여성들은 항상 우리에게 웃으며 인사했지만 그 웃음 뒤에는 이렇게 큰 고통이 있었다. 여성들은 이 고통을 당연한 듯 참아내며 산다.

그렇게 이야기를 나누다 어느덧 3시 30분이 되었다. 모임에 참석하기 위해 온 마마들은 겨우 5명뿐. 그러나 실망스럽지 않다. 그녀들이 왜 못 오는지 이제는 안다. 이렇게 모임에 참여하는 것이 얼마나 어려운 일인지 안다.

이왕 이렇게 된 거 모임을 다음 주로 미뤄버리고 수박이나 나눠 먹자고 수박 한 통을 사왔다. 수박을 자르는데, 이쪽저쪽에서 마마들이 나타났다. 온갖 집안일에 정신없다가 부랴부랴 달려왔을 마마들이 그저 고맙기만 하다. 수박을 잘라들고 갔더니 어느덧 15명이나 모였다. 수박을 먹으며 첫 모임을 시작했다.

"마마들은 농장에 대한 참석률이 항상 높아요. 그리고 마을 일에 대해 무척이나 적극적이죠. 그런데 막상 회의를 하면, 마마들 이야기를 들을 수가 없어요. 남성들과 같이 있을 땐 한마디도 하지 못해요. 그래서 이 모임을 만들게 되었어요."

마마들에게 왜 이 모임을 하게 되었는지에 대해 설명하며, 그녀들의 이야기를 청했다.

“회의 때는 모든 남자들이 말하기를 원하죠. 그래서 우리에게 이야기 할 기회가 없어요.”

그녀들이 자신들의 이야기를 하기 시작했다. 이렇게 모임을 따로 갖기를 참 잘한 것 같다. 그녀들에게 물었다.

“마마들이 하고 싶은 것, 마마들이 필요한 것은 뭔가요?”

마마들이 대답했다.

“문자교육이 필요해요!”
“우리도 읽고 쓰고 싶어요.”

23명의 여성들 중에 글을 읽고 쓸 줄 아는 사람은 7명. 나머지 마마들 모두 문자를 배우고 싶어 했다.

“마마들이 원하면 제가 문자교육 교실을 만들어 볼게요. 선생님도 모집하고, 책도 찾아야 하고, 그런데 문자교실 운영을 위해 매달 등록비를 조금씩 받아야 하는데 등록비를 낼 수 있나요?”
“아니요, 우린 돈이 없어요. 그 돈을 지원해주세요.”

아차, 가슴이 무너졌다.

인키니 농장에서 30분 더 들어가면 엔요뇨르 마을이 나온다. 그곳에서는 교육 사업을 진행하고 있는데, 같은 카지아도 지역, 같은 마사이 사람들이다. 그곳에서 진행한 여성모임에서도 이곳 인키니의 마마들처럼 문자교육이 필요하다고 했다. 그리고 마마들 자체적으로 한 달에 50실링약 700원씩 걷어 강습료를 지불하기로 해 이미 한 달 전부터 문자교육을 시작했다.

답답한 마음에 엔요뇨르 마을 이야기를 꺼냈다. 한 달에 50실링씩 걷어서 강습료를 마련할 수 있겠느냐고.

그녀들은 대답했다.

"우린 돈이 없어요."

가슴이 한 번 더 무너졌다. 머릿속이 새하얘졌다. 다음에 이어갈 말을 찾지 못하고 있는데 한 마마가 물었다.

"당신이 가진 것은 무엇인지, 무엇을 해줄 수 있는지 먼저 이야기해보세요."

나는 완전히 말문이 막혀버렸다.

나는 이번 모임을 통해, 그녀들이 정말 필요로 하는 것이 무엇인지를 파악하고 그녀들과 함께 그것을 달성할 수 있는 방향을 만들어가기를 기대했다. 그런데 그녀들은 여전히 자기가 할 수 있는 것이 무엇인지보다 받을 수 있는 것이 무엇인지를 먼저 찾았다.

애정을 쏟아온 마마들에게 뒤통수를 얻어맞은 기분이 들어 눈앞이 먹먹해졌다. 무엇이 문제인 것일까. 그동안 함께 인키니 농장을 만들어가며 이들도 조금씩 스스로 하는 법을 알아가고 있다고 믿었다.

그런데 아직은 아니었던 건가.

또 내가 너무 앞서갔던 걸까. 내가 잘못하고 있는 걸까.

기대와 확신으로 가득했던 나는 또 좌절하고 말았다.

애가 아픈데 어쩔 수 없잖아

2012년 5월 30일엔 카지아도의 한 초등학교에서 음악 경연대회 지역 예선이 열렸다. 이 날을 한 달여 남기고 엔요뇨르 초등학교 아이들은 연습에 한창이었다.

케냐에서는 매년 1회, 교육부 주최로 음악 경연대회가 열린다. 각 학교에서는 학교의 명예를 높이기 위해 이 대회에 집중한다. 각 부족, 각 지역의 문화와 전통을 담은 춤과 노래가 사람들의 눈과 귀를 사로잡는다.

엔요뇨르 초등학교는 지난해 2011년 처음 참가해 지역예선 15개 학교 중 8위를 차지했다. 엔요뇨르 초등학교는 문화와 전통을 유지하고, 음악을 즐기는 아이들의 자존감을 향상시키기 위한 취지로 지난 2월부터 한 단체의 전문 트레이너 지원을 받아 연극, 시 낭송, 음악 활동을 시작했다. 연극이나 시 낭송은 아이들이 워낙 수줍어해 활발하게 진행되지 못했지만 그래도 음악과 춤을 좋아해 음악교육은 아이들에게 큰 흥미를 불러 일으켰다.

음악 · 드라마 클럽활동을 하고 있는 엔요뇨르의 아이들도 이 경연대회를 앞두고 한창 연습에 몰두하고 있었다. 연습하는 아이들을 처음 보았을 때, 아이들의 표정에서, 아이들의 행동에서, 자신들의 춤과 음악을 얼마나 즐기고 있는지, 얼마나 좋아하는지 느낄 수 있었다.

경연대회가 얼마 남지 않아, 오늘도 한창 연습을 진행하고 있었다. 날씨가 좋지 않아 비가 오락가락했지만, 아이들은 빗줄기에 아랑곳하지 않고 연습에 매진했다. 초등학교의 어린이 회장인 솔리오가 제법 리더처럼 진행을 주도했다. 초빙된 전문 트레이너가 표정과 춤의 역동성에 대해 시범을 보이니 아이들은 곧잘 따라했다. 물론 이 아이들 중에도 몸치, 박치는 있다. 몸이 마음처럼 움직여지지 않는 아이들은 괴롭다는 표정을 지으면서도 즐거워했다. 이 아이들을 보고 있으니 옆에 있던 나도 저절로 들썩들썩해졌다.

2시간가량의 연습이 끝나고 정리하는 시간. 아이들이 옷을 갈아입으러 우르르 몰려갔다.

그런데 잠시 후,

아이들이 웅성웅성하며 한 아이를 둘러싸고 있었다. 무슨 일인가 싶어 몰려 있는 아이들에게 가까이 다가갔다.

나는 상황을 파악하기도 전에 놀라버렸다. 피터의 머리에서 피가 뚝뚝 떨어지고 있었다. 엔요뇨르 초등학교에서 가장 덩치가 좋은 존은 그런 피터를 데리고 수돗가로 달려갔다. 나도 따라 달렸다. 피터의 머리에서 얼굴을 타고 흘러내리는 피를 어찌해야 할지 몰라 목에 두르고 있던 손수건을 풀러 닦았다. 피터는 연습을 마치고 옷을 갈아입으러 가던 도중 유리창 모서리에 머리가 찍혔다고 했다. 상처는 5㎝ 정도 되는 듯했고, 피는 멈출 생각을 않고 계속 흘렀다.

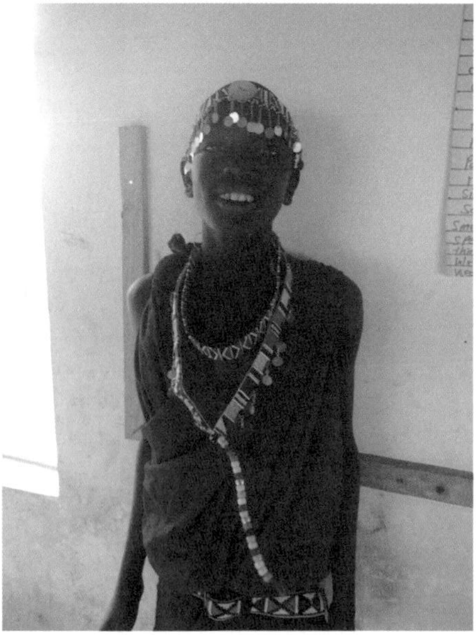

밝게 웃고 있는 피터.
지금은 이렇게 웃고 있지만
머리에서 피가 쏟아질 땐
얼마나 간담이 서늘했는지.

아, 어떻게 해야 되나. 이럴 땐 도대체 어떻게 해야 하는 거지?

손수건으로 피가 나는 상처를 눌러 지혈했다. 손수건에 피가 흥건해졌다. 그때 곁에서 아이들의 연습을 지켜보시던 마을 아주머니 한 분이 마푸타파라핀유를 가지고 오셨다.

"이게 뭐예요?"

"마푸타. 머리에 부어."

"안 돼요. 이걸 부으면 안 돼요!"

그동안 피가 나면 지혈을 하려고 파라핀유를 상처에 부어왔는지, 마마는 파라핀유를 상처에 뿌리려고 했다. 나는 그녀의 행동을 저지했다.

그런데, 갑자기 비가 내리기 시작했다. 빗줄기가 점점 거세지더니 곧 퍼붓기 시작했다.

이런, 젠장. 이 인근엔 병원도, 보건소도 없다. 병원을 가려면 카지아도 중심지까지 가야 하는데, 비가 오면 강물이 넘쳐 카지아도 중심지로 가는 길이 막혀버린다. 게다가 지금은 벌써 5시. 카지아도에 도착하면 6시가 넘는데 어느 병원이 문을 열었는지도 알 수 없다.

그렇게 안절부절 못하고 있는데 학교 교사인 조세팟이 다가왔다. 나는 그에게 말했다.

"지금 병원에 가야겠어요. 내가 카지아도 병원으로 데려갈게요. 그게 나을 것 같아요."

그때 옆에 있던 다니엘현지활동가이 한마디 했다.

"병원비는 누가 내줄 거야? 집에는 어떻게 다시 돌아오려고?"

"나도 몰라. 하지만 지금 병원에 가야 될 것 같아."

하나하나 따지며 행동할 수 없다. 머리에서 피가 흘러내리는 아이를 두고, 혼자 카지아도로 돌아갈 수는 없었다.

피터의 부모님에게 병원에 데려갔다는 말을 전해달라고 부탁하고 카지아도로 가는 차에 올라탔다. 피터는 눈물, 콧물이 뒤범벅된 얼굴로 나를 바라봤다. 그러더니 어느새 달리는 차 안에서 꾸벅꾸벅 졸기 시작했다.

작년, 날로투에샤2011년 활동가가 마을 사람들 중 아픈 사람을 카지아도 병원까지 데려다 준 일이 있었다. 그때, 난 '우리가 계속 저렇게 데려다주고, 데려올 수 없는데 저렇게 해도 되나?'라는 생각을 했었다. '지속적으로 할 수 없는 행동들은 하면 안 되는 거 아닌가?' 그렇게 생각했다. 이 사람들에겐 이 상처가 별거 아닐 수도 있는데 괜히 과민반응하는 것 아닌가라는 생각도 잠깐 했었다. 그때의 내가 생각나면서 이런저런 상념들이 복잡하게 왔다갔다 해댔다.

하지만 내 눈앞에 있는 이 아이를 두고 무엇을 따질 그럴 겨를이 어디 있나.

뭐, 어때! 내가 다쳐도, 또 내 친구가 다쳐도 모두 병원에 가는데. 그게 뭐 어때서!

피터와 함께 병원에 도착해 상처를 꿰맸다. 분명 많이 아플 텐데, 아이는 울지 않았다. 처음 와본 카지아도가 낯설어 그런지, 어둠 속에서 내 손을 꼭 잡았다. 치료를 하고, 근처 식당에서 필라우볶음밥를 함께 먹었다. 맛있는지 한 그릇을 뚝딱 비웠다. 그리고 다니엘과 함께 오토바이를 타고 어둠을 가르며 집으로 돌아갔다.

이곳에서 사람들과 함께하는 시간이 길어질수록 이성보다는 감정이 먼저 앞서는 경우가 점점 많아진다. 점점 행동의 원칙과 일관성은 없어진다. 상황에 따라, 그때의 감정에 따라 매번 행동이 달라진다.

무엇이 옳은 것인지도 잘 모르겠다.

하지만, 본능적으로 반응했던 건, '병원에 가자!'였다.

애가 아픈데, 어쩔 수 없잖아!

경연대회를 위해 춤과 노래를 연습하고 있는 엔요뇨르 초등학교 아이들.

우물을 파고 핸드펌프를 설치하고 깨끗한 물이 솟아나면,
물통을 짊어지고 10km를 왕복하며 걷지 않아도 된다.
더는 배앓이로, 피부병으로 고생하지 않아도 된다.
농사를 짓고, 양봉을 하고, 그렇게 생긴 돈으로 아이들은 학교에 갈 수 있다.
그래서 "마지니 우하이." 물은 생명이다.

4

희망의 한 방울, 마지

'마지'란 스와힐리어로 물을 의미한다.

물은 생명이다

물벼락 맞은 날

탕! 탕! 탕!

육중한 기계소리가 굉음을 내며 땅을 뚫기 시작했다. 그 광경을 지켜보기 위해 모여든 사람들의 눈엔 호기심과 기대감이 잔뜩 서려 있었다. 아마 나도 똑같은 표정이었겠지?

오늘은 지질조사가 끝나고 물이 있는 것으로 추정되는 곳을 뚫는 날이다. 관정을 뚫는 날이다. 기계는 부드러운 흙을 만나면 무리 없이 땅을 파들었지만 단단한 돌을 만나면 힘겨운 굉음을 쏟아냈다. 그렇게 가끔씩 기계가 굉음을 토해내면 모여 있던 사람들이 소리에 놀라 달아났다. 자기들끼리 그 모습을 보며 서로 키득키득 웃었다.

아프리카의 경우 물 층이 대부분 지표에서 150~200m 정도 깊은 곳에 형성되어 있다. 그래서 땅을 뚫기 전에 물이 어느 지점, 어느 정도 깊이에 있는지 지질조사를 통해 분석을 하고 그 결과를 정부에 신고하면 정부에서 허가서를 내준다. 그 허가서를 받으면 관정굴착을 하게 된다. 그리고 깊이에 따라 다르지만 150m 이상인 경우에는 관정굴착이 주변 환경에 어떤 영향을 미칠지를 확인하는 환경평가를 받아야 한다. 이 지역은 지질조사 결과 지하 40~70m 사이에 물이 있다는 결과가 나왔다. 그래서 우리는 60m 정도를 파기로 했다. 하지만 그것도 100% 정확하지는 않다. 얼마 전 어느 선교사님 두 분이 지질조사로 확인된 지점에 땅을 뚫었지만 200m를 뚫어도 물이 나오지 않았다. 굴착을 하는 업자들도 물이 나오지 않는 경우를 많이 경험해서 그런지 물이 나오지 않을 경우에는 기름값만 받기로 계약서에 명시했다. 우리는 우여곡절 끝에 땅을 뚫고 있지만 이곳에서 물이 나온다는 것은 누구도 장담할 수 없다.

이런 사실을 아는지 모르는지 모여 있는 사람들의 눈에는 물이 나올 거라는 확신이 가득했다. 나도 그들의 기대가 어긋나지 않았으면 하는 바람으로 마음속으로 기도하고 또 기도했다. 22m 정도를 들어가니 촉촉한 물기를 머금은 돌과 흙이 나오기 시작했다. 순간 조마조마했던 마음이 조금 풀어졌다. 그런데 진흙의 점성이 너무 강해 유연제를 구멍 안으로 계속 넣어야 했다. 게다가 30m 정도부터는 다시 마른 흙이 나오기 시작했다. 물이 있다는 층까지는 고작 10m 밖에 남지 않았는데 마음이 조급해졌다.

이러다 물이 안 나오면 어떡하나.

아, 정말 심장이 쫄깃하다.

주변에 있던 사람들도 의심이 드는지 나에게 그리고 기술자들에게 물이 나오는지 연신 물어보고 또 물어봤다. 물이 있다던 40m를 지나고 있는데도 물이 나올 생각을 하지 않았다. 오만가지 생각이 들기 시작했다.

더 파봐야 할까? 다른 장소를 다시 찾아야 하는 걸까?

지금 여기서 물이 나오지 않는다면 책정된 예산이며 이후 계획들은 다 틀어져 버리게 된다. 이런 것들은 차치하더라도, 여기에 모인 이 사람들의 실망감. 이것은 또 어떻게 할 것인가! 이런저런 생각에 점점 더 다급해졌다.

바로, 그때!

갑자기 흙탕물이 나의 몸을 덮쳐 왔다.

누군가 정신 차리라고 일부러 나한테 물을 뿌리듯이.

그리고, 누군가가 외쳤다.

"마지 이꼬! 마지 이꼬!"물이 나왔다! 물이 나왔다!

그 소리를 듣고 땅을 보니 정말 흙탕물이 거짓말처럼 뿜어져 나왔다. 비록 기계의 압력으로 뿜어져 나온 물이지만 얼마나 반갑던지 죽은 사람이 되살아난다 해도 이렇게 반가울까. 내 얼굴에도, 마을 사람들의 얼굴에도 기쁨과 환희가 한가득 차올랐다!

물 부족으로 힘들어하는 사람들에게 도움이 되겠다고 머나먼 땅 아프리카에 왔다. 우물을 팔 수 있는 지역을 찾기 위해 여기저기 오지를 돌아다니면서 시골지역 어느 여관에서 잤다가 벼룩의 공격을 당한 일, 지질조사 기계를 가져와야 하는데 차가 고장 나 종종 거리다가 4시간만에 빗속을 뚫고 온 일, 지질조사 결과보고서가 늦게 나와 애태운 일, 잘해보자고 마련한 회의에 사람들이 모이지 않아서 속상했던 일.

이 모든 날들이 머릿속에 스쳐 지나갔다.

그 모든 일들이 이 순간을 위한 과정이었나 보다.

이들은 오늘을 위해서 얼마나 기다렸던가! 20ℓ나 되는 물동이를 이고 먼 길을 걷고 또 걸어 다녀야 했던 이들에게 지금 이곳이 바로 천국일 것이다. 일이 마무리되면 잔치라도 벌여야겠다.

진흙의 점성이 너무 강해 일은 밤늦게까지 불을 밝히며 계속되었다. 늦은 밤인데도 사람들은 떠나지 않고 자리를 지켰다. 오히려 일터에서 집으로 돌아온 사람들까지 모여 사람들이 점점 더 많아졌다. 모두가 한마음으로 그 자리를 지켰다.

이 물은 그냥 물이 아니다. 이 물은 그들에게 희망을 주고 미래를 준다. 그래서 우물지원, 식수지원 사업이 끝났다고 해서 끝나는 것이 아니다. 그것은 끝이 아니라 또 다른 시작이 된다.

"마지니 우하이."물은 생명이다.

한마음 한뜻으로

오늘은 마을 사람들이 우물 공사에 필요한 모래, 돌, 자갈들을 모으고, 마을의 길을 보수하는 자원활동을 하는 날이다. 작업 현장에 가까워지니 사람들의 소리가 들려왔다.

우물지원을 하면서 우리가 일방적으로 모든 것을 지원하는 것이 아니라 마을 사람들도 직접 참여해 그들이 할 수 있는 몫을 할 수 있도록 했다. 이번 우물 공사에서 우리는 돈이 많이 들어가는 지질조사, 관정굴착을 비롯해 시멘트 등 자재 제공을 맡았다. 마을 사람들은 부지를 제공했고, 마을 주변에서 쉽게 구할 수 있는 돌과 모래를 모으는 노동력을 제공하기로 했다. 그리고 공사가 모두 마무리되면 핸드펌프 주변에 울타리를

마마들은
장바구니로 사용하는 천가방에 흙을 담아
끈을 머리에 걸고 흙을 나른다.

남성들은 흙과 돌을 골라
외발수레에 담아 나른다.
할아버지도 곡괭이질을 하며
한 몫 거드신다.

치기로 했다.

그래서 오늘은 마을 사람들이 자신들의 몫을 하는 날이다. 우리 일행이 도착했을 때는 벌써 일이 시작되어 사람들이 저마다 분주하게 움직이고 있었다. 우리에게 인사를 건네느라 잠시 일손을 멈추고는 곧 다시 작업에 몰입했다. 남녀노소 할 것 없이 50명이 넘는 주민들이 함께했다. 토요일이라서 그런지 아이들도 나와 손을 보탰다.

그 모습을 보고 있자니 괜스레 코끝이 찡했다. 나 혼자 조심스럽게 상상해온, 어쩌면 상상하기도 힘들었던, 상상만으로도 벅찼던 그 광경이 내 눈앞에 펼쳐지고 있었다. 이들은 이제 스스로 할 수 있다는 자신감을 얻을 것이다. 노동의 즐거움, 그 뿌듯함도 알게 될 것이다. 길고도 험난했던 여정 끝에 첫 발을 내디딘 것이다. 이 얼마나 아름다운가!

이곳 케냐를 포함한 대부분 사하라 사막의 남쪽에 위치한 아프리카는 지난 50년을, 그리고 지금까지도 거저 얻는 것이라면 무엇이든 받아들였고, 그것이 이들에게는 너무나 자연스러운 것이 되어버렸다. 서구 열강들에 의한 식민지배는 그들을 무기력한 존재로 만들었고, 이제는 여러 구호단체의 잘못된 지원이 그들을 더욱 무기력하게 만들고 있다. 이들의 잘못으로 탓할 것이 아니라, 이들의 역사를 통해 이해해야 한다. 외부세력들이 아프리카를, 아프리카 사람들을 가만 놓아두지 않았다. 더 이상 이들을 무기력한 사람으로 만들어선 안 된다. 오늘의 이 작은 움직임이 그 출발점이 되지 않을까.

우리 활동가들도 이 아름다운 광경을 그냥 지켜볼 수만은 없어 팔을 걷어 붙였다. 우리도 아주머니들이 하듯이 장바구니에 흙을 담아 이마에 줄을 걸었지만, 보는 것처럼 쉽지는 않았다.

오전 작업을 정리하고 잠깐 짬을 내어 쉬었다. 짜이 한 잔과 함께 도란도란 이야기를 나누던 중 주민 대표가 내 옆으로 와 이야기했다.

"와줘서 고마워요. 사람들도 정말 즐거워해요. 마을에도 활력이 생겨서 좋은 것 같아요. 우리는 정말 물이 필요해요. 그래서 잠시도 늑장 부릴 수 없어요."

옆에 앉아있는 작은 아이를 가리키며 말을 이었다.

공사현장 한편에서는
한 아주머니가 불을 지펴 사람들에게 나눠줄 짜이를 끓인다.
사람들은 그 짜이 한 잔에 또 기운을 낸다.

"이 아이도 물이 정말 필요해서 이렇게 거들고 있어요."

옆에 듣고 있던 한 아주머니도 합세했다.

"물이 생기면 집에 야채를 심을래요. 매일 물도 주고 잘 키울 거예요."

또 다른 아주머니는 양봉을 하겠단다. 이렇게 물이 생기면 무엇을 할지 희망의 빛을 반짝이며 저마다 자기들의 꿈을 펼쳐 보였다.

한바탕 왁자지껄한 수다가 끝나고 다시 오후 작업을 위해 팔을 걷었다. 관정굴착을 하려면 대형 트럭이 들어와야 하는데 군데군데 길이 패여 있어 몇몇은 길을 보수하기로 했다. 오후 작업은 비교적 수월하게 끝났다. 오늘의 일을 마치고 사람들이 환하게 웃으며 박수를 쳤다. 그들 스스로 해냈다는 자긍심의 소리가 아닐까. 일을 끝내고 사람들이 모여 있는 장소로 가니 저녁식사가 준비되고 있었다. 오늘 함께 땀 흘린 사람들을 위한 꿀맛 같은 식사다. 마을 사람들끼리 돈을 모아 쌀, 감자, 토마토를 사서 일한 사람들에게 대접한 것이다.

모든 일이 끝나고 한자리에 모였다. 주민 대표는 우리에게 인사말과 함께 당찬 포부를 이야기했다.

"이렇게 와줘서 고맙습니다. 우리는 물을 얻을 수 있다는 희망에 차 있습니다. 이것이 끝나면 유치원, 학교, 병원도 지을 것입니다. 하지만 이제는 더 이상 앉아서 도와줄 누군가를 기다리고 있지 않을 것입니다. 우리 손으로 무언가를 할 것입니다. 그리고 필요한 것을 요청할 것입니다. 그

때도 함께 도와주셔야 합니다."

가만히 듣고 있던 사람들이 힘차게 박수를 쳤다.

이들의 작은 움직임 하나하나가 잃어가고 있던 마사이의 정신을 다시금 찾아가는 듯하다. 우리는 아마도 그들 안에 잠재되어 있는 가능성, 그 무한한 능력이 세상 밖에 나올 수 있도록 하기 위해 여기 온 것이 아닐까.

핸드펌프 끝에 맺힌 희망의 한 방울

오늘은 드디어 마지막 단계인 핸드펌프 설치 작업이다. 공사 현장에 먼저 와 있던 사람들이 우리 일행을 보자 반가운 듯 손을 흔들어댔다.

"왜 이렇게 늦어? 우린 너 오기만 눈 빠지게 기다렸단 말이야."

핀잔과 반가움이 한 데 섞인 그의 인사말이 참 정겹다. 따가운 볕을 피해 나무그늘 밑에 쉬면서 기다리던 아주머니들이 지친 기색도 없이 반가움에 앞서 인사를 하기 위해 우리 곁으로 모였다. 일일이 악수를 하며 우리 일행을 맞이해주셨다.

식수지원 활동을 시작하면서 주민회의, 대표자회의, 현장답사 등을 진행하며 이 마을을 하루가 멀다 하고 오갔다. 그러다 보니 자연스럽게 주민들과 친해지고 어느 새 믿음이 생긴 것 같다. 돌이켜보면 그것이 일의 시작이고 끝인 것 같다. 그들과 친밀해지고 신뢰가 생기면 모든 일은 되게 되어 있다. 안 될 수가 없다. 하지만 빨리 성과를 내기 위해 드러나는 결과에만 급급하면 일을 그르치는 경우가 종종 있다. 당장 가시적인 성과가 없을지라도 그 모든 것은 '되어가는' 과정이라 생각하며 조금은 긴 호흡으로 천천히 가는 것도 필요하다.

처음 현장답사를 위해 이곳에 왔을 때 나는 그저 '웬 외국인?'일 뿐이었다. 지금 생각해보니 그렇다. 처음 이곳 주민들이 나를 바라보는 눈빛은 그랬다. 경계해야 할 사람, 아니면 뭔가를 주기 위해 온 사람. 하지만 지금의 나는 이들에게 반가운 사람, 아들 삼고 싶은 사람이 되었다.

인사가 끝나고 아주머니들이 준비한 점심식사를 함께했다. 아주머니들이 모여서 오늘 점심을 준비했다. 각자 집에서 제일 큰 냄비들이 총출동했나 보다. 고기 스프에 밥, 짜파티. 준비할 수 있는 모든 것을 다 만들어낸 듯했다. 이 많은 사람들과 함께 나눠먹을 밥을 준비하려면 여간 고생이 아니었을 텐데 그 정성과 마음이 고맙다.

밥을 막 먹으려고 하는데 한 사람이 물과 비누를 가지고 오더니 손을 씻으라고 권했다. 이게 웬일인가 싶어 이장님께 여쭤보니, 이번 위생교육에서 밥 먹기 전에 꼭 손을 씻으라고 했단다. 사실 교육이 지식전달에만 그치는 경우가 많은데, 정말 중요한 것은 지식을 어떻게 행동으로 연결시키는가이다. 우리도 왜 청결을 유지해야 하는지, 위생상태가 왜 중요한지를 알고 있지만 막상 실천하기는 쉽지 않다. 그래서 연극을 진행하기도 했고, 식수원 근처에 현수막도 설치했고, 위생우수자 시상도 진행하는 등 다양한 시도들을 해봤다. 그리고 오늘 그 변화를 보았다. 우리가 하고 있는 일이 당장 모든 것을 바꿀 수는 없지만 이렇게 작은 곳에서부터 변화가 일어나고 있었다. 이 변화가 점점 주변으로 퍼져 나간다면 이들의 삶도 점차 나아지지 않을까.

점심을 먹고 본격적으로 핸드펌프 설치 작업을 시작했다. 너도나도 거들겠다고 현장으로 모여 들었다. 우리는 필요한 일을 사람들에게 설명했고 그들이 할 수 있는 일을 할 수 있도록 했다. 한쪽에서 파이프에 고무를 끼우고, 다른 한쪽에서 스테인리스 막대기에 고무를 끼우고, 또 다른 한쪽에서는 파이프에 로프를 연결했다. 그렇게 각자 할 수 있는 일을 하면서 일은 빠르게 진행되었다.

2시간쯤 흘렀을까. 서서히 지쳐갈 무렵, 한 주민이 외쳤다.

"마지 이꼬! 마지 이꼬!"

순식간에 사람들이 몰려와 핸드펌프를 통해 물이 나오는 것을 확인했다. 황금이라도 발견한 듯 환하게 웃으며 다함께 "마지 이꼬!"를 외쳤다. 사람들의 함성에 킬리만자로 산까지 뒤흔들릴 것 같았다.

너도나도 나오는 물에 손을 대고, 얼굴을 대고, 마셔 보고. 그렇게 모두가 물이 전하는 기쁨을 만끽했다.

공사를 마무리하고 한자리에 모였다.

"이 핸드펌프 누가 만들었죠?"

사람들이 대답했다.

"지구촌공생회."

"KOICA. 한국국제협력단, Korea International Cooperation Agency"

함께 땀 흘린 마을 사람들이 내게 준 전통의상과 목걸이.
이보다 더 훈훈한 선물이 또 있을까.
그곳의 흙냄새 그리고 그들의 땀과 웃음소리가 고스란히 배어 있다.

그리고 또 한 사람이 대답했다.

"우리가 만들었어요!"

"네, 맞습니다. 우리가 만들었어요! 그러니까 우리가 잘 관리해야 해요. 이제부터 다른 사람에게 의지하는 것이 아니라 여러분이 책임을 져야 해요. 고장 나면 여러분들이 고치고 관리해야 합니다. 그렇게 할 수 있죠?"

"네!"

참 눈시울이 뜨거운 대답이다.

우리가 할 수 있다는 것. 그들이 할 수 있다는 것.

물을 얻은 것으로 끝이 아니라 이제 희망의 첫 단추를 끼운 것이다. 이 물을 이용해 그들은 많은 것을 할 것이다. 그리고 그들이 더 많은 것을 할 수 있도록 필요한 일이 있으면 우리는 거들 것이다. 핸드펌프를 관리할 수 있도록 교육해야 하고, 앞으로 물을 최대한 그리고 깨끗하게 사용할 수 있는 방법도 모색해야 한다. 물론 우리는 함께할 것이다. 그들은 방법을 모를 뿐이다. 그 방법을 안다면 그들도 스스로 할 수 있다. 함께 고민하고 나누고 그들이 주인이 되어 스스로의 역할을 해낼 수 있도록 돕는 것. 그것이 우리의 역할일 것이다.

모든 일을 마치고 돌아가려고 하는데 사람들이 잠깐 기다리라고 하더니 선물을 준비했다고 한다. 감사의 노래를 부르면서 '한 땀 한 땀' 손수 바느질한 마사이 전통의상과 '한 알 한 알' 구슬을 꿰어 만든 목걸이를 걸어주셨다.

평생 오늘의 이 감동을 잊지 못할 것이다.

내가 행복해서, 내가 좋아서 하는 일들이 이들에게 희망을 주는 일이라니. 난 참, 정말 복 받은 사람이다.

우리 마을은 우리가

"왜 우리 마을에 우물지원이 취소되었죠? 누가 결정한 거예요? 이곳엔 정말 물이 필요해요. 핸드펌프가 있지만 건기에는 물이 말라서 나오지 않아요! 그럼 우리는 7km나 떨어져 있는 곳으로 가서 물을 길어 와야 해요. 정말 물이 필요해요. 공사비가 얼마예요? 우리도 돈을 낼게요. 꼭 물을 지원해주세요."

가만히 숨죽이고 앉아있던 사람 중에 한 사람이 벌떡 자리에서 일어나 이렇게 외쳤다. 당당하게 자신이 필요한 것을 함께해보자고 요구하고 있었다. 깊숙하게 파인 눈에 담긴 간절함이 힘찬 그의 목소리를 통해 그대로 느껴졌다. 막대기마사이 사람들은 소를 치기 위해서 항상 막대기를 들고 다닌다.를 쥔 그의 손엔 잔뜩 힘이 들어가 있었다.

오늘 방문한 올레나라우 마을은 지역조사를 하던 중 이미 식수원이 있다는 이유로 지원을 하지 않기로 결정되었던 곳이다. 그래서 상황을 설명하기 위해 이 자리를 마련했다. 그런데 그 한 사람의 발언으로 분위기가 갑자기 고조되기 시작한 것이었다.

“공사비는 대략 600만 원 정도 소요되는데 그렇다면 이렇게 하죠. 마을에서 얼마를 부담할 수 있는지, 또 마을 사람들이 우물 공사를 위해 할 수 있는 일이 무엇인지 알려주세요. 그러면 다시 고려해보겠습니다.”

사람들의 논의가 이어지고 20분 남짓 흘렀을 때 다른 한 사람이 일어섰다.

“지금 결정하는 것은 좀 힘들 것 같고 마을로 돌아가서 좀 더 많은 사람들의 의견을 들어보고 얼마를 분담할 수 있는지, 무슨 일을 할 수 있는지 논의해보는 것이 좋겠어요.”

“우리 지역에 물이 정말 부족해요. 특히 건기가 되면 우물들이 다 말라버려 물을 구하러 10km를 가야 합니다.”

“이렇게 우리 지역을 다시 찾아줘서 고맙습니다. 우리도 함께할 테니 당신들도 꼭 우리 지역을 도와주면 좋겠어요.”

우물을 지원하는 데 있어서 중요한 부분 중의 하나는 바로 주민들의 적극적인 참여이다. 이들의 참여 없는 우물지원은 일회성 사업으로 끝나버릴 수 있다. 실제로 그런 경우도 허다하다.

우물지원을 위해 지역조사를 하던 중 많은 문제점들을 발견할 수 있었다. 여러 NGO단체들이 마을에 식수를 지원하기 위해 제너레이터, 수중모터, 핸드펌프 등을 지원했지만 관리 부실과 주인의식 부족으로 2~3년

마을에 설치되어 있는 핸드펌프가
제 몫을 다하고 있는지 살펴보는 중이다.
고장 난 채 방치된 시설을 마주하면 영 마음이 불편하다.

만에 모두 고장이 나버렸다. 고쳐야 한다는 생각조차 하지 않은 채 다른 NGO단체에서 고장이 난 기계를 고쳐주기를 기다리거나 또 다른 핸드펌프가 설치되기를 기다리면서 '누군가 또 해주겠지. 도와주겠지.'라고 생각하며 손 놓고 앉아서 기다리는 것이 이들이 할 수 있는 일의 전부였다.

결과가 이렇다 보니 이들은 이제 주인의식이 없는 사람들, 지원해줘도 관리도 못하는 사람들, 받기만 하는 사람들로 치부되는 지경에 이르렀다. 하지만 이들을 그렇게 치부해버리기 전에 정말 필요한 지역에 지원이 되었는지, 지역주민들과 얼마나 소통하면서 함께 만들어갔는지를 먼저 생각해봐야 한다. 혹 프로젝트 기간에 맞춰야 한다는 핑계로 NGO단체가, 활동가가 혼자서 달려가진 않았는지를 돌아봐야 한다.

지원은 그들의 실정에 맞게 이루어져야 한다. 간혹 어떤 단체에서는 '그래도 한국 사람이 하는데 이 정도는 해줘야지.', '우리 단체 체면이 있지.'라는 생각으로 이곳 정부나 주민들의 수준을 고려하지 않고 우리 기준에서 시설이나 기술을 지원하기도 한다. 그러다 보니 정부나 주민들이 운영할 능력이 없어 방치되는 경우가 종종 발생한다. 기술학교나 병원 등에서도 한국 기준으로 최신 설비를 마련해 지원했지만 전기가 없어서, 기술자가 없어서, 의사가 없어서 운영되지 않는 경우도 많다. 결코 이곳 사람들이 게을러서가 아니다.

"여러분, 정말 물이 필요하세요? 정말이세요?"

주민들에게 물어보자, 조금의 주저함도 없이 대답이 돌아왔다.

"네! 정말 물이 필요해요!"

"그렇다면 여러분이 물을 얻기 위해 무엇을 했나요? 여러분은 물이 정말 필요하다면서 그냥 앉아서 누군가 도와줄 사람을 기다리고만 있었어요. 그렇죠?"

"그렇다면 어떻게 해야 하나요? 우리가 뭘 할 수 있죠?"

그들 중 한 명이 나에게 되물었다. 나는 마을 사람들에게 한 가지 제안을 했다. 이 지역의 식수난을 다른 단체에 알려 지원을 받자고. 이곳의 문제가 무엇이고 우리는 무엇을 할 수 있는지 등을 써서 여러분이 뽑은 대통령에게도 보내고, 지역 수도국이나 NGO단체 등에도 보내 우리가 겪고 있는 문제를 알려보자고 했다. 그 자리에서 마을회의가 열렸다. 40여 명이 참석했고 이 문제에 대해서 논의를 하게 되었다.

"매일 7km를 걸어 다니며 물을 떠야 하는데 너무 힘들어요. 건기에는 있던 물도 말라버려 더 멀리까지 물을 뜨러 가야 해요. 우리 마을 가까운 곳에 우물이 있었으면 좋겠어요."

"우기에는 배가 너무 자주 아파요. 설사도 심하게 하고 깨끗한 물을 마실 수 있었으면 좋겠어요."

"샤워를 해도 몸이 가렵고 부스럼이 나요. 물이 더러워서 그런가 봐요."

"교복을 빨아도 깨끗해지지 않아요. 색깔이 점점 변해가요. 깨끗한 교복을 입고 싶어요."

물에 대한 다양한 문제들이 여기저기서 터져 나오는데, 문제는 대부분의 주민들이 글을 몰라 이런 요구들을 잘 정리할 수가 없다는 것이다. 다행스럽게도 마을의 목사님이 주민들의 이야기를 정리해주셨다.

한 사람 한 사람의 힘이 더해져 모든 것이 자발적으로 진행되었다. 이렇게 마을의 자발성을 끌어내고 함께 일을 해나간다면 그들도 스스로 할 수 있다는 자신감이 생길 것이다. 또 그것을 시작으로 다른 일들을 해나갈 수 있을 것이다.

단순히 물을 지원하고 학교를 지원하는 것보다 이렇게 자발성을 끌어내어 그들이 스스로 고민하고 논의하면서 마을을 발전시켜 나갈 수 있도록 하는 것이 NGO단체들, 그리고 우리 활동가들이 해야 할 일이 아닐까. 또한 이들에게 소득을 증진시킬 수 있는 다양한 아이디어를 제공해서 스스로 소득을 창출하고, 그 소득의 일부를 모아 마을에 유치원을 만들고 학교를 지을 수 있도록 한다면 지금보다 더욱 주체적인 삶을 살 수 있지 않을까.

지금 그들의 가난은 그들이 나태해서도, 무능해서도, 하기 싫어서도 아니다. 다만 방법을 모르기 때문이다. 그들에게 사다리를 오를 수 있는 방법만 알려준다면 그 후에는 그들 스스로 사다리를 오를 수 있을 것이다. 그 이상을 관여하는 것은 오히려 이들을 의존하게 만들어버릴 수 있다고 생각한다. 이렇게 보면 앞으로 우리가 해야 할 일은 명확한 것 같다. 우리가 이렇게 당신들을 도와줄 수 있다는 우리의 능력을 보여주는 것이 아니라 당신들이 스스로 이렇게 할 수 있다는 것을 깨달을 수 있도록 돕는 일이 필요한 것이다.

이렇게 주민들과 함께 프로젝트가 진행된 올레나라우 마을은 주민들이 핸드펌프 주변 땅에 울타리를 치고 밭을 만들어 채소를 심었다. 몇 년 후 다시 방문했을 땐 제법 농장의 모습이 갖춰져 있었다. 그리고 우물이 고장 날 때를 대비해 주민들끼리 정기적으로 돈을 모으고 있었다. 그들은 그렇게 서로 힘을 합하며 앞으로 나아가고 있다.

쉽지 않지만 꼭 필요한 식수지원 사업

식수지원 사업을 할 때에는 수많은 과제들이 있습니다. 관정굴착이 환경에 미치는 영향도 고려해야 하고, 지역에 맞는 방식이 무엇인지도 생각해야 하지요.

동남아시아는 물은 많지만 수질이 나쁜 것이 문제인 경우가 많습니다. 하지만 마사이 사람들이 사는 지역은 반건조 지역이라서 관정을 뚫어 물을 얻는다는 것이 쉬운 일이 아닙니다. 물 자체를 구하기 힘든 곳이 많지요.

반건조 지역은 지역에 따라 차이는 있지만 대체로 150~200m 정도는 굴착을 해야 하고 굴착을 하더라도 물을 얻을 수 있는 확률은 반 정도뿐이 되지 않습니다. 그래서 이렇게 물을 얻기 어려운 지역에서는 땅을 파서 물을 얻는 방법 외에도 물을 얻을 수 있는 다양한 방법을 고민해봐야 합니다. 이를테면, 지붕을 이용한 빗물받이 장치라든지, 산에서 내려오는 물을 받을 수 있는 저수지 등 다양한 방법들이 고안되어야 할 필요가 있습니다. 그리고 관정굴착 후 설치되는 핸드펌프도 좀 더 내구성이 강하고 주민들이 손쉽게 수리할 수 있는 장치들이 개발될 필요가 있겠지요. 이러한 적절한 기술들이 잘 교육되고 잘 사용된다면 주민들에게 더 많은 힘이 되지 않을까 싶습니다.

조용한 혁명

식수지원이 결정된 인코리에니토 마을. 그 마을로 가는 길은 '내가 정말 아프리카에 있구나.'라는 생각이 저절로 들만큼 환상적이다. 카지아도에서 2시간 남짓 진흙길을 달려야 한다. 마을로 가는 길에 기린과 얼룩말을 만났다. 아, 정말 이곳이 아프리카구나!

운이 좋았는지 22마리의 기린 떼를 만났다. 가족인지 몇 마리가 함께 무리지어 있기도 했고, 커플인지 둘이 짝지어 꼭 붙어 있기도 했다. 사람이나 기린이나 별반 다르지 않은가 보다.

기린 무리를 지나쳐 30분을 더 달려 인코리에니토 마을로 들어섰다. 마을 중심가에 내려 사람들과 인사를 나누었다. 이곳은 내가 그동안 둘러본 어느 지역과는 조금 달랐다. 우리 식으로 하자면, 마을회관쯤 되는 건물이 벽돌과 시멘트로 지어져 있고, 놀랍게도 많은 사람들이 영어를 할 줄 알고, 캄바 사람들과 마사이 사람들이 어울려 살고 있다.

우리는 마을회관 옆에 자리한 마을운영위원회 회장의 개인농장을 방문하기 위해 걸음을 옮겼다.

차를 타고 가다 이렇게 야생동물 무리를 만나면,
문득 '아, 여기가 아프리카였지.'
새삼스레 느낀다.

이들도 스스로 할 수 있다는 것을
인코리에니토 마을의 개인농장에서 다시 한 번 배운다.

이 사람들이 정말 마사이 사람들이 맞나? 난 농장을 보는 순간 놀라움을 금치 못했다.

일렬로 심어 놓은 콩, 옥수수.

새로운 농법인 테라스 농법을 도입하여 심어놓은 바나나, 이런저런 과실나무들.

그리고 웅덩이를 만들어 물이 고이게 해 농업용수로 사용할 수 있도록 연결한 파이프.

이 모든 것이 놀라웠다. 이곳은 우리가 프로젝트를 진행하고 있는 인키니 농장보다 훨씬 더 훌륭했다. 배워야 할 사람들은 이들이 아니라 우리 자신일지도 모른다.

이들은 어떻게 새로운 것을 받아들일 수 있었던 걸까.

처음 이곳의 마사이 사람들은 캄바 사람들이 심은 옥수수와 콩을 사 먹었다고 한다. 그러다가 마사이 사람들도 캄바 사람들처럼 한두 명씩 농사를 짓기 시작했고, 그 농사가 새로운 소득원이 되자 다른 사람들에게 퍼져나가고 있다고 한다. 농사에 익숙한 캄바 사람들의 생활을 통해 마사이 사람들에게도 조금씩 변화가 일어나고 있었던 것이다.

그들은 배움에 대한 열망도 강했다. 우리가 이야기하기 전에 그들이 먼저 트레이닝이 필요하다고 이야기했다. '이곳은 정말 물만 지원되면 스스로 잘 살겠구나.'라는 생각이 강하게 들었다.

외부인인 우리가 이들을 가르치고, 계몽시켜야 한다는 생각은 올바른 생각이 아니라는 것을 다시금 확인하는 순간이었다. 이 마을의 경험이 옆 마을로, 그 옆 마을로 퍼져 나갈 수 있다. 부족한 힘을 서로에게 보태면서 함께 발전할 수 있다. 우리는 그곳에서 그저 막연하게만 그려왔던 가능성을 두 눈에 담아왔다.

인코리에니토 마을에서는 그렇게 조용한 혁명이 일어나고 있었다.

도대체 왜 사람들이 안 나오는 건가요?

"도대체 왜 사람들이 안 나오는지 어디 얘기 좀 해봅시다. 그래서 할 사람은 확실히 하고 안 할 사람은 빠지고 해서 제대로 해봅시다."

내가 하고 싶었던 말이고 지금껏 해왔던 말이었는데, 그 말이 바로 주민들의 입에서 나오다니. 괜히 흥분되고 피식피식 웃음이 난다. 이들도 서서히 변해가고 있다는 의미일까. 그렇게 받아들여도 되는 걸까.

인키니 마을에 시범농장을 시작하면서 농장의 일부분을 주민들이 자발적으로 경작하고 수확물의 반은 농장운영을 위해 사용하고 나머지 반은 경작에 참여한 주민들이 나누어 가져갈 수 있도록 했다. 이를 통해 농사에 익숙하지 않은 사람들이 자발적으로 참여하고 손수 농사를 지으면서 농사에 대한 경험과 소중함도 알 수 있는 기회를 만들고자 했다.

무슨 프로젝트든 시작은 좋다. 20명이 넘는 사람들이 모여 결의를 다지고 팀을 나누고, 마을의 장날인 화요일과 수요일을 제하고 팀마다 언제 농장에 나와 일을 할지 정했다. 회의를 통해 각 팀마다 대표도 선출했다. 그리고 사람들이 시간을 지키도록 하기 위해 제시간에 오는 사람에 한해서 짜파티를 주기로 했다. 뭔가 그럴싸하게 일이 꾸며졌다.

하지만 시간이 지나면서 점점 동력은 떨어지기 시작했다. 시간에 맞춰 오는 사람도, 참여하는 사람도 점차 줄어들었다. 7~8명을 한 팀으로 구성했는데 정작 농장에 자주 나오는 사람은 2~3명뿐이고, 급기야 20명이 넘는 전체 인원 중 7~8명만 겨우 활동을 이어나가는 상황이 되었다. 자원활동가 모임을 따로 진행해 서로 독려하는 자리도 마련하고, 열심히 하겠다는 다짐도 받고, 이렇게 저렇게 머리를 굴리며 참여도를 올려보기 위해 갖은 용을 썼지만 결국 이렇게 되었다.

변화의 시작?

그런 악순환이 반복되던 날 중에 하루였다.

농장에 가니 열심히 나오는 몇몇 아주머니와 아저씨들이 열심히 옥수수를 심고 계셨다. 나도 옆에서 묵묵히 도왔다. 한참 옥수수를 심고 있는데 갑자기 자원활동가인 헬렌 아주머니가 내 곁에 오시더니 자원활동가 모임을 언제 하냐고 물으셨다. 나는 아직 계획이 없어서 잘 모르겠다고 대답했더니 알았다며 다시 일에 집중하셨다.

헬렌 아주머니는 세 살짜리 아들 레소토가 있다. 농장에 오는 날이면 아이를 봐줄 사람이 없어서 꼭 데리고 오셨다. 아주머니는 농장 한 구석에 레소토를 혼자 두고 일을 하셨다. 신기하게도 레소토는 그런 일을 자주 경험했는지, 아니면 벌써 철이라도 들었는지 울지도 않고 혼자 흙장난을 하며 잘도 놀았다. 마치 그렇게 하는 것이 열심히 일하고 있는 엄마를 돕는 것이란 걸 안다는 듯이.

잠시 쉬는 시간이 되자 헬렌 아주머니는 나를 다시 찾아오셨다.

"나는 매일 나오는데 다른 사람들은 왜 안 나오나요? 사람들을 만나서 얘기 좀 해봐야겠어요."

헬렌 아주머니는 다음 주 목요일 2시로 약속을 잡고 다른 사람들에게도 모임을 공지해달라고 하셨다. 나는 헬렌 아주머니에게 힘을 실어주기 위해 농장대표자 회의도, 농장활동가 회의도 같은 날로 잡았다. 이 날은 농장의 활동가 및 자원활동가, 농장위원회 모두가 한자리에 모여 농장의 현안에 대해 논의하고 해결책을 모색할 수 있는 자리가 될 것이라 기대했다.

과연 이 모임에 얼마나 많은 사람들이 올 것인가.

그동안 사람들이 참석하지 않아 회의를 진행하지 못한 경우가 얼마나 많았는가. 회의에서 아무리 많은 이야기를 했어도 행동으로 이어지지 않은 경우는 또 얼마나 많은가. 이 두 마리 토끼를 어떻게 잡느냐가 이번 모임의 성패를 좌우할 것이다.

혹시 성공하지 않더라도 이번 모임은 문제의 심각성을 인지한 그들로부터 문제제기가 시작되었다는 점에 큰 의의를 둘 수 있다. 예전에는 우리가 먼저 이런 문제들에 대해 모여서 이야기를 나누자고 제안하고, 해결책을 제시하는 방식으로 진행되었다. 하지만 이번에는 그들에 의해서 문제가 제기되었고, 이번 회의를 통해 그들 스스로 문제를 해결하기 위한 방향을 잡아나갈 것이다.

그래서 난 이번 목요일에 진행될 회의가 더 기다려졌다.

지금 진행되고 있는 인키니 농장을 어떻게 하면 주민 스스로 운영할 수 있게 할 것인가.

이런 생각을 하면 가끔은 너무 막막하기도 하다. 기간은 한정되어 있고 주민들은 내 마음처럼 움직이지 않는다. 어떻게 보면 그것이 당연한 것인데도 말이다. 어떻게 하면 주민들이 좀 더 적극적으로 참여할 수 있을지, 어떻게 해야 농장이 더 잘 운영될지를 생각하다 보면 모든 게 너무 힘들다는 마음이 먼저 치솟기도 한다.

2008년 식수지원 사업을 하면서 계속해서 학교, 병원, 보건소 등을 끊임없이 요구하는 주민들을 위해 외부 도움 없이 주민 스스로 자금을 만들고 그 자금으로 마을개발을 할 수 있도록 하겠다는 목적으로 KOICA의 지원을 받아 인키니에 시범농장 사업을 시작하기로 결정했다. 하지만 사업이 진행될수록 주민들의 의존은 더욱 커졌다. 제대로 된 농장 운영을 위해 농업용수를 끌어오고, 울타리를 치고, 건물을 짓고, 관개시설을 설치하고. 이 모든 것들이 초기에 지원되었다.

결과적으로는 이렇게 한꺼번에 많은 것을 지원하는 것이 자립으로 가는 지름길이 된 것이 아니라 오히려 의존성만 더 키우는 꼴이 되어버렸다. 주민들은 과제가 생기면 스스로 뭔가를 해결해보고자 하는 것이 아니라 우리에게 달려와 도와달라고 했다. 주민 모임도 처음과 달리 동력이 점점 떨어졌고, 자원활동가의 참여도 처음과 같지 않게 되었다.

유목민들이 살고 있는 이곳에 농장을 만들겠다는 것이 애초에 잘못된 생각인 걸까. 분명 기후변화와 땅 문제로 마사이 사람들은 더 이상 기존의 삶의 방식을 유지하기 힘들다. 농사를 배워 다른 삶의 방식을 받아들여야 하는데 자꾸 제자리걸음만 하고 있는 느낌이 든다.

어쩌면 우리가 너무 성급하게 생각했던 걸까? 주민들의 눈높이에 맞춰 시작해야 하는데 너무 높은 단계에서 시작한 것일까? 방향이 잘못된 것일까? 아니면 너무 조급하게 성과를 보려고 하는 것일까?

나 역시 이런 물음들 속에 지쳐가고 있었다. 그 와중에 헬렌 아주머니가 먼저 사람들을 모아 이야기를 하겠다고 한 제안은 긴 가뭄 끝에 내린 단비였다. 스스로 뭔가 해보겠다는 그 마음과 움직임은 나에게 정말 달콤한 한 방울의 꿀과 같았다.

헬렌 아주머니의 편지

기대 반 걱정 반으로 농장으로 향했다. 회의는 2시였지만, 나는 목요일 활동 팀에 속해 있어서 일찍 농장으로 가 잡초를 뽑고 있었다. 잡초를 뽑으면서도 나의 마음과 눈은 계속 사람들이 오고 있는지를 살폈다. 예전에 캄보디아에서 활동할 때도 그랬다. 회의장소 앞에 놓인 신발이 많으면 기뻐하고 적으면 실망하면서 그렇게 사람 수에 연연했었다. 내가 내 감정에 주인이 되는 것이 아니라 밖에 일어나는 일에 일희일비하는 그 버릇은 아직도 버리지 못했나 보다.

그렇게 한참을 잡초 뽑기에 집중하고 있는데 마을에서 편지가 하나 도착했다. 연습장을 찢어 만든 봉투를 열어보니 몇 글자가 적혀있다.

오늘 회의에 참석할 수 없어 죄송합니다. 여동생이 살고 있는 엘레라이라는 지역에 남편을 보내야 하기 때문입니다.

그 편지의 주인공은 다름 아닌 오늘의 모임을 제안했던 헬렌 아주머니

삶에 치여 농장을 돌볼 여력이 없기도 하다.
하지만 주민들 역시 농장의 필요성을, 농장의 중요성을, 그 소중함을 잘 안다.
그렇기에 우리 활동가들은 이들이 조금 늦더라도 기다릴 수 있다.

였다.

아, 회의를 제안한 헬렌 아주머니가 빠지면 오늘 회의는 어떻게 하나. 하지만 한편으로는 헬렌 아주머니의 손편지가 고마웠다. 보통은 인편을 통해 못 온다는 말을 전하거나 아무 소식 없이 결석하는 게 다반사인데, 그래도 신경 써서 편지를 마련해준 그 모습에 헬렌 아주머니의 마음을 느낄 수 있었다.

자신의 일에 대한 책임감과 주인의식. 바로 이런 마음을 가질 수 있도록 하는 것이 우리가 여기서 해야 하는 일이 아닐까. 농장을 운영하고, 학교를 짓고, 식수를 지원하는 것도 중요하지만 더 중요한 것은 그 속에서 주민들의 의지를 어떻게 만들어 갈 것인가이다. 마을개발을 스스로 해보겠다는 의지를 통해 주민 스스로 과제를 찾고, 해결책을 논의하고, 필요하면 다른 단체에 지원도 요청하고, 이러한 과정을 경험하게 되면 그들은 어떻게 마을개발을 해야 하는지 스스로 알아가게 될 것이다.

우리는 그들이 그 과정을 경험할 수 있도록 돕는 것이다. 그리고 그들이 손을 내밀 수 있도록 곁에 있어주는 것, 그들이 도움을 요청할 때 그 손을 잡아줄 수 있는 것. 그거면 될 것이다.

작은 편지 하나에 나는 다시 한 번 걸어갈 수 있는 힘이 충전되었다. 그들 때문에 울기도 하지만, 또 그들 때문에 이렇게 웃는다. 농장의 문제는 여전히 남아있고 고민스럽지만 이 발걸음을 멈출 수 없는 이유다.

변화의 중심에 서다

양봉을 하고 싶다고요?

올로로필 마을은 2008년 KOICA의 지원으로 지구촌공생회와 주민들이 협력하여 핸드펌프를 설치했던 곳이다. 물이 많이 나와 주민들이 정부를 찾아가 수중 모터펌프를 요청했고 정부에서는 주민들의 요청을 들어주었다.

고장이 나면 주민들이 자체적으로 수리를 하면서 지금은 요긴하게 잘 사용하고 있다. 이 마을은 처음 핸드펌프 프로젝트를 진행할 때부터 주민들의 활발한 활동으로 기억이 많이 남는 곳이다. 역시나 주민들의 적극성이 프로젝트의 성공을 가져온 게 아닐까 싶다. 발 벗고 나선 마을의 리더가 있었고, 그에 동참한 주민들이 있었다. 이렇게 리더가 과제를 해결하기 위한 열의를 보이고 적극적으로 사람들을 모으면 그 마을은 변화한다. 또 아주머니들의 참여가 높은 마을이 지속적인 힘을 가지고 활동이 진행된다. 이렇게 주민들의 염원과 노력으로 많은 물을 잘 사용할 수 있게 되었는데 이것이 다 지구촌공생회 덕분이라고, 우리 활동가들 덕분이라고 말씀하시며 마을을 방문할 때마다 반갑게 맞아주신다. 그리고 짜이 한 잔 마시고 가라고 권해주신다. 우리 활동가들은 그 마음에 또 힘을 얻는다. 이 마을을 방문할 때마다 기분이 참 좋아진다.

이렇게 물이 확보되고 나니 주민들은 물을 활용해서 소득을 올릴 수 있는 일이 없을까 고민했다고, 주민들 스스로 주변 마을을 방문하면서 양봉을 해보자는 의견이 나왔다고 한다. 그래서 이곳 마을위원회에서 총무를 맡고 있는 시실리아가 나를 찾아왔다.

"램브리스, 내가 마을 사람들이랑 양봉을 해볼까 하는데 어떻게 해야 하는지 도움을 좀 주세요."

그들 스스로 뭔가를 하고자 하는구나 싶어 참 반가웠다. 둘이 앉아 앞으로 무엇을 해야 하는지 계획들을 나누기 시작했다. 사람들이 양봉에 대해 잘 모르니 교육을 해야 할 것이고, 벌통과 장비들도 필요하고, 설치할 장소도 있어야 하고…….

아이고, 정신없다. 정신없이 즐겁다.

기다림에 익숙해져야 하는 아프리칸 타임

시실리아와 이야기를 나누면서 필요한 것들을 정리하고 어떻게 할지 머릿속에 있던 것들을 조금씩 구체적으로 만들어갔다. 정부기관을 찾아가서 교육에 대한 협조도 구했다. 나는 양봉모임 10명과 정부기관 관계자들을 모아 회의를 진행하자고 했고, 그 회의를 위해 지금 이 마을을 찾았다.

그런데, 사람들이 도통 오질 않는다.

“사람들이 곧 올 거예요. 조금만 더 기다려줘요.”

시실리아가 오지 않은 주민들에 대한 원망과 우리에게 기다려 달라는 애원을 섞어 말했다.

“너무 오래 기다렸어요. 벌써 2시간째 기다리고 있어요. 이제 그만 갈게요. 오늘 회의는 다음으로 미뤄요.”

“조금만 더”를 되풀이하다 벌써 2시간째. 모인 사람들은 10명 중 고작 4명뿐. 난 마냥 기다릴 수 없다며 회의를 미루자고 했다.

이들이 정말 하고자 하는 마음이 있는 걸까? 열의가 있는 걸까?

난 그들의 진정성에 의심이 들었고, 더는 기다릴 수 없어 자리에서 일어나 정부기관 관계자들과 함께 그곳을 나왔다.

뒤도 돌아보지 않고 한참을 걸어가고 있는데 전화가 울렸다. 시실리아가 다급하게 내 이름을 부르며 말했다.

“램브리스! 지금 다 모였는데 어디에요?”

“나 한참 걸어 나왔어요. 다음에 다시 해요.”

전화를 끊으려고 하니 시실리아가 내 이름을 재차 부르며 오늘 꼭 해야 한다고 간절하게 부탁했다.

“그럼 내가 있는 곳으로 오세요.”

나는 일부러 더 퉁명스럽게 대답했지만, 내심 오늘 회의가 취소되지 않은 것이 참 다행스러웠다.

조금 있으니 마을 주민 9명이 저 멀리서 다급하게 걸어왔다. 기다리는 우리를 보고 반가운지 그들이 활짝 웃으며 손을 흔들었다. 그래도 우리는 여전히 퉁명스럽게 대했다.

“나머지 분들은 왜 이렇게 늦었어요. 여러분이 하자고 했으면서 이렇게 약속을 안 지키면 어떻게 해요!”

괜스레 질책하듯 한마디를 던지고 근처 나무그늘 밑에 자리를 잡아 회의를 진행하기로 했다.

회의는 지역 가축부에서 일하고 계신 디랑구 아저씨가 주도했다. 그 분도 약간의 나무람으로 회의를 열었다. 본론으로 들어가 양봉에 대한 계획들이 오고갔다. 디랑구 아저씨가 양봉에 필요한 장비며 교육비용에 대해 이야기하고, 주민들은 필요한 비용을 모으겠다고 했다. 그렇다면 교육이 먼저 진행되어야 하는데 언제쯤 시작하는 것이 좋겠냐는 질문에 당장 다음 주 월요일부터 하자며 성화다.

회의를 보고 있으니 주민들의 열의가 느껴지지만, 그래도 2시간의 기다림이 있는지라 아무래도 좀 미심쩍기도 했다. 그래도 물을 활용해 소득을 늘려 보자는 그들의 생각과 고민, 열정이 전해져 좋았다. 그래서 우리는 당장 그 자리에서 교육일정을 짜기 시작했다. 그리고 벌통을 비롯

양봉에 관한 교육을 진행하고 계신
디랑구 아저씨.

한 장비들을 구입할 날짜도 정했다.

그들은 변화의 중심에 서 있다. 어쩌면 그들은 예전부터 변화의 씨앗을 품고 있었을 것이다. 그 씨앗이 식수지원 사업을 만나 작은 싹을 틔웠고, 아마 이 양봉지원 사업을 통해 더 자라날 것이다. 이 기운들만 있으면 이 마을은 외부의 도움 없이도 이렇게 스스로의 삶을 꾸려나갈 것이다.

꿀을 나르는 벌들처럼

마을 사람들이 모여 양봉사업을 진행하기로 결정하고 5일간 양봉교육을 진행했다. 주민들이 함께 모일 수 있는 집을 정하여 그 집 마당에서 교육을 진행했다. 점심은 참여자들이 십시일반 돈을 모아 준비했고, 강의는 디랑구 아저씨가 진행했다. 양봉에 대한 전반적인 개요부터 시작해서 양봉을 위한 지리적 조건 및 꿀벌에 대한 교육, 꿀 생산에서 포장까지. 주민들의 요구로 시작된 지원사업인 만큼 교육에 임하는 사람들의 자세도 사뭇 진지했다. 주민들은 참여의 적극성을 높이기 위해 공지 없이 지각하는 사람이나 결석하는 사람은 500실링약 7,000원의 벌금을 내기로 스스로 정했고, 그 규정은 강사도 마찬가지였다. 그렇게 구성원들의 적극적인 참여와 강사의 열성적인 강의로 5일간의 알찬 교육이 지나갔다.

그리고 드디어 벌통을 설치하는 날.

강의가 없어서 그런지 디랑구 아저씨가 조금 늦장을 부려 1시간 정도 늦게 현장으로 출발했다. 며칠 전 주문한 철창을 가지고 현장으로 향했다. 철창은 벌통을 다른 야생동물이나 도둑들로부터 보호하기 위해 설치한다. 한참 현장으로 가고 있는데 시실리아에게서 전화가 왔다.

"램브리스! 지금 오고 있는 중이에요? 왜 이렇게 늦어요? 지금 다 기다리고 있는데!"

늦지 않던 사람이 안 나타나니 무슨 일이 생겼나 싶어 시실리아가 내게 전화를 다 했다. 보통 모임을 진행하면 우리가 기다리는 경우가 다반사인데 이렇게나 즐거워하다니, 정말 이들이 하고 싶은 일이었나 보다. 나도 덩달아 흥이 올랐다.

현장에 도착하는 우리를 보고 대문 앞까지 나와 반갑게 맞이해주셨

봉사단원으로 함께 한 올로뚜바는
'열심히 일하는 사람'이라는 이름처럼 항상 열심히 일했다.

다. 힘을 합세하니 차에서 철창을 내려 벌통 설치 현장으로 옮기는 일도 아주 가뿐했다.

"오늘은 잠이 잘 올 것 같아요."

올로뚜바가 벌통을 옮기면서도 연신 미소를 머금은 채 말했다. 그러고 보니 올로뚜바는 고작 한 달 전 케냐에 처음 와서 적응할 새도 없이 여기저기 현장을 누볐다. 온갖 활동에 치이면서도 사업계획서 작성이다 뭐다 이런저런 많은 일들 속에 힘들어했고, 급기야 악몽까지 꿨다고 했다. 그런 올로뚜바가 활기를 찾은 듯 열심히 벌통을 날라댔다.

마마들은 벌통 조립을 시작했다. 그때 아주머니 한 분이 나를 불렀다.

"램브리스! 이리 와봐요. 내가 벌통 조립하는 것을 보여줄게요."

배운 것을 자랑이라도 하듯, 한 아주머니가 벌통을 조립하는 것을 나에게 보여주셨다. 다들 옮겨오는 벌통들을 능숙하게 조립해서 철창 안으로 넣었다. 한창 조립하고 있는데 다른 아주머니 한 분이 나를 부르더니 손가락으로 벌통을 가리켰다. 아직 조립이 다 끝나지도 않았는데 벌 한 마리가 벌통으로 쏙 들어갔다. 참 신기했다. 우리가, 이 분들이 정말 일 하나 제대로 친 것 같다.

철창 안에 벌통을 넣고 철창 다리에 니스를 바르고 철창 아래에 나뭇재도 뿌려두었다. 왜 이렇게 하는지 궁금해서 강사에게 물으니 강사가 자랑스럽게 아주머니들이 다 교육을 받았으니 그들에게 물어보란다. 한 아주머니가 아주 자신 있는 목소리로 검은 개미가 벌통에 들어가 벌을 죽이는 경우가 많아서 니스를 발라야 하고, 철창은 다람쥐 같은 야생동물들이 벌통을 부셔놓는 것을 막기 위해 설치한다고 했다. 그녀의 거침없는 대답을 들으니 내가 다 뿌듯했다. 아주머니도 아마 스스로를 뿌듯하게 생각하시겠지?

그들은 교육을 통해 양봉에 대한 정보와 프로젝트가 성공할 것이라는 자신감을 얻었을 것이고 주민들이 마련한 돈으로 직접 벌통을 구입해 배운 지식을 활용하면서 삶의 변화를 조금씩 만들어가면서 가능성을 느꼈

벌통을 만드는 마마들은 사뭇 진지하다.

이 벌통은 단지 벌통이 아니라는 것을 우리 모두는 안다.
꿀만큼이나 달콤한 내일을 꿈꿀 수 있기에
단내 나도록 흘리는 땀방울도 즐거움이 된다.

을 것이다. 교육과 그 지식을 활용할 수 있는 지원. 그 어느 것 하나라도 소홀히 해서는 안 될 것이다.

주변에 나뭇가지를 꺾어 울타리를 쳤다. 이것으로 모든 것이 완성되었다. 우리는 한자리에 모였다. 주민대표를 맡고 계신 아주머니가 입을 열었다.

"오늘이 있기까지 옆에서 도움을 준 지구촌공생회에 감사하고 열성적으로 강의해 주신 디랑구 아저씨께도 감사드립니다. 앞으로도 항상 우리와 함께 해줬으면 좋겠습니다."

디랑구 아저씨가 몇 가지 주의할 점들을 알려주고 오늘의 모임을 정리했다.

사실, 솔직히 말하자면 우리가 한 일은 별로 없다. 주민들이 먼저 우리에게 제안을 하고 도움을 청했다. 우리는 주민들에게 전문가를 연결시켜준 것뿐이다. 모든 일은 주민 스스로 진행했다. 그들은 스스로를 자랑스럽게 생각할 것이다.

일을 마치고 집으로 돌아오는 내 발걸음이 참 가볍기만 하다.

대부분의 프로젝트는 주민들이 아니라 우리가 제안을 하고 만들어간다. 그렇다 보니 주민들의 참여를 끌어내기가 쉽지 않다. 그렇다고 주민들을 마냥 기다리기에는 시간이 우리를 기다려 주지 않는다. 그렇게 일방적으로 진행된 프로젝트가 끝나고 나면 그 자리엔 고장 난 핸드펌프만 덩그러니 남는 경우가 많다. 주민들의 고민과 그들의 기술에서 시작하는 것이 얼마나 중요한 것인지 다시금 깨닫게 된다.

2008년에 지원 받은 물을 활용해 그동안 꿈꿔왔던 것을 하나하나 그들 스스로 만들어가고 있다. 그들은 그 변화의 중심에 당당히 서 있다.

그들의 미소가 항상 그들과 함께하길 기도하며 두 손을 모아본다.

그림을 그리는 사람들

인키니 농장에서 활동하면서, 농장위원회, 주민, 학생들을 대상으로 여러 차례 농업교육을 진행하였다. 그런데 정작 농장에서 일하고 계시는 분들은 농업교육을 받은 적이 한 번도 없다는 사실을 문득 깨닫게 되었다.

농장에서 함께 일하다 보면, 마마들과 아저씨들은 왜 시기에 맞춰 잡초를 제거해야 하는지, 옮겨심기는 어떻게 해야 하는지 잘 모를 때가 있다. 그래서 농장활동가 여러분을 위해 6개월 과정의 농업교육을 시작했다. 한 달에 사흘씩 합숙을 하며 꽤 강도 높은 교육을 진행했다.

가끔 농장에는 농업 자문을 구하기 위해 케냐 농업부 전문가, 타 단체 농업전문가들이 농장에 방문하곤 하는데, 아저씨들은 그 전문가들의 이야기를 아주 자세히 듣고 질문도 하는데 마마들은 늘 지루한 표정으로 뒤에 서 있었다. 처음엔 그저 그들의 성격이라고만 생각했는데, 마마들을 유심히 살펴보니 마마들은 아무래도 스와힐리어로 설명하는 것을 이해하지 못하는 것 같았다. 마마들은 간단한 인사 정도의 스와힐리어는 할 수 있지만 깊이 있는 대화는 불가능했던 것이다.

농업교육을 진행하는 강사는 영어로 강의를 진행했다. 영어를 할 줄 아는 사람들만이 열심히 필기를 했고, 글을 모르는 사람들은 강의 내용을 이해하려고 통역사만 쳐다봤다. 그래서 이번에는 농업교육기관에 마사이어로 통역을 부탁했다. 그래도 마마들은 아무래도 가만히 앉아 강의를 듣는 것이 힘든지 졸기도 하고 좀 지쳐 보이기도 했다. 강의가 끝난 후 농업교육기관인 파라자Faraja, 카지아도에서 활동하는 지역 NGO단체 측에 다음 시간에는 그림과 사진을 많이 넣어 강의했으면 좋겠다고 의견을 전달했다.

마마들은 문자를 알지 못해도
열심히 수업에 임했다.

그리고 오늘은 트레이닝 3회차.

농장활동가들이 종이와 펜을 달라고 요구했다. 도로카스 마마는 글을 읽고 쓸 줄 몰랐지만, 그래도 강의시간 내내 집중하려고 노력했다. 그리고 칠판에 적힌 영어 단어들을 종이에 적어 내려갔다. 삐뚤삐뚤 적어 내려간 영어단어는 문자라고 하기보단 그림이었다. 파라사이토 아저씨는 프로젝터에 나타난 사진을 보며 그림을 그리셨다.

삐뚤삐뚤 적어 내려간 영어단어, 그리고 섬세하게 그린 그림. 농장활동가들은 집에 가서 아이들에게 공부시키고 싶다고. 그리고 아이들에게 읽

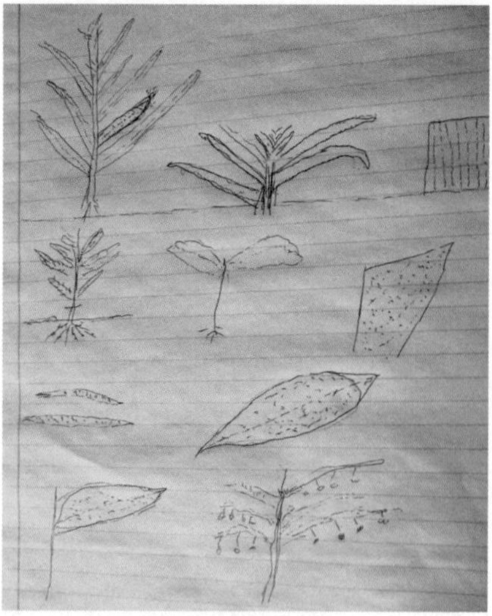

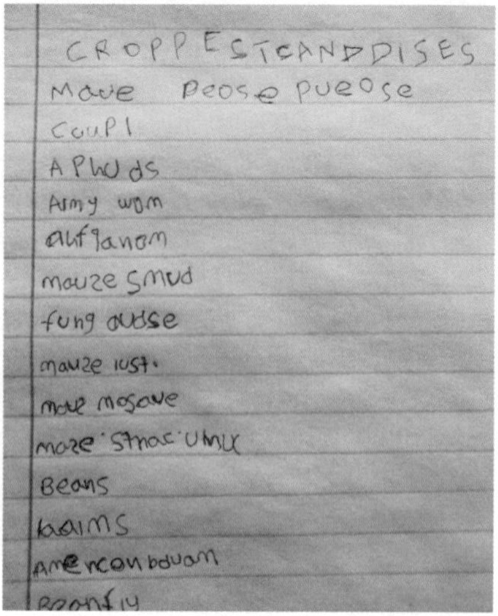

문자를 모르는 이들은 그림도, 글자도 모두 그린다.
하나라도 놓치지 않겠다는 듯이 꼼꼼히 그려나간다.
그렇게 자신들의 미래를 그려나간다.

어달라고 하면 기억이 날 것 같다고. 그 말을 하며 칠판에 적힌 글들을, 그림들을 그대로 종이에 옮겼다.

그들을 보고 있으니 뭔가 가슴에서 '쿵!'하고 울렸다.

그래, 이들에겐 기회가 없었을 뿐이다.

스스로 만들어가는 마을개발을 위하여

오늘은 카지아도 지역 중에서도 주민조직이 운영되고 있는 여섯 마을의 리더들이 처음으로 한자리에 모이기로 했다. 비가 오면 안 되는데, 하늘은 내 마음을 아는지 모르는지 금방이라도 비가 쏟아져 내릴 것 같았다.

"따르릉~~~"

현지활동가 다니엘의 전화벨이 울렸다.

"우리 카지아도에 도착했는데, 어떻게 사무실로 가야 하나요?"

세상에, 약속시간이 아직 20분이나 남았는데 벌써 도착했다니!

보통 약속을 잡으면 1시간 정도야 으레 늦으려니 하는데, 게다가 우기가 되면 비 때문에 마을에서 출발도 못하는 경우도 허다하다. 그런데 벌써 도착했다니! 모임이 시작되기 전부터 내 심장이 뜨거워졌다.

활동가의 고민은 끝이 없고

국제개발협력 분야에서 흔히 하는 말들이 있다.

"주민들의 역량강화가 중요합니다."
"물고기를 주지 말고 물고기 잡는 법을 알려줘야 합니다."
"그들 스스로 자립할 수 있게 해야 합니다."

국제개발협력 활동을 이야기하면서 이런 말을 하지 않는 사람은 없다. 하지만 "어떻게?"라고 물으면, 명쾌한 해답을 주는 사람을 만나기란 쉽지 않다. 그리고 이론적으로는 알지만 그 이론을 현장에 녹여 실천하는 사람을 찾는 것도 쉽지 않다.

왜, 알면서도 그렇게 하고 있지 못할까?

첫째, 성과 위주의 단기 프로젝트 방식 때문이다. 학교, 병원, 우물 등 건물이나 시설 위주의 하드웨어 지원은 단기간 내에 빠른 성과를 볼 수 있다. 그리고 눈에 보이는 결과물로 인해 홍보나 모금에 용이하고 그것으로 더 많은 후원금을 확보할 수 있다. 하지만 이렇게 하드웨어에만 집중하다 보면 정작 중요한 주민들은 배제되고 주민중심의 마을개발이 아닌 외부인들에 의한 무분별한 프로젝트가 진행된다. 그리고 외부의 시각으로 이게 없네, 저게 부족하네 그렇게 판단하여 만들어진 계획으로 지원된 건물과 시설은 늘 관리의 어려움을 안게 된다. 고장이 나거나 제대로 관리되지 않은 채 방치되어 있으면 우리는 너무 쉽게 주인의식이 없다고 주민들의 책임으로 돌려버린다. 프로젝트 진행 과정에서 가장 중요한 주민참여에 대해서는 고려하지 않은 채 그저 만들어 놓기만 하고 한두 번의 교육으로 모든 것을 주민들이 알아서 관리하라는 것은 무책임한 활동이다. 그리고 역량강화가 중요하고 꼭 필요하다고 말하지만, 단기적으로 결과가 도출되지 않고 긴 호흡으로 천천히 진행되어야 하기 때문에 성과 위주의 방식에서는 구미가 당기는 것이 아니다.

둘째, 역량강화 방식에 대한 구체적인 계획과 방법이 없다는 것이다. 누구를 대상으로 어떻게 역량강화를 할 것인가? 역량강화를 위해 어떤 방식으로 교육을 시키고, 어떻게 확산하며, 어떻게 결과 내지 성과를 측정할 것인가에 대한 구체적인 방법과 모델이 없다. 그래서 역량강화를 이야기하지만 방법을 몰라 시도하지 못하는 경우도 많다.

그래서 시도해보고자 했다. 말로만이 아닌, 문서상으로만이 아닌, 정말 이 방향이 옳다면 해보면서 그 방향을 만들어보기로 했다. 카지아도의 관청에서 소개받은 몇몇 마을을 방문해 이미 조직되어 있는 모임이 어떤 활동을 하는지, 어떤 사람들이 함께하는지를 정리해달라고 요청했다. 조직하고 싶어 하는 모임에 대해서도 조사했다. 그리고 모임의 적극성을 고려해 최종 여섯 팀을 선발했다.

스스로 할 수 있음에 박수를 보내며

약속한 시간보다 30분 늦은 시간에 회의를 시작했다. 여섯 팀의 각 대표, 총무담당, 회계담당 등 18명이 모였다.

"우리는 여러분들에게 고기 잡는 법을 알려주고자 합니다. 마을의 과제를 찾고 해결방안을 모색하고, 지역 자원을 이용하고 필요 시 외부단체와도 협력할 수 있는 방법을 함께 고민하고 찾고자 합니다."

서 있는 사람이 다니엘이다.
다니엘은 교육지원을 담당하는
현지활동가이면서 우리와 마사이
주민들 사이에 다리가 되어 주었다.

다니엘이 모임의 목적에 대해 설명하자 분위기가 사뭇 진지해졌다.

"리더의 역할에 대해 교육하고 지역개발을 위한 다양한 방법들에 대해 교육을 할 것입니다. 그런 후 여러분들이 스스로 마을의 과제를 찾고 해결방안을 모색할 수 있는 시간을 가질 것입니다."

가만히 듣고 있던 참석자들이 활짝 웃으며 박수를 쳤다. 그런 반응에 신이 났는지 앞에서 이야기하던 다니엘의 목소리에 더 힘이 들어갔다.

준비되지 않은 지역에 외부 인력과 자본이 들어간다면 의존심만 커질 수 있지만 이렇게 준비된 지역에 외부 자금이 들어간다면 사업의 효과는 더욱 극대화될 것이다.

본격적인 교육은 농업교육을 진행하고 있는 파라자와 함께 협력해서 진행할 것이다. 파라자는 농업기술뿐 아니라 리더십 교육에 대한 노하우도 있어 함께 협력하기로 했다. 이는 단체 간 협력에 있어서도 좋은 모델이 될 것이다. 우리가 모든 것을 다 하기보다는 잘하는 단체가 있으면 협력해서 그들의 노하우를 배우고 동시에 협력 그 자체가 지역단체 역량강화에도 큰 몫을 할 것이다. 우리가 떠난 후에도 그 협력은 지속될 것이다.

교육은 리더십에 관한 내용과 함께 농사, 가축, 물 관리, 재생에너지 등 생활 전반적인 사항에 대해 다룰 것이다. 아는 만큼 보인다고 그렇게 교육을 받게 되면 그 지식을 바탕으로 자기 마을의 과제를 분석하고 해결을 위한 방안을 마련할 수 있는 지혜가 생길 것이다. 과제를 분석하고 해결방안이 나오면 우리는 어떻게 협력할지를 고민하고, 외부인이 아닌 주민이 중심이 되어 계획한 계획서에 따라 지원을 하면 될 것이다.

그렇게 그들이 원하는 마을을 그들의 손으로 만들어갈 것이다.

벌써 학교를 짓고 있다고?!

"우리는 학교가 너무 멀어요. 여기에 학교가 꼭 필요해요."

"그러면 여러분들은 무엇을 할 수 있나요?"

"우리는 돈이 없어서 학교를 지을 수가 없어요. 그래서 당신께 요청하는 것이죠."

"난 여러분께 학교를 지어주러 온 것이 아닙니다. 함께 그 길을 찾고자 온 것입니다."

그들이 과연 움직일까?

우리는 이곳에서 무중구백인을 지칭하는 말다. 이곳 사람들이 말하는 무중구는 피부색이 희고, 돈이 많아서 학교도 짓고, 병원도 짓고, 우물도 파는 사람이다. 예전에 마사이 사람들은 외부인의 접근을 허용하지 않았다고 한다. 그래서 선교사나 백인들이 들어오면 쫓아내거나 심한 경우 죽이기도 했다고 한다. 하지만 요즘은 선교사나 NGO단체가 마을에서 병원도 지어주고, 학교도 세워주고 하니 이제는 서로 자기 마을에 오길 바란다.

그런데 NGO단체나 선교사들이 주민들을 배제한 채 일방적인 지원을 하다 보니 주민 중심의 마을개발이 진행되지 않는다. 또 시설에 대한 주인의식이 없어 유지관리가 이루어지지 않는다. 주인의식이 없다고 그들을 나무랄 것이 아니라 프로젝트 속에 주민들을 참여시킴으로써 주인의식을 갖도록 하는 것도 활동가에게 중요한 몫이다.

"만약 학교를 짓게 되면 여러분들이 할 수 있는 일은 무엇인가요?"

내가 질문을 던지니 다들 어리둥절한 표정으로 쳐다봤다. '무중구가 알아서 다 해주는 거 아닌가? 우리에게 뭘 하라니.' 그런 눈빛이었다. 받는 것에 익숙해져 있는 그들은 한 번도 자신에게 어떤 능력이 있는지, 자기 마을에 어떤 자원이 있는지 등을 생각해볼 기회조차 없었다. 그래서 마을 리더의 역량강화를 통해 그들이 할 수 있는 것과 우리 주변에 있는 자원을 찾아 충분히 활용할 수 있도록 하는 것이 중요하다.

"여러분, 그냥 가만히 앉아서 누군가를 기다린다고 해서 학교를 지어주러 누군가가 오는 것은 아닙니다. 여러분이 할 수 있는 것을 하면서 적극적으로 나설 때 누군가 도와주는 사람이 있을 것입니다."

나는 우선 학교를 세울 터를 정리하자고 제안을 했다. 그리고 나뭇가지를 이용해 울타리를 치고 아이들이 공부를 할 수 있도록 주변 자재를 활용해 작게나마 교실을 하나 짓는 것이 좋겠다고 했다. 아이들이 좋은 환경에서 공부하기를 원한다면 거창한 것이 아니라도 우리가 할 수 있는

올마피테트 마을에서 우리가 학교를 짓기로 한 공터.
저 멀리 킬리만자로 산이 보인다.

범위 안에서 최선을 다하면 된다는 말도 덧붙였다.

지역을 다니다 보면 많은 지역에서 물, 학교, 병원 등 각종 시설들이 부족한 것을 볼 수 있다. 그렇다면 어느 마을에 지원해줄 것인가? 이 결정에 가장 큰 요인은 바로 주민들의 열정, 적극성이다. 무상으로 지원해준다고 하면 모두들 필요하다고 한다. 그렇기 때문에 주민들이 진심으로 원한다면 말뿐이 아닌 행동을 통해 자신들의 염원을 드러내야 한다. 우리는 그들의 염원이 진정성이 있는 것인지를 지켜봐야 한다. 주민들이 정말 학교 건립을 위해 팔을 걷어붙일 것인지, 아니면 누군가의 손길을 기다리고만 있을 것인지를 살펴보아야 한다. 물론 주민들이 지금 생활에 만족한다면 변화가 필요하지 않다. 하지만 그들 스스로 진정으로 변화를 원한다면 우리는 그들의 마음을 우선 확인한 후 그들이 변화를 위해 할 수 있는 것 외에 필요한 것을 도와야 한다.

"우선 그렇게 준비하는 것이 좋지 않을까요? 그렇게 열정을 가지고 준비할 때 누군가가 도움을 줄 것입니다."

난 마지막 말을 남기고 그 자리를 떠났다. 그들은 과연 움직일 것인가, 아니면 가만히 기다릴 것인가.

이미 시작된 희망

다시 찾은 올마피테트 마을. 이곳 학교의 벤 선생님이 마중을 나오셨다. 궁금한 마음에 학교를 짓고 있는지 물어보려고 목구멍까지 말이 나왔는데 잠시 참고 점심식사를 하기로 했다. 밥을 먹으면서도 내 머릿속

가시덩굴로 학교 울타리를 세우고 터를 다지고 있다.
한편에서는 미리 모아둔 나무들로 기둥을 세운다.
남녀노소를 가리지 않고 저마다 할 수 있는 일에 손을 보태며
주민들의 학교가 모양을 갖춰간다.

은 온통 학교에 대한 궁금함만 가득했다. 어느 정도 식사가 끝나갈 무렵 나는 조심스럽게 입을 열었다.

"벤 선생님, 학교는 어떻게 되어가고 있나요?"

내 마음은 시험 성적을 기다리는 학생처럼 조마조마했다.

"주말에 사람들이 시간을 내서 부지도 정리하고, 울타리도 치고……, 아, 또 교실 만든다고 기둥도 준비해 놓았어요."

신나게 대답하는 벤 선생님의 얼굴엔 '그런 걸 왜 이제 물어보냐.'는 자신감, 자부심이 흘렀다. 나도 덩달아 흥분되기 시작했다. 오늘은 교실을 만들기 위한 기초 작업과 기둥설치 작업을 할 예정이라고 했다.

정말인가 보다.

정말 벌써 학교를 짓고 있나 보다.

아직 현장을 가지도 않았는데 벌써부터 가슴이 뛰기 시작했다.

벤 선생님과 함께 오토바이를 타고 학교 터로 향했다. 학교 부지가 가까워지자 가시덩굴로 친 울타리가 보였다. 학교 터에 있던 나무를 잘라 울타리로 사용했다고 한다. 울타리 안으로 나무기둥이 보이고, 그 옆에서 한 아주머니가 교실을 만들기 위해 터를 다지고 있었다. 잠시 후 아주머니들과 아저씨들이 모여들었다. 주말마다 모여 기둥으로 쓰일 나무를 모으면서 학교를 짓기 위한 준비를 했단다. 주변에 아직 세워지지 않은 나무기둥들이 보였다. 순식간에 20여 명의 사람이 모여 작업을 함께했다. 아주머니들은 자신들의 집을 짓던 것처럼 팡가나무를 자를 때 사용하는 큰 칼인데 땅을 팔 때도 이용하는 것을 보고 신기했었다.를 이용해 능숙하게 땅을 팠고, 아저씨들은 준비해둔 나무기둥을 옮겨와 그곳에 세웠다. 그리고 나무껍질을 입으로 벗겨 세워놓은 나무기둥을 묶어나갔다. 예사 솜씨들이 아니다. 언제나 그렇듯 저 멀리 자리한 킬리만자로 산도 우리와 함께했다.

아이들을 위해 교실을 만들겠다고 앞장서는 마을 사람들이 참 아름답다. 앉아서 누군가를 기다리는 수동적인 자세가 아니라 주민 스스로 적극적으로 나서면서 함께 가자고 손을 내민다면, 난 언제고 그 손을 맞잡아줄 것이다. 진정한 개발이란, 주민들을 중심으로, 주민들에 의해 진행되는 것이 아닐까? 그 안에서 그저 보조자로서 주민들을 돕는 것이 나의 역할이지 않을까?

이론적으로만 말하는 붕 뜬 이야기가 아니다. 난 지금 이곳에서 그 가능성을 보고 있다. 주민이 주체가 되어 학교를 만들고 있는 이들에게 우리는 그들이 좀 더 쉽게 한 발자국 더 나아갈 수 있도록 도움을 주는 것뿐이다. 짧은 방문을 통해 취조하듯 인터뷰를 하고, '이 마을에는 학교가 없군. 보건소가 없군.'하면서 그 마을을 문제가 있는 마을로 결론지어 진행하는 지원사업은 주민들이 무언가를 해볼 최소한의 기회조차 박탈하여 의존성만 높이는 결과만 반복될 것이다.

사람들과 함께 울타리를 치고, 교실을 만들며 땀을 흘려서 그런지 그들의 열정과 의지에 나도 덩달아 신이 나 손에 피가 나는 줄도 모르고 일을 했다. 일이 마무리 될 때쯤 아주머니들이 모이더니 손수 만드신 전통 팔찌와 목걸이를 내게 걸어주면서 고맙다고 인사하셨다. 오히려 내가 더 고마운데……. 다음에 오면 완성된 학교를 볼 수 있을 것이라며 다음에

멈춰서버린 차를
정비사가 살펴보고 있다.
케냐에서 맨 처음 차가 고장이 나
허허벌판에 서버렸을 땐
'갈 길 바쁜데'라며 초조해했지만,
이젠 제법 느긋하게 기다릴 수 있다.

꼭 다시 오라는 당부도 하셨다.

이미 사람들의 마음속에 희망의 학교가 자리했다. 완성될 학교를 볼 생각을 하니 벌써부터 가슴이 벅찼다. 뜨거운 가슴을 품고 난 그곳을 떠나왔다.

희망 짓기

차가 또 멈춰섰다. 지난번에 올 때도 차가 멈추더니 이번에도 어김없이 차가 섰다.

케냐에서 활동하시는 한 선교사님은 "차가 멈추면 '잠시 쉬어가라는 소리구나'라고 생각하면서 쉬어가면 된다."고 하셨다. 이런 일이 워낙 다반사기 때문에 속 끓이지 말고 편안하게 생각하라는 말씀일 것이다. 별일 아니라 생각하고 기다렸다. 정비사가 도착해 부품을 교체하고 1시간가량 차와 씨름하다 겨우 출발했다. 다행히 주변에 정비소가 있어서 쉽

한쪽에서 진흙을 만들면 다른 한쪽에선 그 진흙을 벽에 바른다.
주민들이 한마음 한뜻으로 주말마다 공들인 덕에
학교가 모양새를 갖춰가기 시작했다.

게 고쳤지만 인적이 드문 현장에서 또 차가 멈추면 어쩌나 내심 걱정이 들 수밖에 없다.

이런 곳이 바로 현장이다. 최근 한국 젊은이들 사이에 국제자원활동에 대한 기대와 선망이 점점 커지는 듯하다. 헬기를 타고 긴급구호 현장으로 날아가 식량을 던져주거나 국제회의장에서 연설을 하는 모습처럼 매체 속에 나타난 활동가들의 멋있는 활동 모습을 보면서 국제활동에 대한 꿈을 품는다. 하지만 보이는 것이 전부가 아니다. 현장에서는 이렇게 차가 고장 나 온종일을 차 수리만 기다리다 시간을 보내기도 한다. 숙소가 갑자기 단수가 되어 며칠씩 씻지 못하고, 또 단전이 되어 어둠 속에서 지낼 때도 있다. 안전에 대한 위협도 항상 가까이에 도사리고 있다. 말라리아에 걸려 며칠씩 사경을 헤매기도 한다. 나 역시 그랬고 또 많은 활동가들이 이렇게 지낸다. 이러한 것들을 고려하지 않고 마냥 환상 속에서 꿈꿀 일은 아니다.

나도 손을 거들었지만 생각처럼 쉽지는 않다.

차가 고장이 나 약속시간보다 1시간 늦게 현장에 도착했다. 현장에 도착하니 사람들이 모여 뭔가를 열심히 하고 있었다. 아주머니들은 물을 이고 오고, 남자들은 삽으로 흙을 모아 물과 섞어 진흙을 만들고 있었다. 그렇게 만들어진 진흙을 사람들이 일렬로 서서 운반해 건물 벽에 발랐다. 예전에 방문했을 때에는 고작 기둥 몇 개뿐이었는데 주말마다 주민들이 시간을 내서 조금씩 만든 건물이 이제 제법 그 모습을 갖춰가고 있었다. 게다가 지붕을 설치하기 위해 목재를 구입해서 지지대도 만들었다. 마을 사람들 중 건물을 지어본 경험이 있는 분이 있어서 그런지 전문가의 손길도 느껴졌다. 물을 떠온 아주머니들은 불을 피워 짜이를 끓이고, 밥을 준비했다.

주민들의 이런 열정은 대체 어디에서 나온 것일까.

가난하다, 주인의식이 없다, 의존적이다. 이곳 사람들에 대한 이러한 부정적인 생각은 정말 편견일 뿐이다. 주민들은 모두 똑같은 마음으로 그들의 희망을 짓고 있다.

나도 가만히 서서 구경만 할 순 없었다. 진흙을 맨손으로 집어 벽에 바르는데 진흙에 돌도 있고 가시나무도 있어 쉽지 않았다. 게다가 조금만 두껍게 바르면 진흙들이 하중을 견디지 못해 무너져 내렸다. 주민들은 경험이 많아서 그런지 정말 능숙했다. 나도 정말 잘해서 한 몫하고 싶었지만 마음대로 되지는 않았다.

짜이가 준비되었다는 말에 조를 나누어 번갈아 쉬기로 했다. 그리고 점심시간에도 조를 나눠 식사를 하며 공사는 하루 종일 쉬지 않고 이어졌다. 한쪽에서는 노래도 부르고, 아주머니들은 무슨 이야기가 그렇게 재미있는지 깔깔깔 웃으며 이야기꽃도 피웠다. 내가 일하는 것이 신기했는지 자꾸 쳐다보고 내가 잘못하면 옆에 와서 조언도 해주고 도와주기도 했다. 함께 학교를 만들어가는 그 과정은 그 자체로 즐거움이다.

어느덧 외벽이 완성되었다. 여러 사람이 모여 함께 일을 하니 힘든 줄도 모르고 일이 끝났다. 일을 마무리하고 마을 사람들이 모였다. 오늘은 처음으로 올마피테트 마을 주민들과 전체회의를 갖는 날이다. 오늘의 주제는 학교 건물을 짓는 데 있어 주민들이 원하는 것이 무엇이며, 주민들이 할 수 있는 일과 필요한 외부지원은 무엇인지를 논의하는 자리이다. 목사님의 기도가 끝나자 주민들은 미리 작성한 제안서를 가지고 이야기를 바로 이어나갔다.

"마을에 물도 필요하고 보건소도 필요한데, 가장 중요하고 시급한 건 학교라고 생각했습니다. 그래서 우리는 학교를 짓기로 결정했어요."

주민대표는 자신들이 할 수 있는 일이 무엇인지도 이야기했다.

"우리는 기술이 필요하지 않은 단순 노동을 할 수 있어요. 땅 파기, 자재 나르기 같은 거요. 그리고 우리 마을에는 돌과 물이 있어서 우리가 그런 것들을 모아올 수도 있어요."

주민들은 그들이 할 수 있는 것이 무엇인지 찾아보고 있었다. 그리고 선생님 확충에 대한 이야기도 했다. 사실 케냐의 경우 매년 선생님 자격을 갖춘 사람들이 배출되지만 정부예산이 부족해서 선생님 고용에 어려움을 겪고 있다. 그렇다 보니 학교는 있지만 교사가 없는 경우가 많아 학부모들이 십시일반 돈을 걷어 학부모교사를 채용한다. 학부모교사는 마을 내에서 고등학교를 졸업한 사람 중 인터뷰를 진행하여 채용을 하게 되는데 시골 마을일수록 고등학교를 졸업한 사람을 찾는 것 자체가 어렵기도 하다. 또 학부모교사는 낮은 임금과 불안정 고용의 문제도 제기되고 있고, 교사로서의 태도나 자질 부족으로 인해 문제가 발생하기도 한다. 교사를 확보하는 것 역시 케냐 교육에 있어 또 다른 어려움이다.

벤 선생님이 말씀하셨다.

"우리는 교사를 확보하기 위한 방안을 주민들과 논의를 했어요. 그래서 정부에 교사를 요청하고, 학부모교사를 늘리는 등 계속 노력할 거예요."

하지만 아직 교사를 어떻게 확충할 수 있을지에 대한 구체적인 계획이 세워져 있지 않아 다음에 다시 논의하기로 했다. 지역 교육부에 정부학교 등록이 진행되면 교육부에서는 단계적으로 정부교사를 해당 학교에 파견한다. 하지만 정부의 예산이 부족해서 1년에 1명의 정부교사를 파견하는 것도 어려운 현실이다. 교육부에 지속적인 정부교사 파견을 요청하더라도 교육부 예산이 없으면 불가능하기 때문에 조금 더 구체적인 계획이 필요하다는 말을 주민들에게 전했다. 그렇게 1시간 30분가량 열띤 회의가 진행되었다.

"저는 오늘 여러분이 학교를 짓고, 회의를 하는 적극적인 모습 속에서 학교에 대한 열의를 느낄 수 있었습니다. 가만히 앉아서 누군가를 기다리는 것이 아니라 스스로 그 방법을 모색하고 움직일 때 진정한 마을개발이 이루어집니다. 저도 열심히 응원하겠습니다."

주민들은 이렇게 함께 생각하고 행동해보면서 마을개발에 대한 과제에 한걸음 더 다가가지 않을까? 다음 모임은 여성, 청년, 장년 등 각각의 소모임을 만들어 마을의 문제는 무엇인지, 필요한 것은 무엇인지를 전반적으로 논의하자고 제안했다. 주민들이 직접 적극적으로 문제를 찾아보는 것이 주민참여의 시작일 것이다. 앞으로 주민들과 함께할 시간이 무척 기대된다.

스스로 할 수 있어요

올마피테트 마을에 학교 건축 외에 다른 과제들이 있는지 주민들과 함께 찾아보고자 세미나를 개최했다. 세미나에는 지역 농업국 직원 두 분도 초청했다.

주민들의 힘으로 지어진 학교에 도착하니 수업 중이었다. 1월 7일에 개학하여 새로 지은 건물에서 수업을 하고 있었는데 아직 지붕을 얹지 않은 상태였지만 벤 선생님이 다음 주 중으로 지붕 공사를 마무리할 예정이라고 했다. 그 다음에는 학생들과 선생님들을 위해 화장실을 만들 계획이라고 했다.

주민들과 함께 학교를 둘러보고 학교 부지에 있는 나무 밑에서 회의를 시작했다. 농업부 직원들이 자기소개를 하고 이 마을에 과제가 무엇인지 이야기하는 시간을 가졌다.

제일 먼저 나온 것이 교육문제였다. 마을에서 가장 가까운 초등학교가 6km 떨어진 곳에 있어 어린 아이들은 거리가 멀어 학교에 가지 못하고 있다. 지금 마을 사람들의 힘으로 간이학교가 만들어졌지만 장기적으로 볼 때 제대로 된 영구적인 건물이 필요하다.

두 번째 과제는 물이다. 킬리만자로 산에서 물이 흘러오기는 하지만 상류에서 그 물로 농사를 짓기 때문에 물이 부족할 뿐만 아니라 농약 때문에 마시기에 적합하지 않다.

세 번째 과제는 농사이다. 농사를 짓고는 있지만 토양이 비옥하지 않아 수확량이 적다.

네 번째 과제는 가축이다. 이들은 마사이 사람들이라 가축을 키우며 유목생활을 한다. 그런데 최근 기후변화로 가뭄이 심해지고, 공유지였던 땅이 사유지가 되면서 물과 풀을 구할 길이 없어 가축이 많이 죽었다. 그리고 신종 질병에 걸리면 수의사가 없기 때문에 속수무책으로 당할 수박

모두의 손을 모아 만든 학교 건물 앞에서 한 컷.
더 멋있는 진짜 건물이 들어설 때까지 우리 아이들을 튼튼히 지켜줄 곳이다.
이들은 그저 무기력한 존재가 아닌
무엇이든 할 수 있는 사람들이라는 것을 스스로 증명했다.

에 없다. 개체 수를 줄이고 종을 개량하는 것도 필요하다.

다섯 번째는 보건소가 주변에 없다. 간호사가 일주일에 2번 마을을 방문한다고 하지만 긴급한 경우 손을 쓸 수가 없다. HIV/AIDS, 말라리아, 위생에 대한 교육도 필요하다.

그리고 도로, 전기, 통신 등도 부족하다.

이렇게 주민들과 함께 마을의 과제를 열거해봤다. 이런 문제는 비단 이곳뿐만 아니라 내가 다녀본 모든 마을이 동일하게 겪고 있는 어려움이다.

많은 단체들이 현재 상황을 분석하고, 주민들의 욕구needs를 파악한다. 이것은 주민들이 원하는 것을 지원하기 위해 꼭 필요한 일이다. 동시에 프로젝트가 종료된 후도 주민들과 함께 고민해야 한다. 이를테면 교육시설이 없다고 학교를 짓고, 물이 부족하다고 무작정 우물부터 파버리면 외부에서 온 활동가들이 마을을 떠나고 난 뒤엔 그 시설들에 손댈 수 있는 주민들이 없다. 그래서 우리 활동가들은 주민들이 할 수 있는 것을 파악하고 사후관리를 위한 교육도 고려해야 한다. 어떤 지원이 되었든, 그 기획 단계부터 주민들을 참여시켜 스스로 마을의 문제를 파악할 수 있도록 하고, 스스로 준비해나갈 수 있도록 해야 한다. 다소 시간이 걸리더라도 함께 체계를 만들어나가는 것이 가장 중요한 것이다. 모두가 강조하는 주인의식 및 역량강화를 위해서 어떻게 주민들을 만나고 활동해야 하는지 활동가들은 끊임없이 고민해야 한다. 주민들은 이러한 경험들을 통해 마을의 주인으로서 더 나아가 지역, 나라의 주인으로서 역할을 해나갈 것이다. 이것이 바로 우리가 이야기하는 주민자치가 아닐까?

"여러분, 여러분은 학교가 필요해서 이렇게 학교를 지었습니다. 여러

나뭇가지와 진흙으로 만들어진 학교지만,
이곳에서 아이들은 더 큰 미래를 그리고 더 큰 꿈을 꿀 것이다.

분이 이야기한 여러 과제들도 함께 힘을 모아서 고민하고 해결책을 모색해보면 그 실마리를 여러분 스스로 찾을 수 있을 것입니다."

이제는 주민들이 생각하고 있는 과제를 발굴했으니 주민들 스스로 해결할 수 있는 부분이 무엇인지 고민하고 찾을 수 있는 시간을 가져야 할 때다. 그러기 위해서는 마을이 이미 갖고 있는 자원이 무엇인지, 마을 사람들 중에 기술자가 있는지, 협력할 수 있는 기관이 있는지 등을 찾아보아야 한다. 그러한 고민과 계획들이 점점 그들 손으로 만들어지고 이루어진다면 그들은 프로젝트 속에서 자신의 가능성을 깨닫게 될 것이다. 그리고 그렇게 하나가 완성되면 또 다른 개발을 주민들 스스로 시작할 수 있을 것이다. 이 마을에서는 그 시작이 학교가 될 것이다.

더 큰 꿈을 그리며

신규학교 지원을 위해 다시 올마피테트 마을을 찾았다.

마을 사람들이 함께 일구어낸 학교. 비록 나뭇가지로 뼈대를 만들고 진흙으로 벽을 만들고, 먼지 날리는 흙바닥이지만 아이들에 대한 부모들의 사랑이, 가르침에 대한 교사들의 열정이, 그리고 함께한 주민들의 마음이 고스란히 배어나오는 학교이다.

그동안 여러 건축업자를 만나 제대로 된 튼튼한 학교를 세우기 위한 견적을 받으러 다녔다. 그리고 무엇보다 중요한 조건으로 마을 사람들이 학교 건축에 참여해야 함을 설명했다. 우리의 뜻을 이해하고 동의한 업자를 최종적으로 선정했다.

오늘은 건축업자와 주민들, 그리고 우리 활동가들이 함께 신규학교 건축에 대한 논의를 하기 위해 모였다. 회의를 시작하기에 앞서 기도를 하고 처음 마을을 방문한 건축업자가 자기소개를 했다. 그리고 본격적인 회의에 들어갔다.

"여러분, 학교를 짓기 위해서는 자재도 필요하고, 인력도 필요하고, 물도 필요합니다. 그래서 누가 무엇을 할 수 있는지 체크하고 역할을 분담

하면 좋을 것 같습니다. 그럼 여러분이 할 수 있는 것은 무엇입니까?"

질문을 듣고 있던 주민 한 분이 대답했다.

"우리는 건축할 때 무엇이 필요한지 잘 몰라요. 먼저 공사할 때 필요한 것을 이야기해주시면, 우리가 할 수 있는 것을 말하겠습니다."

건축업자는 시멘트, 물, 돌, 자갈, 모래, 목재, 기초 땅파기, 자재 나르기 등 건축에 필요한 자재를 설명하고 사람이 하는 일까지 줄줄이 나열했다. 업자의 말이 끝나기 무섭게 주민들이 웅성거리더니 드디어 한 사람이 일어났다.

"이 지역은 보시다시피 돌이 많습니다. 그래서 우리는 돌을 모을 수 있습니다. 그리고 주변에 우기에만 흐르는 강이 있어 모래도 모을 수 있습니다."

또 다른 한 분이 일어나 말을 이어갔다.

"이곳에서 800m 떨어진 곳에 개울이 있어 물도 길러올 수 있습니다. 그런데 물을 모을 곳이 없어요. 물을 모을 수 있는 큰 물탱크가 있으면 좋을 것 같습니다."

잠시 침묵이 흐르고 건축업자는 주민들에게 기초 땅파기를 제안했다.

주민들은 서로 의견을 나누더니 한 분이 일어났다.

"우리는 물도 나르고 돌도 나르고, 모래도 날라야 합니다. 또한 집에 돌아가면 가축도 돌봐야 하고, 농사도 지어야 합니다. 그래서 땅파기까지는 무리일 것 같습니다."

주민들이 할 수 없다는 의견을 냈더니 건축업자는 그럼 규모가 작은, 화장실 구덩이 파기를 제안했다. 주민들은 다시 의견을 나누었다.

"화장실 구덩이 파기는 오랜 시간이 걸리는 일이 아니니 우리가 할 수 있을 듯합니다."

그렇게 하나하나 할 수 있는 일을 찾아나갔다.
어느 정도 역할분담이 정리될 무렵 주민 한 분이 말씀하셨다.

"우리 지역에 건축기술자가 한 분 있는데 이번에 우리가 자체적으로 학교 지을 때 자원활동을 많이 하셨어요. 이번 건축이 시작되면 그 분이 고용되어 일을 했으면 좋겠어요."

주민들은 이번 회의를 통해 마을에서 구할 수 있는 것은 무엇인지, 그들이 할 수 있는 것은 무엇인지, 할 수 없는 것은 또 무엇인지 스스로 논의하고 결정했다. 이렇게 주민들이 중심이 되어 결정된 것에서 부족하거나 주민들이 할 수 없는 것을 외부 지원을 통해 채워나간다면 주민이 중심이 된 프로젝트가 완성될 것이다.

마을 사람들의 열정에 응원을 보낸다.

그리고 그 열정만큼 멋진 학교가 완공되길…….

초등학생들의 희망 노래

지난 3개월 동안 음악 경연대회를 준비했던 엔요뇨르의 아이들은 어떤 결과를 얻게 될까.

내가 아이들을, 이 아이들을 이렇게 좋아하게 될 줄은 몰랐다. 갑작스런 일정 변경 때문에 조이스와 함께 나이로비로 올라가면서 나이로비에서도, 그리고 다시 돌아와서도 아이들의 얼굴이 머릿속에서, 마음속에서 떠나가질 않았다.

우리 아이들은 무슨 생각을 하고 있을까?

케냐 사람들에 의해, 오로지 이 사람들의 힘만으로 할 수 있는 지금 이 순간이, 나는 참 좋다.

우리 아이들의 노력이 헛된 수고가 아니기를…….

연습에 불이 붙은 엔요뇨르

2012년 5월 30일 카지아도의 한 초등학교에서 음악 경연대회 지역예선이 있었다. 전문적인 교육과 함께 매일 반복되는 연습으로 엔요뇨르 초등학교는 지역예선 찬송가Sacred Song 부문에서 3위의 성적을 거둬 6월 7일 지역대회에 참가하게 되었다.

그 소식을 듣고 나도 매일 이곳을 찾았다. 지역예선이 끝나고 일주일 동안 다른 학교 공연과 비교하고, 또 다시 연습하면서 아이들의 실력은 한층 더 향상되었다. 대회에 참가하지 않는 학생들은 내 손을 잡고, "나시바이, 나도 가고 싶어요. 선생님한테 나도 가게 해달라고 말해주세요."라며 나를 졸랐다. 찬송가 부문이 아닌 전통음악 부문에 참가했던 랑구아와 키미티도 내게 와 매달렸다.

"선생님 나빠! 나시바이도 나빠!"

마음이 아프지만, 어쩔 수 없다. 나에겐 참가하는 학생들을 선택할 권한이 없지 않은가.

6월 6일. 지역대회가 하루 앞으로 다가왔다. 내일 열릴 대회를 위해 일찍 연습을 해야 한다고, 담당 교사인 조세팟이 아이들을 불러 모았다. 그런데 연습 때마다 빠지지 않던 마펠루가 보이지 않았다. 눈으로 그를 찾고 있었지만, 교실에도, 또 연습실에도 없다. 솔리오를 찾아 물었다.

"솔리오! 마펠루 어디 갔어?"

"이? 나도 모르는데, 마펠루 동생한테 물어볼게요."

마펠루와 똑같이 생긴 마펠루 동생을 찾아 물었다.

"마펠루는 어디 갔니?"
"오늘 아파서 학교에 못 왔어요."

안 되는데, 오늘 안 오면 안 되는데. 내 마음이 조마조마했다. 어디가 아픈 걸까. 내일이면 괜찮아질까.
같은 학년인 킬로이켄을 찾았다.

"킬로이켄! 너 마펠루 집 아니?"
"응! 여기서 별로 멀지 않아. 근데 지금 집에 없을걸. 소 몰러 갔어."

아, 이런. 나는 다시 아이들이 연습하는 곳으로 갔다. 그런데 그새 오늘 빠진 마펠루를 대신해 다른 아이가 참가하기로 결정이 났단다.
아, 안 되는데.
그때 저 멀리서 마펠루의 모습이 보였다.

"너 왜 오늘 학교 안 왔었어? 어디 아파?"
"발가락이 아파서……."

마펠루의 발. 타이어 샌들을 신은 그의 발이 퉁퉁 부어 있었다. 걷는 것이 불편한지, 내내 절뚝거렸다.

"찬송은 뛰면서 춤추는 것이 아니니 괜찮을 거야. 너 빨리 선생님한테 가서 내일 공연할 수 있다고, 연습하겠다고 말해!"

마펠루는 그 절뚝거리는 걸음으로 부리나케 교무실로 향했다. 한참이 지나도 그는 교무실에서 나오지 않았다. 교무실 앞을 서성이다 들여다봤다. 교무실에는 담당 교사인 조세팟, 릴리안과 존이 있다. 그리고 오늘 아침 아파서 병원에 다녀온 모르팬이 보였다. 모르팬과 마펠루는 계속해서 선생님을 조르고 있었다. 결국 모르팬은 눈물을 터뜨렸다.

"너희들이 결석해서, 이미 다른 아이들로 교체했어! 그냥 돌아가!"

조세팟이 냉정하게 돌아섰다. 나는 그런 그를 붙잡고 못내 안쓰러운 마음에 한마디 거들었다.

"모르팬과 마펠루는 지금까지 한 번도 연습에 빠지지 않았어요. 그리고 아주 잘해요. 내일이면 다 나을 거예요!"

하지만 조세팟은 이미 마음을 정했는지 냉정히 돌아섰다. 릴리안 선생님에게 다시 이야기를 건넸다.

"릴리안, 당신도 알잖아요. 이 아이들은 한 번도 연습에 빠지지 않았어요."

내가 할 수 있는 일은 더 이상 없었다. 학생들을 지도하고, 결정하는 것은 선생님들의 권한이다. 뭔가 공정하지 못하다는 마음이 들었지만 내가 더 나설 수 있는 문제는 아니었다. 나는 이래저래 속상한 마음에 괜히 선생님들만 째려보고 있었다. 그때, 선생님들이 나를 불렀다.

"나시바이, 우리는 이미 멤버를 교체했어. 안타까운 일이지만 어쩔 수 없어."

"우리는 새로 교체된 아이들을 데리고 내일 공연을 할 거야."

"저 아이들은 아파서 오늘 결석한 거야. 내일 나을 거라는 보장이 없어."

"조세팟, 나도 내 의견을 하나 말해도 될까요? 저 아이들은 지금까지 한 번도 연습에 빠진 적이 없어요. 그리고 다른 아이들보다 훨씬 더 잘 한다는 거 알잖아요. 새로 바꾼 2명의 아이들과 함께 당신들이 보고 결정해도 되잖아요. 그럼 저 아이들도 수긍할거예요."

그렇게 모르팬과 마펠루, 그리고 그들 대신 연습에 참여한 2명의 아이들을 불러 작은 오디션을 시작했다. 똑같은 동작을 시작하는데 아이들의 얼굴에 수줍음이 어렸다. 아마 다른 아이들 앞에서 그렇게 하는 것이 쑥스러운가 보다. 모두 열심히 하는 모습이 그 누가 가더라도 완벽한 조화를 이루어낼 것이라는 것은 모두 인정했다. 어떻게 선정을 할까 고민하던 그때, 선생님이 갑자기 퀴즈를 내기 시작했다.

"솔리오가 하는 솔로 성가의 번호는?"

"우리가 하는 찬송의 최대 참여수와 최소 참여수는?"

아이들에게 알려준 적 없는 정보를 아이들이 알 리가 없었다.

"케냐 엔터테이너 두 명의 이름을 대봐."

"케냐 수상과 부수상의 이름은?"

TV도, 라디오도 없는 아이들이 그들의 이름을 어떻게 알겠는가. 그럼에도 질문은 계속되었고, 몇 개의 질문에 겨우 대답한 아이들이 선정되고 말았다. 결국 연습에 한 번도 빠지지 않은, 원래 멤버인, 마펠루와 모르팬이 빠지게 되었다.

모르팬이 울음을 터뜨렸고, 마펠루는 힘없이 주저 앉아버렸다. 무언가 불합리하고, 공정하지 않은 방식이라는 생각이 들었지만, 내가 할 수 있는 일은 없다. 마펠루와 모르팬을 지켜본 나 역시 마음이 불편했다.

헤어지기 전 마펠루를 찾아, 내일 아침에 학교로 한번 와보라고 네가 공연할 수 있을지는 모르겠지만 내가 너를 데려가도록 노력해보겠다고, 하지만 확실한 건 아니라고 그렇게 달랬다. 마펠루는 고개를 끄덕였다. 이미 38명의 명단이 확정된 상황에서 내가 그 아이를 위해 할 수 있는 것이 무엇인지는 모르겠다. 음악에 애정을 갖고 있는 그 아이에게 더 많은 것을 보고 들을 수 있는 기회를 주고 싶었다. 출전하진 못하더라도 볼 수 있다는 것만으로도 큰 경험이 될 것이다.

결전의 날

드디어 결전의 날이 밝았다.

아침 일찍 엔요뇨르로 향했다. 한 시간을 달려 학교에 도착할 즈음, 어둠 속에서 아이들이 보였다. 아이들은 새벽 5시의 찬바람에 오들오들 떨고 있었다. 난 마펠루부터 찾았다. 저기 학생들 틈 사이로 마펠루가 보였다. 작은 14인승 봉고차 2개를 빌려 경연장까지 가기로 했는데, 그 차에 타야 하는 아이들은 38명이다. 그 아이들 틈새에 끼어 마펠루가 봉고차에 올라탔다. 교장선생님은 아이들을 일일이 세면서 부족한 자리에 아이들을 겨우겨우 태웠다. 결국 학생 수가 39명이라는 것을 알아차리셨다.

"넌 오늘 참가자가 아니잖아. 그런데 왜 왔어? 오늘은 대회에 출전하는 학생들만 갈 거야. 빨리 차에서 내려."

"나시바이가 와보라고 했어요."

교장선생님의 시선이 내게로 향했고, 순간 나로 인해 괜히 마펠루가 더 상처받게 되는 것은 아닐까 걱정됐다. 다행히 교장선생님은 고개를 끄덕이며 봉고차에 올라타라고 했다.

그렇게 3시간을 달려 대회가 열리는 곳에 도착했다. 학교에는 이미 도착한 다른 학교 학생들이 벌써부터 준비하고 있었다. 우리도 자리를 잡고 연습에 들어갔다. 큰 무대에 처음 선 아이들은 긴장한 얼굴로 리허설을 했고, 진지한 태도로 연습에 임했다. 무대에 서기 위해 옷을 갈아입고 얼굴에 페인트를 칠하고, 아이들은 몇 번이고 또 연습했다.

그렇게 한참 순서를 기다리다 마침내 우리 아이들의 순서가 됐다. 아이들은 긴장한 얼굴로 무대에 올랐다.

잘해! 잘해야 돼!

난 마음속으로 응원을 더했다. 아이들은 노래가 시작되자 신나게 노래하고 춤을 췄다.

아, 우리 아이들이 이렇게나 잘하다니!

나도 모르게 눈물이 주르르 흘렀다. 엔요뇨르 아이들은 다른 학교 아이들에 비해 유독 성장이 느려 키가 작고 마른 아이들이 많다. 대회장에서도 도시에서 온 아이들은 마사이 전통복장을 한 엔요뇨르 아이들을 보며 수군거리고 비아냥거리기도 했다.

"너희 영어는 할 줄 알아?"
"옷이 이게 뭐야. 촌스럽게."

영어로 이야기하는 도시 아이들에게 기가 죽었는지, 아이들이 자꾸만 내 뒤로 숨었다. 내 손을 붙잡고 모기만한 목소리로 가자고 했다. 아이들은 이렇게 다른 학교 아이들을 만나고, 작년 대회 우승팀의 공연도 보았다.

그리고 결과발표의 시간.

우리 엔요뇨르 아이들은 87점을 받아 도대회 진출권을 따냈다!

아이들은 기쁨의 함성을 내지르며, 다음엔 도대회 개최지인 나록으로 가는 거냐고 웃으며 연신 내게 물었다. 정말 소중한 기회이다. 아이들은 더 큰 무대를 경험하면서 자신감이 더 쌓일 것이다. 이 작은 시골학교의 아이들이 만들어낸 기적이다.

도대회 진출 소식에 마을 전체가 활기로 가득했다. 수업이 끝나면 아이들의 노랫소리가 온 마을에 울려 퍼졌고, 마을 아저씨, 아줌마들은 이 아이들이 연습하는 모습을 구경하고 또 응원하기 위해 학교를 찾았다. 그런데 다음 대회가 열리는 나록으로 이동하려면 큰 버스를 빌려야 했다. 학교 운영비로 충당하기에는 금액이 너무 컸다. 학교 운영위원회에서

경연대회에 출전하는 엔요뇨르 초등학교 아이들.

는 고민 끝에 학부모회의를 통해 대회에 참가하는 학생들에게 돈을 조금씩 걷기로 하였다. 그리고 부족한 부분은 단체에서 지원해주는 것으로 결정했다. 조금씩 힘을 합하면 이렇게 헤쳐나갈 수 있다. 아이들도, 어른들도 모두 마찬가지다.

아이들은 마을을 떠나 다른 곳을 보면서, 다른 학교 학생들의 공연을 보면서, 더 큰 무대에 본인들이 직접 서보면서 조금 더 성장했다. 앞에 서는 것을 늘 부끄러워하던 아이들은 어느새 자신의 감정을 드러내고, 무대 앞으로 나오는 것을 더 이상 부끄러워하지 않게 되었다.

그래, 너희들이 이렇게 변해가는구나.

이렇게 성장해가는구나!

함께한다는 것

놀랍게도, 아프리카 케냐 마사이 지역에도 '계'가 있다!

어릴 적 어머니를 따라 계모임에 갔던 기억이 있다. 아주머니들이 모여 음식도 나눠 먹고 곗돈도 받고 했던 것이 아주 어렴풋하게 생각난다. 마사이에도 그들 나름의 상부상조가 있다.

오늘은 농장에서 자원활동가로 일하고 있는 티테이 아주머니의 곗날이다. 우리도 초대를 받아 가기로 했다. 이렇게 동네 결혼식, 성인식, 신년회 등 잔칫날에 초대를 받으면 왠지 같은 주민으로 우리를 받아주는 것 같아 마음이 따뜻해진다.

아주머니 집에 도착하니 사람들이 불을 피워 밥을 하고 짜파티를 굽고 있었다. 모여 있는 아주머니 대부분이 안면 있는 분들이었다. 지역주민들과 함께 활동한다고 여기저기 기웃거리고 다녔는데 괜히 스스로 잘하고 있구나 싶어 뿌듯한 마음이 들었다. 우리도 손을 보태어 짜파티를 반죽하고 구웠다. 손님으로 왔지만 이렇게 함께 돕는 것이 이들과 좀 더 호흡하고 가까워질 수 있기에 소매를 걷었다. 한참 짜파티를 만들다 문

의자 위에 놓인
주머니에 이웃들의 힘이
조금씩 보태지고 있다.
이렇게 서로를 응원한다.

득 돌아보니 아저씨들이 보이지 않는다. 계모임은 아주머니들만 하는 거라 그런가 생각하고 있었는데 티테이 아주머니가 나를 다른 장소로 이끌었다. 그곳에선 남자들 몇몇이 염소를 잡아서 먹고 있었다.

'여자들은 힘들게 일하고 있는데 남자들은 여기서 맛있는 고기만 먹고 있구나.' 그렇게 조금 꼬인 생각도 들었다. 이성적으로는 '이것이 이들의 문화이고 관습이다.'라고 생각하면서도 눈앞의 모습에 안타까움이 드는 건 어쩔 수 없다.

이 지역의 계는 보통 10~15명으로 구성되지만 그보다 적기도 하고 많게는 20여 명으로 구성된다고 한다. 매달 일정금액을 모아 그 달에 지정된 사람에게 곗돈을 준다. 한국의 계와 별반 다르지 않다. 그렇게 받은 돈으로 물을 저장하기 위한 물탱크를 사거나, 집을 고치거나, 자녀들의 학비를 마련하는 등 목돈이 들어가는 일에 사용한다. 티테이 아줌마는 작년부터 6명이 함께 계를 시작하여 매달 2,000실링약 28,000원씩 거둔다고 한다. 작년에는 곗돈으로 물탱크를 구입했고 올해는 집을 짓고 싶단다.

준비된 밥을 먹고 초대된 사람들이 한자리에 모여 진행자의 기도로 행사를 열었다.

티테이 아주머니의 계모임은 6명인데 이 자리에 참석한 사람은 족히 50명은 되는 듯하다. 이곳에선 이웃들도 초대해서 같이 밥을 나눠먹고 또 이웃사람들에게 후원금을 받는다. 준비된 주머니에 초대된 사람들이 저마다 후원금을 조금씩 보탠다. 50실링, 200실링, 많게는 1,000실링. 다들 풍족하지 않은 살림이지만 십시일반 도우며 산다. 그렇게 오늘 모인 돈은 총 11,900실링이다. 이 후원금에 그동안 모은 곗돈 12,000실링을 합치면 총 23,900실링, 우리 돈으로 334,600원이다. 이렇게 모이니 제법 큰 액수가 되었다. 함께 모이면 큰 힘이 된다는 것을 이들도 분명 알고 있다. 요즘 농장활동가들의 참여율이 저조해 기운이 쭉 빠지던 참이었는데, 오길 참 잘했다. 서로 힘을 보태고 한 데 어우러져 사는 이 모습에서 나는 또 약간의 위로를 받고, 또 큰 희망을 본다. 혼자보다는 둘이, 둘보다는 셋이 함께하는 것이 큰 힘을 발휘할 수 있다. 이렇게 힘을 더해야만이 가난도 해결할 수 있을 것이다.

파트너국의 개발이라고 했을 때 소위 말하는 선진국들이 거쳐 간 과정들대량생산, 대량소비, 경쟁을 부추겨 환경을 파괴하고 관계를 파괴한 과정을 답습하는 것이 아니라 마사이 아주머니들이 하고 있는 계처럼 협동하고 공동체가 유지되는 전통적인 삶의 방식들을 장려하고 지속될 수 있도록 도와주는 활동이 필요하다. 또한 선진국의 개발모델을 뛰어넘어 협동조합이나 사회적 경제, 사회적 기업 등 공동체가 강화되는 방향으로 개발되어야 하지 않을까?

마사이 아주머니의 계모임 속에서 마사이 사람들의 활기찬 미래를 그려본다.

계모임은 주민들의 작은 축제가 된다.
힘을 합하면 더 큰 힘이 된다는 것, 혼자 할 수 없는 일들도
함께라면 가능하다는 것을 그들도 이미 알고 있다.
그 협동심이 마을개발로 이어질 수 있도록
우리 활동가들은 그저 도울 뿐이다.

INTERVIEW

저자와의 만남

장소 : 더프라미스 사무실

일시 : 2014년 6월 27일

케냐에 대해 잘 모르는 분들을 위해 직접 겪거나 들었던 그곳의 역사와 현실에 대해서 소개해주시면 좋을 것 같아요.

이영아 아프리카 대륙 자체가 특이한 역사를 갖고 있는 것 같아요. 제가 케냐에 가서 처음 느꼈던 것은 아프리카 국가들은 대부분 유럽에 의해 갈라진 것이고, 국경의 경우에도 그렇고. 그러다 보니까 사람들이 국가에 대한 인식보다는 부족 중심의 공동체가 이미 형성되어 있기 때문에 부족 중심의 사회라는 생각이 들었고, 사실 그런 부족사회의 특징이 더 잘 보였던 것 같아요. 예를 들어 사람들이 자신은 마사이 사람인데 저 사람은 캄바다, 저 사람은 키쿠유다, 이렇게 구분 짓기도 하고 선거를 해도 마사이 사람들은 마사이 후보를 찍고, 캄바 사람들은 캄바 후보를 찍는 경우가 많아요. 그리고 마사이 사람들의 경우에 케냐에만 있는 것이 아니라 탄자니아와 케냐 국경 지역에도 있고. 그래서 케냐의 역사라고 하면, 거기서도 역사 수업이 있기는 하지만 케냐라는 국가의 역사를 독립1964년 이후부터라고 정확하게 규정하거나 얘기하기 힘든 부분이 있는 것 같아요. 저희는 이야기할 때 한국의 역사는 어떻다, 일본의 역사는 어떻다고 얘기하지만 케냐 사람들은 아프리카는 어떻다고 얘기하거든요. 케냐는 어떻다고 이야기하는 게 아니라. 국가 중심으로 얘기하지 않아요. 아프리카 안에도 다양한 색깔들이 있기는 하지만 어떤 한 국가의 역사라고 규정해서 얘기하기 어려운 점이 있는 것 같아요. 잘 모르기도 하고.

강성원 케냐가 영국 식민지였는데, 그때 케냐 사람들을 관리하기 위해 중간계층으로 인도 사람을 데리고 왔어요. 영국 사람들이 제일 상층에 있고, 그 다음 인도 사람들이 있고, 그 밑에 케냐 사람들이 있었던 거죠. 그런 상황에서 독립이 되면서 영국 사람들은 나가고, 인도 사람들이 그곳을 지배하기 시작한 거죠. 독립이 되고 인도 사람들이 대부분 상권을 잡고 있어요. 그래서 예를 들어 전자제품이나 대형마트와 같은 경우에 인도 사람들이 운영하는 경우가 많아요. 케냐 사람들은 인도 사람들 밑에서 종업원으로 일하고 있어요. 그걸 보면 영국 식민지에서는 벗어났지만 다시 인도 사람들이 경제를 점유하는 형태가 된 거죠.

이영아 그리고 중국 사람들이 엄청나게 많아요. 지하자원 개발, 광산 개발도 있고, 도로건설 사업도 있고. 중국 사람들이 많이 들어와 있다 보니까 케냐 사람들이 저희를 포함해서 '칭창총'이라고 불러요. 중국 사람들이 말하는 걸 보면 이렇게 들리나 봐요. 그래서 아시아 사람들을 다 '칭창총'이라고 불러요. 길거리에서 지나가다 보면 이런 표현을 쓰는데, 약간은 비하하는 말이기도 하구요. 이런 말 중에 '무중구'라는 표현이 있는데, 이 말은 스와힐리어로 백인이라는 뜻이고, 이것은 비하의 뜻을 내포하고 있지는 않아요. 아시아 사람들을 지칭할 때 칭창총이라는 표현을 쓰는데 그런 말을 들으면 약간은 기분이 나쁘기도 하고. 지나가는 어린이들도 그런 표현을 쓰는데, 놀리면서 도망가기도 하고.

강성원 근데 케냐에서는 이런 표현을 쓰는데, 예를 들어 시에라리온에 가면 다르게 부르기도 해요. 각 국가마다 사람들의 특성을 보고 부르는 이름을 지어요. 예를 들어 백인이 어떤 표현을 자주 사용하면, 그런 표현을 백인을 지칭하는 말로 사용하는 거죠. 근데 시간이 지나면서 그런 표현을 전체 백인을 지칭하는 표현으로 사용하게 된 거죠.

이영아 도로공사를 할 때 보면, 중국 사람은 관리자로 들어오고, 대부분은 현지사람이 일을 해요.

강성원 그리고 중국에서 케냐를 지원할 때 필요한 자재를 중국에서 가져와요. 인부도 중국 사람들을 데려와요. 허드렛일은 현지인들에게 맡기고. 기술적인 부분은 대부분 중국 사람들이 들어와서 해요. 자기 나라의 자재, 인력을 들여와서 관리하고, 중국 사람들에게 돈을 주는 거죠. 아프리카 대부분 국가에서 그렇게 해요. 그 다음에 중국 인구가 워낙 많다 보니 이주정책을 쓰기도 하는데, 이렇게 중국에서 온 사람들 중에 범죄자도 있다고 해요. 이런 사람들을 아프리카로 데려와서 돈을 주고 일을 시키고, 아예 아프리카로 이주해서 살도록 정착금을 주기도 해요. 중국에 비해서 물가도 저렴하고, 지원금도 받고, 일하면서 돈도 벌 수 있으니까 이주해오기도 해요. 저희가 있던 카지아도 지역의 경우에는 2007~2008년에 중국 사람들이 들어와서 도로공사를 했었어요. 다른 큰 도시에는 아마 더 일찍 왔겠죠.

이 분야가 국제구호, 국제개발, 국제개발협력 등 다양한 명칭으로 불리고 있는데, 어떤 표현이 더 의미 있고 적합하다고 생각하시나요?

이영아 예전에는 원조사업, 구호사업이라고 많이 얘기했었는데, 최근에는 단순히 구호물품만을 지원하고 전달하는 게 아니라서 전반적으로 이런 활동을 구호활동이라고 하지는 않고, 통상적으로 하나의 용어로 쓰기로 했던 것은 국제개발협력이라는 단어에요. 그런데 다들 잘 와 닿지가 않아서 이 용어에 대해서 얘기가 많은 것 같고, 개발이라는 단어도 영어로는 development라고 하는데, 뭔가 개발한다는 표현이 연상시키는 게 부정적인 부분도 있고, 그래서 이 용어에 대한 논란도 많은 것 같아요. 이 용어가 발전, 개발 등 여러 가지 의미가 있는데 발전이라는 표현에는 자율성, 자발성 이런 의미가 담겨 있지만 개발이라는 표현은 수동적이거나 강요의 의미도 있기 때문에 용어 자체에 대해서는 계속 논쟁이 많은 것 같아요. KOICA에서 발행한 용어집이 있는데 거기에서는 통상적으로 '국제개발협력'이라는 단어를 사용하고 있어요.

__**강성원**__ 저는 방향성에 따라 이름이 붙여진다면, 운동movement이라는 표현이 맞지 않나 생각이 드는데요. 운동이라고 하면, 예를 들어 주민을 도와주거나 하기보다는 주민이 자신의 삶과 지역의 이슈들을 발굴하고 스스로 이슈를 해결할 수 있게끔 도와주는 역할과 그런 도움을 받은 주민들이 자신의 상황을 바꿀 수 있도록 계속적으로 삶 속에서 운동을 일으켜가는 것, 정치적인 문제와 관련해서 이슈를 제기하거나 그걸 풀어가기 위해서 활동을 한다거나 하는 협력 활동, 그런 운동을 지원하고 협력하는 활동이라는 측면에서 국제연대운동이라고 이야기할 수 있지 않을까 싶어요. 구호나 개발과 같은 용어의 경우에는 대상이 있고, 지원해주는 사람이 있다는 걸 가정하는데, 연대와 같은 경우에는 동등한 협력 관계 속에서 운동을 통해서 주체성을 만들어가는 이런 부분이 결합되어야

하지 않을까 싶어요. 이런 활동의 목적이 단순히 우물이나 학교 등을 지원해주는 것이 아니라 그런 과정에서 우물을 지원한 후에 이 사람들이 마을개발을 스스로 해냈다는 성취감을 갖고 다음 단계로 어떻게 갈 수 있을지와 같은 부분이 더 중요하다는 생각이 들어요.

한국에서 온 단체들 외에 다른 국가에서 온 단체도 많나요?

이영아 엄청 많죠. 규모도 다르고. 국제적인 단체 같은 경우에는, 예를 들어 월드비전 같은 경우에는 케냐에 있는 직원이 1,000명이 넘어요. 대부분 현지인들이구요. 1년 정도 활동하는 인턴십 같은 경우는 외국인들이 많아요. 옥스팜 같은 경우 케냐 지부는 지부장이 영국 사람이고, 그런 단체 같은 경우는 현지 지부에 권한을 많이 주는 것 같아요. 영국에 있는 본부에서 통제하는 것이 아니라 지역의 특징에 맞춰서 운영하는 것 같아요. 그런 방향이 옳다고 생각해요. 현지에서 활동하는 사람들이 어느 정도 권한이 있어야 하고, 주축이 될 수 있게. 1~2년 있다가 가는 활동가가 아니라 정말 오랜 기간 그 지역에서 활동하면서 지역을 잘 알고 있는 현지 지부장이 있는 경우에는 그 지부에 권한을 주어야 되지 않을까 생각해요.

한국 단체나 국제 단체들이나 다른 단체들을 접하게 되면서 갈등은 없었는지, 함께 협력해서 사업을 진행해야 하는 경우도 있을 것 같은데 그런 경우에 협력이 잘 이루어지는 편인지 궁금해요.

이영아 프로젝트를 진행하기 전에 여러 군데 지역조사를 하는데, 그 지역에 다른 단체가 지원을 하는지 안 하는지도 조사를 하거든요. 다른 단체에서 그 지역을 지원하고 있는 경우에는 그 지역을 제외하구요. 엔요뇨르라는 마을에 2009년부터 지원을 했는데, 핸드펌프를 지원하고 학교를 지원하고 급식프로그램을 지원했는데, 1년짜리 프로젝트였어요. 마을에서 급식프로그램을 계속 운영할 수 있도록 운영위원회랑 어떻게 이것을 계속 운영할지 논의를 했어요. 그곳에 공터가 있었거든요. 그 공터를 갈아서 인키니 농장처럼 일구자고 해서 1년 넘게 논의를 했어요. 그리고 같이 정부를 찾아가서 수도가 연결될 수 있도록 지원을 요청했고, 정부에서 확답을 받았거든요. 1년 반 동안 그 작업을 계속했는데, 잘 안 됐죠. 마을 사람들이 와서 밭도 갈고 했지만 잘 안 됐어요. 그런데 어느 날 적십자에서 와서 엔요뇨르 학교에 물탱크와 모터 펌프와 비닐하우스를 설치해주기로 했어요. 저희는 노동력이 필요한 경우에도 마을 사람들이 자원해서 하는 방식을 고집했는데 잘 되지는 않았어요. 그런데 적십자에서 하니까 마을 사람들이 와서 일을 잘 하는 거예요. 그래서 궁금해서 보니까 적십자에서는 하루 일하는 데 얼마씩 주는 방식으로 마을 사람들을 고용한 거였어요. 이런 방식이 잘못된 것은 아니지만, 어쨌든 정부 지원을 받고 마을에서 자체적으로 해결할 수 있도록 진행을 해왔는데 어느 순간 적십자에서 들어와서 비닐하우스 등을 지원해주니까, 이런 부분들은 같이 이야기했으면 좋았을 텐데 하는 생각이 들었어요. 이후에도 사람들이 밭을 어떻게 갈까 주의 깊게 살펴봤는데, 학교운영위원회에서 한 사람을 고용한 거였어요. 근데 그 분이 마사이 사람은 아니었고, 원래 농경민족인 캄바 사람이었어요. 그 분을 고용해서 작물을 키워서 일부는 그 분이 가져가고 일부는 학교에서 가져가는 방식이었어요. 그러다 보니까 밭을 갈고 하는 게 다르더군요. 작물이 잘 자라면 본인도 많이 가져갈 수 있으니까. 그렇게 머리를 썼더라고요.

강성원 인키니에서 농장을 운영하면서도 그런 일이 있었는데, 마사이 사람들이 오랜 시간동안 유목생활을 했는데, 기후변화로 가뭄이 들어 소가 많이 죽고, 그러면서 새로운 대안까지는 아니지만 농사를 유목과 병행해서 먹거리를 스스로 만들 수 있도록 하기 위해 농사교육을 진행했는데, 저희는 그런 걸 크게 못 느꼈는데, 가뭄이 오랜 기간 왔었거든요. 사람들도 가뭄의 심각성을 느끼면서 소만 키우며 살기는 힘드니까 저수지도 있고 물도 있으니까 농사를 잘 지어서 가뭄에도 살아갈 수 있도록 해 보자. 그렇게 시범농장을 시작했는데 가뭄이 들었다고 하니까 UN에서 이 지역에 식량 지원이 확 들어왔어요. 그러니까 사람들은 굳이 땀 흘려서 농사일을 할 필요가 없는 거죠. 가뭄이 왔다고 하면 그냥 뭘 주니까. 그러니까 일손을 놓고 다 식량을 받으러 가는 거죠. 학교 없다고 하면 학교 지어주지, 식량 없다고 하면 식량 갖다 주지, 이렇게 되다 보니 사실 사람들이 뭔가를 하지 않아도 살 수 있는 거죠.

그럼, 단체들 간에 함께 협력하거나 논의할 수 있는 틀은 없나요?

강성원 케냐에 카지아도 지역 같은 경우에는 단체들 간의 협의체가 있었어요. 카지아도 식수 포럼Water and Sanitation Forum이라고 해서 식수를 지원하는 단체가 다 모여서 같이 정보를 공유하는 모임이 있는데, 저희도 참여를 했었어요. 지역 상황을 공유하자라는 문제의식이 있었어요. 하지만, 자기 사업, 자기 지역에 대한 이해관계가 더 큰 거죠. 그러니 처음에는 많이 참여했어도 점점 갈수록 얻을 게 별로 없으니까 모임이 죽어갔죠. 사람 모으는 것 자체가 힘들게 되고, 사람들이 안 나오니까 나와서 딱히 얻어갈 것도 없고. 이런 과정 속에서 모임에 위기가 왔죠.
그 다음에 한국 단체들 간에는 연합회라는 게 생겼어요. 케냐에 있는 한국 NGO 활동가들의 모임이라고 할까. 거기에서는 공동의 과제에 대해서 논의하거든요. 자원활동가들이 왔을 때 비자 문제라든지, 신규 활동가들이 왔을 때 전체적으로 모여서 교육을 한다든지, 전체 워크숍을 통해서 단체 보고도 하고 어려운 부분에 대해서 논의도 하고, 상반기, 하반기 이렇게 한 번씩 모여서 논의하는 자리가 있었어요. 다양한 지역에 대한 얘기도 하고, 케냐에 새로운 단체가 들어왔다고 하면 연합회에서 지역에 대해 소개도 시켜주고. 지금은 이 모임이 어느 정도 안정적으로 운영되는 편이고 정보도 활발히 교류하고 있죠.
케냐뿐만 아니라 캄보디아나 네팔, 몽골 등에서도 이런 모임이 만들어져서 서로 협력하고 논의도 하고 있죠. 현지에서도 지부장들이나 선교사들이 지역에서 이런 모임을 해보자 이런 마인드가 있어야 하는데, 아닌 분들도 있죠. 나만 잘하면 된다고 생각하는 분들도 계시는데 이런 분들은 참여를 하지 않기도 하고, 이런 분들이 많은 지역은 아예 모임 자체가 안 생기는 경우도 있죠. 같이 모여서 뭔가를 할 수 있는 조건이 안되는 거죠. 내가 하고 있는 일이 빛나 보여야 하고, 그래야 후원자들에게 후원을 받을 수 있고, 이러다 보니 협력하기가 어려운 점이 있는 것 같아요. 제가 요즘 말라위 지역을 지원하려고 조사를 하고 있는데, 그곳에 계신 지부장님들은 그런 모임을 좀 꺼리신다고 하시더라구요(웃음).

보통 1~2년 동안 머물다가 한국으로 돌아오는 경우가 많은 것 같은데, 현지에서 계속 거주하시면서 활동하는 분들도 있나요?

이영아 보통 자원봉사나 활동가들은 1~2년 정도 활동해요. 월드비전이나 굿네이버스는 지부장 임기가 5년으로 알고 있고, 오랫동안 활동하신 분들 중에는 종교 없이 활동하는 경우는 거의 없어요. 10년 이상 계셨던 분들은 대부분 선교사들이었고, 50~60대들이 많고, 20년 넘게 계신 분들도 꽤 있었죠. 케냐는 기독교 인구가 많은 편인데, 저는 특별한 종교를 갖지 않았는데, 저처럼 종교 없이 활동하는 걸 특이하게 보시는 것 같았어요.

강성원 선교사들은 하느님의 부르심을 받고 여기에 왔는데, 믿지 않는 너희가 여기에 와서 어떻게 활동을 하느냐 이렇게 생각하시는 분들도 계셨어요. 요즘에는 1~2년씩 케냐에 들어와서 활동하는 사람들을 보고 놀라기도 하세요. 어떻게 그렇게 가볍게 올 수 있느냐, 우리들은 죽을 각오를 하고 케냐에 왔었는데, 이런 얘기도 하시죠.
단체들은 지역에서 오래 살아오면서 지역을 잘 아는 사람이 필요하고, 선교사들은 재정을 지원해줄 단체가 필요하고 이런 이해관계가 잘 맞아 떨어졌던 것 같아요. 선교사들은 저희를 보면서 "너희는 잠깐 있다 가는 애들 아니냐?" 이렇게 생각하시는 경우가 많았는데, 저희들은 이 분야도 나름대로 전문적인 분야라고 생각하고 일정한 프로세스와 평가, 전문적인 역량이 필요하다고 판단하는데 오래 계셨던 선교사들은 이와 관련해서 조금 약한 부분이 있지 않나 생각이 들기도 해요. 예를 들어 회계관리, 평가, 성과도출 같은 부분도 그렇고. 그래서 NGO와 선교사들, 이 양쪽이 어떻게 서로 보완해 가느냐가 중요한 과제인 듯해요.

1~2년 단위로 사람이 바뀌면 사업 연계나 이런 부분이 원활하게 이루어지는 편인가요?

이영아 잘 안 되는 편이에요. 활동가의 성향에 따라 사업이 확 바뀌기도 하고. 그런 경우가 많아요. 제대로 못하는 경우도 있고. 그런데 오래 있다고 꼭 잘 하는 것도 아닌 것 같아요.

강성원 제 생각에 앞으로의 방향은 한국에서 간 활동가가 오래 머물면서 활동하는 것보다는 현지활동가가 중심이 돼서 활동하는 것이 필요한 것 같아요. 팀앤팀 같은 경우가 그런데, 현지활동가가 지부장이 되면서 운영의 주축을 이루고 한국에서 온 활동가들은 그분들을 지원하고 한국과 소통하는 역할 정도를 맡고 있는데 앞으로 이러한 형태가 적절하지 않을까 생각해요.

말씀하신 그런 방향이 요즘 활동의 대체적인 방향성이라고 볼 수 있을까요?

이영아 선교사들은 세대가 달라서 그런지 생각이 많이 다른 편이구요. 20~30대 활동가들은 이런 생각들에 공감을 많이 하는 것 같아요. 그런데 이렇게 하려고 많이 애쓰지만 현실적으로는 바꾸는 게 되게 어려워요. 한국 지부에서도 이런 부분에 동의를 해야 하는데, 아직 많이 부족한 것 같아요. 왜냐하면 의사결정권을 갖고 있는 분들은 대부분 1세대들이 많으니까.

강성원 그렇게 되면 뭔가를 뺏긴다는 생각을 하시는 것 같기도 해요. 우리 건데, 우리가 만들었는데, 왜 현지인에게 줘, 이렇게 생각을 하시는 것 같아요.

이영아 원래 우리 게 아닌데, 누구 소유가 아닌데.

글에서 함께한 현지활동가들이 종종 등장하는데, 현지활동가들의 역할이나 권한도 궁금해요.

이영아 2007년에 성원씨가 들어가고, 1년 있다가 프로젝트 매니저가 한 명 들어가고 좀 더 있다가 다른 사람들이 들어갔는데, 한국 활동가의 성향과 특징에 따라 현지활동가의 활동 범위가 정해지는 경향이 있는 것 같아요. 저희랑 같이 일했던 조이스라는 친구는 2009년부터 함께 일했는데. 처음에 같이 일할 때 이 친구는 이런 단체에서 일한 경험이 없었어요. 그래서 프로젝트 매니저가 매일 오늘은 어떤 일들을 해야 하는지 체크리스트를 정해서 주는 방식으로 했어요. 모든 활동 범위를 다 정해주는 방식으로. 그런데 나중에는 당신의 활동 계획은 당신이 세워야 한다, 활동 범위를 일일이 다 정해줄 수 없다, 이런 얘기를 했어요. 그런데 그 친구는 그런 방식을 되게 버거워했던 것 같아요. 자기가 무슨 일을 해야 하는지 계획을 세워보라고 하면 많이 힘들어했던 것 같아요.

강성원 과정인 거죠. 활동 범위를 다 정해주는 방식으로 활동을 했던 사람에게 자신의 계획을 가지고 활동해보라고 얘기하면 버거울 수 있는데 배워가는 과정들, 예를 들어 제가 있을 때는 식수사업을 직접 한 번 해보라고 주기도 했어요. 점차적으로 그 현지활동가가 할 수 있는 역할들을 늘려 주고, 점점 자신도 고민을 하게 되고 계획을 세우게 되고, 이런 방식으로 하게 되는 거죠. 한국인 지부장이 있고 상명하달식으로 활동이 진행되는 경우가 많은데, 저희 같은 경우는 현지활동가의 역량을 강화해서 이 분들이 현지 지부장이 될 수 있다는 생각을 갖고 있어요. 그래서 현지활동가가 스스로 계획을 세우고 실행하고 평가까지 가능할 수 있도록 계속 현지활동가들의 역량이 커갈 수 있게끔 해야 한다고 생각해요. 나중에는 다른 영역도 볼 수 있게. 회의를 진행할 때도 자기가 맡은 분야에 대해서 직접 보고하고. 그렇게 진행했어요.

한국에서 간 활동가들은 가기 전에 자기 역할이 어느 정도 정해진 상태로 가지 않나요? 그런데 현지활동가들은 정해진 역할이 없는 건가요?

강성원 물론 있죠. 처음에는 현지활동가들이 통역을 하고 한국 활동가들이 주가 되죠. 한국 활동가들이 모임을 진행하고, 관련한 보고서도 작성하고. 이런 방식으로 진행이 되다가 현지활동가들의 역할이 시간이 지나면서 바뀌는 거죠. 현지활동가들이 주가 되고, 한국 활동가들이 이들을 지원하고 보조하게 되는 거죠. 그러면서 현지활동가들이 자원활동가들을 관리하는 역할도 경험해보게 되고, 자기 역량을 키워가게 되는 거죠. 단체들이 활동가들의 역량을 키워주고 활동을 열어두고 가느냐, 아니면 역할을 한정해서 주어진 역할만 담당하게 하느냐는 그 단체의 방향성이라든지 지부장이 어떤 방향으로 운영할 것이냐에 따라 달라지죠.

한국인 활동가들이 같이 지내면서 항상 좋지만은 않았던 것 같은데 에피소드도 많을 것 같아요.

이영아 일과 생활을 같이 하잖아요. 그러다 보니까 일하는 시간을 빼고는 거의 같이 있게 되는데, 기분이 안 좋을 때도 있고, 우울할 때도 있고, 화가 날 때도 있는데, 같이 살면 서로의 감정들이 다 보이는 거죠. 그러다 보니 같이 생활하는 사람들에게 그 기운이 다 퍼져요. 어느 한 사람이 좀 피곤하고 지쳐서 방안에 처박혀 있으면 아무래도 신경이 쓰이고. 공동생활을 하다보니까 저희가 규칙을 정하거든요. 식사나 청소 등 당번을 정하고 시간도 정해놓는데, 초반에는 다들 긴장하고 지내서 잘 지켜지는

데 시간이 지나면서 잘 안 되는 거죠. 하는 사람만 하게 되고. 저 같은 경우는 다른 여성분들과 같은 공간에서 살았는데, 공동의 공간에 대해서는 청소를 잘 안 했어요. 예를 들면 방 청소는 각자 하는데 화장실은 같이 쓰지만 화장실 청소는 잘 안 되는 거죠. 부엌 공간이나 사무실도 공동 공간인데 이런 게 잘 안 될 때 갈등이 생겼던 것 같아요. 연말 행사를 했었는데, 거기서도 음식을 만들거나 할 때 다같이 해야 하는데 그게 잘 안 되죠. 한두 사람만 한다거나.
그리고 제가 케냐에 갈 때 배추씨앗을 가지고 갔어요. 케냐에 가서 심어야겠다고. 인키니 농장 한 귀퉁이를 얻어가지고, 제가 무랑 배추를 심었어요. 엄청 잘 자랐어요. 근데 갑자기 케냐 농촌진흥청에서 나이로비 수도에 배추랑 무를 심었는데, 그걸 저희한테 엄청 많이 주셨어요. 농장에서 배추랑 무를 수확해야 하는데, 이미 받은 배추랑 무로 김치를 엄청 많이 담가놓았어요. 배추랑 무를 지금 수확하지 않으면 못 먹을 텐데, 그런 생각을 하다가 에라, 모르겠다고 하고 다 뽑았어요. 안 뽑으면 병충해 때문에 다 죽으니까. 그래서 다 뽑아 왔는데, 사람들이 이걸 다 뽑아 오면 어떻게 하냐고 얘기하니까 갑자기 화가 났어요. 땡볕에서 땀 뻘뻘 흘리면서 수확했는데 그런 취급당하니까 기분이 나빴죠. 그래서 그 이후로 배추와 무를 안 심었어요.

<u>**강성원**</u> 사는 것은 사실, 관계잖아요. 한국에서는 안 봐도 되고, 여기서 문제가 있어도 나가서 풀 데가 있어요. 영화를 본다거나 다른 친구를 만나거나 술을 마시거나 다른 방식으로 풀 데가 있는데, 거기서는 딱 그 공간 안에서 싸워도 같이 앉아서 밥을 먹어야 되고 밖에 나가서 풀 데도

없고, 낯선 곳이기도 하고. 그러다 보니 계속 갈등이 쌓이는 거죠. 작은 일에도 부딪히고 그러다 보면 임기를 다 못 채우고 관계가 힘드니까 한국으로 돌아오는 분도 생겨요. 거기서 부딪히는 일들은 한국에서와 크게 다르지 않은 것 같아요. 예를 들어 설거지를 했는데, 각자 기준이 다르니까 왜 이렇게 지저분하냐고 생각하는 사람도 있고.

이영아 예를 들어 4명이 같이 살았는데, 어떤 사람은 아침을 잘 안 먹는 사람이 있는데 자기가 당번이면 꼭 아침을 해야 하는 거죠. 그러다 보니까 "내가 밥을 안 먹는데 아침을 꼭 해야 돼?" 이렇게 생각을 하는 거죠. 현장에 갔다가 당번인데 늦게 들어오는 경우가 있어요. 그런 경우에 보통 숙소에 있는 사람이 식사 준비를 하거든요. 근데 남아 있는 사람들이 식사시간이 다가오는데 서로 눈치를 보고 있는 거죠(웃음). 근데 보면 늘 하는 사람이 하는 것 같아요. 그럴 때 왜 꼭 내가 해야 되나 이런 생각들을 하게 되니까.

그런 갈등이나 스트레스는 어떻게 풀었나요?

강성원 갈등을 풀어가는 소통, 이게 정말 중요한데. 정말 힘들면 같이 보고 얘기하는 것 자체가 힘드니까. 어떻게든 2주에 한 번씩 다 같이 모여앉아 무거웠던 마음을 얘기하고 꺼내놓는 자리를 만들었어요. 사실 꺼내놓고 보면 아무 것도 아닌데, "네가 그렇게 생각했구나. 미안해." 한마디하면 풀릴 수 있는 부분인데, 그걸 꺼내놓는 것 자체를 힘들어하는 거죠. 처음에는 자기 마음을 꺼내놓기 어려웠는데, 그래도 2주에 한 번씩 계속 진행하다 보니 전보다 쉽게 자기 얘기를 꺼내놓게 됐죠. 그 속에서 내 마음의 갈등이 조금은 해결되는 걸 느끼니까 나중에는 적극적으로 표현하더라고요. 그렇게 하는 것이 관계의 문제를 푸는 데 많이 도움이 되었던 것 같아요. 그런데 그게 잘 안 돼서 갈등이 많이 생기기도 했죠.

이영아　보통 이런 사소한 얘기는 할 수가 없잖아요. 그래서 저는 성원 씨랑 얘기했어요. 그리고 2주에 한번씩 마음 나누기를 했는데 100% 풀지는 못했지만, 최악으로 흐르지는 않았던 것 같아요. 또 저는 한국 활동가들한테 스트레스를 받았을 때 마을에 가면 풀리는 경우가 많았어요. 그냥 토요일에 마을로 가서 풀 때도 있었던 것 같아요. 새벽에 오토바이를 불러서 마을에 가고 그랬죠.

강성원　저희 단원 중에도 외로움을 많이 느낀 친구가 있었어요. 그래서 누군가 자기를 돌봐줬으면 하는 마음이 있었는데, 사실 한국 활동가들은 너는 활동가이고 나도 힘든데 너까지 어떻게 돌봐주냐 이런 생각이 있으니까 그 친구는 마을에 가면 그런 돌봄을 받는 거죠. 마을에 가면 사람들이 자꾸 놀러오라고 하니까. 가만히 있으면 식사도 주지, 잠자리도 봐주지, 그러니까 편한 거죠. 한국 활동가들과의 관계에서 생기는 갈등을 마을에서 지지받고 보호받으면서 치유되는 거죠. 그래서 이 친구는 주말마다 마을에 갔어요. 반대로 주말에 마을 사람들이 사무실로 놀러 오는 경우도 있는데, 식사도 챙겨줘야 되고 아이들이 오면 아이들 뒤치다꺼리도 해줘야 되고 피곤한 것도 있지만 그게 관계 맺는 과정이고 필요한 부분이라는 생각이 들죠.
지금과 비교해보면 그곳에서는 아침에 일어나면 정말 상쾌했어요. 몸이 스트레스도 덜 받고, 느리게 생활하니까 몸은 별로 긴장을 안 했던 것 같아요. 아침에 일어나는 거나 잠자는 게 가벼웠던 것 같아요. 먹는 것도 간소하게. 근데 여기 도시에서의 삶은 팍팍한 게 있고, 긴장감도 더 크고. 워낙 또 빠르니까. 항상 모니터 앞에서 전자파를 받으면서 생활하니까. 거기서는 밖에 나가면 소가 풀 뜯고 있고, 양이 뛰어 다니고 있고, 낙타가 지나가고 밤이면 정말 별이 쏟아질 것 같고 은하수가 펼쳐져 있고.

활동을 하거나 주민들을 만날 때, 이를테면 활동의 원칙이나 방식 등이 달라서 갈등이 생기는 경우도 있었을 것 같아요.

이영아 저희는 서로 달라서 많이 힘들었던 경우도 있었어요. 헤어지기 직전까지 갈 정도로. 인키니를 담당할 때였는데, 제가 담당자였고 성원씨는 지부장이었는데, 그때 저희가 물 때문에 분쟁이 일어나서 펌프를 멈췄거든요. 펌프가 멈추니 인키니 농장 농작물이 제대로 자랄 수가 없었죠. 그때 마침 한국에서 스님이 상을 받으셨어요. 상금을 인키니 농장에 기부하시겠다고 말씀하셨어요. 인키니 마을에서는 새로운 시추공을 개발하고 빗물을 받을 수 있는 저수지를 만들어 부족한 물을 확보하자는 의견이 나오고 있었죠. 저수지 개발 진행 방법에 대해서 저와 지부장인 성원씨의 의견은 서로 비슷했어요. 농장 운영위원회에서 마을에서 저수지를 만드는 방식대로 진행하자고 제안했고, 운영위원회에서 주도적으로 업체

와 비용, 진행 일정을 짜기로 했었어요. 제가 활동하면서 지키려고 했던 원칙은 "마을의 문제는 마을 사람들이 해결한다. 마을 사람들이 움직이지 않으면, 아무것도 하지 않는다."였어요. 이사장 스님이 케냐를 3월에 방문하셨는데, 9월에 다시 방문하시겠다고 하셨어요. 그래서 서울 사무국에서는 9월까지 저수지를 완성하라고 했죠. 어쨌든 3월부터 진행을 하려고 하는데, 마을 사람들한테 저수지가 급한 것은 아니잖아요. 소 풀도 먹여야 하고, 아이들 학교도 보내야 하고, 물도 뜨러 가야 하고. 저수지가 없다고 당장 무슨 일이 일어나는 것이 아니니까 당연히 그럴 수밖에 없는데, 운영위원회에서 무엇을 해야 하는지 알았지만 자신들의 삶을 살아야 하니까 하지 못했죠. 그렇게 두 달이 지나갔고, 저도 담당자로서 저수지 관련해서는 아무 일도 하지 않았어요. 마을 사람들이 안 하니까. 그런데, 서울 사무국에서는 이런 상황들을 이해 못하니까 지부에서 주도적으로 해서 일정 내에 마무리하라고 한 거죠. 제가 말을 하도 안 들으니까 성원씨에게 이야기하는 거예요. 담당자를 바꾸라는 말까지 나왔죠. 서울 사무국에서는 다른 마을의 모범이 될 수 있도록 '잘' 만들라고 주문했죠. 마을에서 저수지를 파면 그냥 물이 보이는데 한국에서 하라는 대로 하면 돈도 너무 많이 들고, 그래서 "왜 굳이 그런 방식으로 해야 되지?"라는 생각이 들었죠. 서울에서는 주도적으로 기한에 맞춰서 개발을 해야 한다고 얘기했어요. 그렇지만 저는 그렇게 하지 않았던 거죠. 성원씨는 서울에서 계속 압박을 받으니까 해야 되지 않을까라는 입장이었고, 그래서 저희가 헤어질 뻔 했었죠. 일주일동안 말을 안 했던 것 같아요. 어느 날은 다같이 밥 먹다가 갑자기 저수지 얘기가 나왔는데, 제가 성질머리가 더러워서 숟가락을 탁 놓고 나가버렸어요. 같이 있던 활동가들이 엄청 힘들어했었죠.

강성원 분위기도 싸하고, 엄청 눈치를 많이 봤죠.

이영아 이렇게 할 거면 저는 한국 가버리겠다고 했죠. 성원씨 입장은 이해가 되요, 중간에서. 이해는 하지만 화가 난 건 어쩔 수 없었죠.

이런저런 갈등도 있었겠지만 또 함께 생활하다 보니까 서로 좋아하는 마음도 생길 것 같아요. 두 분처럼. 같이 활동하시는 분들 간에 연애를 하거나 커플이 되는 경우도 종종 있나요?

이영아 다른 단체 사람들을 만나는 경우도 있고.

강성원 비슷한 연령대고, 선택지가 별로 없고, 외롭고. 현장에 대부분 여성분들이 많았어요. 그러다 보니 남성분들이 오면 그런 일들이 많이 생겼어요. 외부에서도 있고, 내부에서도 있고. 그리고 현지인과도 있고. 저희 활동가 중에서도 현지인과 연애를 하게 된 경우가 있었죠. 현지인들과 연애를 하면 같이 살 게 아니면 어쨌든 떠나와야 하니까 그런 부분들을 서운해 하고 속상해 하는 경우가 많았죠.

이영아 저희는 같이 활동하면서 서로 도움이 많이 된 것 같아요. 활동하면서 서로 힘이 되기도 했고, 활동에 대해서도 많이 고민하게 되고. 현장에서 만난 커플들은 이상하게 한국으로 돌아오면 대부분 헤어지더라고요. 저희 둘한테는 도움이 되었지만, 같이 생활했던 사람들은 불편했을 수도 있어요. 저희는 캄보디아에서 만났을 때부터 좋아하기 시작했는데, 캄보디아에서는 주변 사람들이 좀 힘들어했어요. 그래서 공동체 생활할 때 좀 힘들었던 것 같아요. 캄보디아에서는 9명이 함께 생활했는데, 그 중에 두 분이 엄청 싫어했어요.

강성원 저는 지부장이고, 영아씨는 봉사단원이었는데 지부장이 단원이랑 더 얘기를 많이 하니까 프로젝트 매니저를 맡고 있던 분은 지부장이랑 단원이랑 얘기해서 일도 처리해버리고 그러니까 서운해 하고, 영아씨만 챙긴다고 화도 내고. 그리고 휴가 갈 때도 두 사람이 가버리고 그러니까 일이랑 관계가 얽히니까 힘들 수밖에 없었죠. 그런 일들을 겪고 나서 케냐로 왔을 때는 둘이 조심을 했던 것 같아요.

이영아 케냐에 저는 프로젝트 매니저로 왔고, 단원들은 저보다 어린 친구들이었어요.

강성원 캄보디아에 있을 때 제가 지부장이었는데, 프로젝트 매니저들은 저보다 나이가 훨씬 많았어요. 다른 단원들은 어린 친구들이었고. 캄보디아에 있을 때는 저희도 같이 생활하는 분들을 배려한 건 없었던 것 같기도 해요. 둘이 좋은데 뭐, 약간 이런 생각도 있었던 것 같아요(웃음). 그런 부분들을 같이 얘기하고 풀 수 있는 기회를 마련했으면 좋았을 텐데, 그러지 못하다 보니 다른 분들과 관계가 멀어졌던 것 같아요. 그게 좀 안타깝기도 하고. 영아씨가 많이 힘들었죠.

이영아 이유 없이 미움당하는 느낌이랄까.

현지 주민들의 문화와 삶을 존중해야 하겠지만, 활동가들이 갖고 있는 원칙들과 충돌하거나 배치되는 경우도 있을 것 같아요. 예를 들어 여성에 대한 가부장적이고 차별적이고 억압적인 문화나 아동노동처럼. 그런 얘기도 듣고 싶어요.

이영아 마을회의를 하면 의자에는 남성들만 앉고, 여성들은 땅바닥에 앉았어요. 도대체 왜 남성들만 앉아야 되나 이런 생각이 들었어요. 마을회의 할 때 특히 가부장제가 정말 심하다는 걸 느껴요. 여성분들은 이야기를 안 하시고 남성들만 이야기하고. 그렇게 남성들만 의자에 앉아 있는 게 보기가 싫었어요. 여성분들이 차별받는 게. 그래서 다음 회의 때는 의자를 많이 갖다 놓았어요. 그러다 보니까 여성분들도 앉으시더라고요. 가장 이해할 수 없었던 것은 여성들이 아직도 할례를 해요. 저는 개인적으로 할례에 반대하는 입장이었는데, 정말 폭력적인 것이고, 할례를 통해서 고통을 받기도 하고 죽기도 하고. 이걸 과연 문화로 받아들여야 되는지. 할례를 하는 걸 보면 보통 할머니나 엄마들이 권유를 하는데, 이걸 하지 않으면 결혼을 못한다. 시골마을로 들어갈수록 더더욱 그랬는데, 이걸 과연 문화로 받아들여야 되는 건가 아니면 홍보를 해서 잘못됐다는 것을 알려나가야 되는 건가 갈등이 많았어요. 그리고 학교에서 여학생들이 개학을 할 때 그만두는 경우가 있었거든요, 임신을 해서. 그런데 사람들의 삶을 보면 이 학생들은 열너덧 살인데 마을 아저씨들이 아이들을 임신을 시키는데, 이게 성폭력인데, 성폭력인지조차 모르는 거죠. 성관계라는 게 그 사람들 사이에서는 그렇게 이루어지니까. 그런 걸 보면서 되게 화가 나더라고요. 성폭력인지조차 모르고, 그 여학생들은 아이를 낳아서 아이를 키워야 되는 입장이고, 이런 걸 과연 문화로 받아들여야 하는 건가 계속해서 내 마음에 내적 갈등이 있었어요.

이런 부분과 관련해서 인식 개선을 지원하는 단체도 있고, 할례를 반대하는 여성 단체도 있어요. 조혼에 반대하는 활동을 하는 단체도 있고. 하지만, 많은 사람들의 인식이 바뀌거나 하지는 않았던 것 같아요. 그래서 초반에 고민을 많이 했어요.

〈화이트 마사이〉라는 케냐를 배경으로 한 영화가 있는데 백인 여성이 여행을 왔다가 마사이 남자한테 반해서 결혼을 해서 사는데 가부장적인 현실을 보고 엄청 분노하는 장면이 있어요. 그래서 여성이 지역에서 활동하는 백인 선교사한테 찾아가서 당신은 도대체 여기에서 뭘 했느냐고 화를 내면서 얘기를 하는데, 그 선교사가 하는 얘기가 "받아들이지 않으면 여기서 살 수가 없다."라는 얘기를 했어요. 그 영화를 보고, 우선 이 사람들의 삶을 인정하고 받아들인 후에 고민해야 할 부분인 것 같더라고요. 그저 아니라고 얘기할 문제는 아니라는 생각이 들었는데, 아직도 잘 모르겠어요, 어디까지 문화로 받아들이고 존중해야 하는지.

강성원 급작스럽게 변화를 준다거나 우리가 강하게 얘기하면 보일 때는 개선된 모습으로 행동하겠지만, 다시 원래대로 돌아갈 가능성이 크고. 그 사람들의 인식이 변해야 할 필요가 있고 시대가 어떻게 돌아가고 있는지 알고 자연스럽게 인식이 변화될 수 있는 방향으로 가야 하는데, 그렇지 않고 강압적으로 하면 그게 그들에게 폭력일 수도 있죠. 그런 부분이 왜 나쁜지 문화적으로 어떻게 받아들여지고 있는지 충분히 마을 사람들과 이야기를 하는 것이 필요하겠죠. 그래도 당장 바뀔 것 같지는 않아요. 한국의 경우도 시대가 바뀌면서 변화했지만, 여전히 바뀌어야 할 부분들이 많고.

이영아 마을에서 살아가는 여성분인데 NGO 활동을 하면서 생각이 달라진 분들도 계시고, 그런 분들이 얘기할 때 마을 사람들이 받아들이는 건 또 다른 것 같아요.

강성원 그런 분들의 역할이 중요하죠.

이영아 아무리 외부 사람이 이야기해도 잘 들리지 않는 거니까.

강성원 케냐의 법이 영국 법을 많이 참고해서 그런지 케냐 사람들도 양성평등에 대한 얘기를 많이 해요. 그래서 예를 들어 회의를 구성한다고 하면, 꼭 여성이 일정한 비율로 들어와야 된다고 인식하고 있어요. 의회를 구성할 때도 여성이 일정한 비율을 차지해야 한다고 하고. 그런데 그것들은 시스템 상으로 형식적으로 인식하는 거지 생활 속에서 성평등이 이루어지는 건 아닌 거죠.

활동하면서 특별히 기억에 남는 순간이 있나요?

<u>이영아</u>　우리가 지내는 카지아도에서 엔요뇨르 마을로 가려면 오토바이를 타고 한 시간 정도 가거든요. 어느 날은 한 아이가 제 가방을 뺏어서 그 친구 집에서 자게 됐어요. 아이가 자기 집에서 자야 된다고 해서 그 집에 가게 되었는데, 아주머니가 해주는 식사를 먹고 잠을 자고 다음 날 일이 있어서 나오려고 하는데, 학교운영위원회 위원장님이 오토바이가 있었어요, 그 오토바이를 불러가지고 타고 가면 된다고 얘기했는데 아주머니가 갑자기 저한테 300실링을 손에 쥐어 주셨어요. 마을에서 나올 때 보통 사람들이 뭘 사다달라고 부탁을 하는 경우가 있었거든요, 그래서 뭘 사오라고 하는 건가 생각을 했어요. 그런데 "pocket money"라는 거에요, 용돈이라고. 그때 "이건 뭐지?"이런 생각이 들었어요. 이런저런 생각을 많이 하게 되었죠. 마을 사람들이 원하는 것은 큰 프로젝트나 돈이 아니라 되게 작은 거, 사람과 사람 사이의 관계, 마음 이런 거일 수도 있겠다는 생각이 들어서 돌아오는 한 시간 동안 생각이 복잡해지더라고요. 그런데 수요일이 카지아도 장날인데, 그래서 그 아주머니가 가끔 아이를 데리고 저희 집에 놀러 오시거든요, 오면 너무 반갑고 좋은데 한편으론 너무 피곤하기도 하죠. 장을 보러 같이 나가자고 그러면 하루 종일 같이 있어야 되거든요. 어떤 날도 한 아주머니가 오셔서 차를 대접하고 장을 보러 가자고 하셨어요. 그래서 같이 장을 보러 갔는데, 갑자기 옷을 보더니 "나시바이 입어봐."라고 하셨어요. 그러더니 하나를 사주셨어요. "이건 네 거."라고 하시면서. 그때도 여러 가지 생각이 들었어요. 그런 사소한 것에 대해서 생각을 많이 했던 것 같아요. 이곳에서 제가 주는 것에는

되게 익숙한데 마을 사람들이 제게 주는 것을 받는 것에는 되게 어색하고 그러면서 생각이 많아졌었죠.

인키니 마을에서 한 주민이 오셨는데, 그 분이 하시는 얘기가 자기 딸 등록금을 내야 하는데 돈이 없다고 하셨어요. 그래서 돈을 빌려달라고. 이걸 빌려드리면 못 받을 게 확실한데 빌려드려야 되나 말아야 되나 고민을 많이 했어요. 그 분이 내일 자기가 염소를 팔아서 그 돈을 갚을 거라고 하셨어요. 그런데 지금 돈이 없으니까 빌려달라고 하셨죠. 그래서 고민하지 말자, 받을 생각 없이 돈을 빌려드렸어요. 다음 날 인키니 농장에 갔는데, 그 분이 찾아오신 거예요. 정말 빌려드렸던 돈을 주셨어요. 그때도 여러 가지 생각이 들었는데, 제가 함께 활동하는 사람들은 친구라고 생각하고 돈을 빌려달라고 하면 아마 별로 고민하지 않고 빌려줬을 텐데 왜 여기에 살고 있는 주민들이 빌려달라고 하면 이렇게 고민을 많이 하게 될까, 그런 생각이 들었어요.

강성원 어떤 날은 우리가 어떤 주민에게 매니큐어를 선물로 드렸어요. 그런데 그 분이 드린 것 말고 다른 걸 가리키면서 "저걸 줘, 저게 더 마음에 들어." 이러시는 거예요. 그 얘기를 들으면서 저는 '이걸 주고 싶은데 당신은 왜 저걸 달라고 하는지, 그냥 이것 받아.' 속으로 그런 생각이 들었어요. 그런 제 모습을 돌아보면서 '내가 주고 싶은 것, 주겠다고 마음먹은 것만 주려고 하는구나.'라는 생각이 들었어요. 사실 주민들도 좋아하는 것, 싫어하는 것 자신들의 욕구가 있는데 그것을 고려하지 않고 내 위주로 생각하고 있다는 생각이 들면서 반성을 했답니다.

이영아 인키니 마을 사람들이랑 되게 친했는데, 마을위원회 구성원 중에 학교 선생님이 한 분 계셨어요. 그 선생님이 어느 날에는 농장에 오더니 "나시바이, 너는 우리를 도우려고, 우리를 위해서 온 사람이지?" 이런 얘기를 하는 거에요. 그래서 '이건 또 뭐지?' 이런 생각을 했는데, 그 분이 제게 문서를 주면서 이게 프로젝트 계획서인데, 이것을 어디에 제출해야 된다고 타이핑을 해서 가져오라는 거예요. '이건 뭐지?' 싶었지만, 또 이 분이 한 얘기는 맞는 얘기거든요. 그런데 이런 부탁을 받았을 때 난 왜 해주기가 싫은 걸까 이런 생각이 들었어요. 어쨌든 집으로 가져와서 타이핑을 해서 다음 날 드렸어요. 근데 그 분이 그걸 보더니 여기저기 수정해달라고 하셨죠. 그 순간 또 기분이 별로 안 좋았어요. 그래도 해 드렸죠. 그 분이 얘기한 게 맞으니까. '이 사람들에게 필요한 일을 하겠다고 여기 온 건데, 해달라고 하는 것에는 왜 하기 싫은 마음이 드는 걸까.' 이런 생각이 들었어요. 왜 내가 하고 싶은 것만 여기서 하려고 하는 걸까.

주민이 중심이 돼서 바꾸어가는 것이 가장 중요한 원칙이라고 말씀하셨지만 막상 실제 활동하면서 그러한 원칙을 바탕으로 구체적인 방법을 찾아가는 것이 쉽지 않았을 텐데, 이와 관련해서 한 말씀 부탁드려요.

강성원 양봉사업이나, 식수사업, 학교를 짓는 과정에서 그런 부분이 드러난다고 생각하는데, 식수지원을 하면서 주민들과 계속 모여서 이야기하고 무엇이 필요한지 주민들이 어떤 일들을 할 수 있는지 계속 질문하고 계획을 세우고 같이 실행해 보니까 주민들이 핸드펌프를 설치하는 과정에서 배우는 거죠. 자신이 계획했던 것들이 핸드펌프를 통해서 현실화 되고, 함께 모여서 얘기했던 사람들이 '우리가 계획을 하니 가능하구나.' 라는 체험을 하게 되요. 이제 마을에 물이 있으니 물을 이용해 다른 것도 해보자는 의욕이 생기게 되요. 이렇게 해서 주민들이 스스로 양봉사업을 생각하게 된 거고, 그래서 양봉사업을 해보자 해서 주민들이 의견을 모았는데, 주민들 스스로 논의 하면서 양봉사업을 실행시키기 위해서 부족한 부분이 있었어요. 그래서 예전에 식수를 지원해줬던 지구촌공생회에 도움을 요청한 거죠. 주민들이 양봉사업을 하고자 하는데 지구촌공생회에서 무엇을 지원해 줄 수 있는지 알아보기 위해 저희를 부른 거죠. 주민들이 우린 이런 걸 준비하고 있는데 지구촌공생회는 무엇을 도와줄 수 있냐고 묻고, 저희는 그럼 무슨 도움이 필요한지를 물었어요. 그랬더니 교육이 필요하다고 해서 교육을 받을 수 있도록 연결시켜주고 하면서 양봉 프로젝트가 진행이 된 거죠. 양봉사업을 하면서 그럼 다음에는 염소를 한 번 키워볼까? 이런 의견들이 나오기도 했죠. 어쨌든 식수지원이라는 사업을 통해서 주민들은 모여서 이야기를 하다 보니까 뭔가가 만들어질 수 있다는 가능성을 체험하게 되고 그 기운으로 다른 것도 한 번 해볼까라고 생각을 할 수 있게 된 거죠. 이러한 것들이 계속 연결되면서 그 마을의 기운들이 만들어졌는데, 이런 과정들을 보면 주민 중심으로 프로젝트가 진행된다고 볼 수 있지 않을까 싶어요.
학교를 짓는 과정도 마찬가지였죠. 그런 과정 속에서 주민들이 배우고, 이렇게 이뤄지는구나 생각하게 되고, 그 다음에는 우리에게 무엇이 필요할까 고민하게 되고 보건소를 만들어보자, 그럼 우리는 무엇을 할 수 있을까, 함께했던 경험이 있으니까 기초파기는 우리가 할 수 있겠다 싶어서 기초파기가 진행이 되고, 또 재정이 필요하니까 그러면 단체에 지원을 요청해보자, 이러한 과정들이 진행되면서 주민들 스스로 뭔가를 만들게 되었죠.
그래서 양봉사업이나 학교를 짓는 사업이 그런 과정 속에서 나왔다고 생각해요. 주민들이 갖고 온 판에 우리를 끼워준 거라고 생각해요. 우리가 만든 판에 주민들을 부르거나 끼운 게 아니라 주민들의 계획에 우리가 들어간 거죠. 이런 과정이 중요하다고 생각해요. 그렇지 않으면 다음으로 이어지지 않죠. 당장의 한 프로젝트만이 아니라 주민들이 다음 단계에 뭘 좀 해볼까 고민하고 에너지를 만들고 협력할 수 있도록 만드는 게 우리의 역할이지 않을까 싶어요.

<u>**이영아**</u> 여기에서 저랑 강성원씨랑 차이가 많이 있는 것 같아요. 강성원씨는 이런 과정에서 우리가 어떻게 더 많은 활동을 할 수 있을까 고민한다면 저는 지난 3년을 되돌아봤을 때 제가 활동했던 마을에서 공동체가 깨지는 것도 봤고, 크고 작은 갈등들을 많이 봐서 그런지 지나고 나서 봤을 때 나의 3년의 활동이 개인의 성장 외에 마을 사람들에게 어떤 긍정적인 영향을 주었을까 생각을 많이 해봤는데, 긍정적인 영향보다는 부정적인 영향이 더 컸을 거라는 생각이 들었어요. 그리고 저는 활동하면서 외국인의 한계를 정말 많이 느꼈어요. 여기서 아무리 오래 현지인처럼 산다고 해서 사람들을 전부 이해하거나 받아들일 수는 없겠다는 생각이 많이 들었어요. 활동하면서 이런 고민이 자주 드니까 제가 여기에 있는 의미에 대해서 생각을 많이 해봤거든요. 결국 그곳을 떠나기 전에는 내가 외국인으로서 할 수 있는 건 이 마을의 공동체가 깨지지 않도록 활동하

는 것, 지켜나갈 수 있도록 하는 것밖에 없겠다는 생각이 들었어요. 그래서 제가 하는 역할을 많이 줄여가려고 했던 것 같아요. 마을 사람들이 제가 무슨 일을 하는지 잘 모를 정도로 큰 역할을 가지지 말아야지라는 생각이 들었거든요.

활동을 마치고 케냐에서 나올 때 이런 활동에 대해서 회의감이 많이 들어서 1~2년 잠시 왔다가는 활동은 더 못 하겠다, 하지 말아야지라는 생각이 들어서 만약 현장에 나간다면 정말 사람들이랑 같이 살려고 나가는 거지 이전과 같은 모습은 아니어야 한다는 생각이 들었어요.

케냐 활동이 끝나고 아프리카를 여행하면서 이런 생각이 조금 변하게 되는 계기들이 있었는데, 여행을 하면서 오랫동안 활동했던 선교사님들을 만날 때마다 물어봤어요. NGO 활동이 부정적인 영향을 많이 미쳤다고 얘기하는데 본인들은 "왜 이런 활동을 계속해야 한다고 생각하시나요?" 라고 물었을 때 어떤 분이 그런 얘기를 했어요. 지금 우리가 살고 있는 시대에는 이곳에도 자본주의가 계속해서 유입이 될 텐데 그렇다면 활동도 사람과 사람이 관계를 맺는 것이고 그 사람은 나를 통해서 다른 세계를 경험하게 되고, 나도 그 사람들을 통해서 다른 세계를 경험하게 되는 것 아니냐, 그런 관계로 바라보면 어떻겠냐는 말씀을 해주셨어요. 그 당시에는 그 말이 잘 이해가 안 됐어요. 자기 활동에 대한 합리화가 아닌가라는 생각이 많이 들었는데, 시간이 지나면서 그 분이 한 얘기가 이해되더라고요. 그곳의 사람들도 나를 통해서 다른 세계를 경험한 것이고, 꼭 부정적인 영향만을 미친 것은 아니겠다는 생각이 들었어요.

아프리카를 여행하면서 저희는 꼭 지역의 시장을 찾아다녔거든요, 근데 말라위에서 참을 수 없는 순간이 왔어요. 케냐에서도 중고시장을 가끔

가기도 했었는데, 말라위에 있는 중고시장이었는데 100m 정도되는 거리에서 사람들이 다들 가방, 청바지, 티셔츠 등을 들고 쭉 줄을 서 있었어요. 그 길을 걷는데, 다른 때 같았으면 아무렇지도 않았을 텐데 그 순간 참을 수가 없었어요. 그 사람들은 이렇게 태어나서부터 죽을 때까지 남이 입던 옷만 입어야 하는지. 원조라는 이름으로 지금 이곳이 어떻게 되어 가고 있는건지 한숨이 나더라고요. 직접적으로 마을 사람들을 만나는 활동이 아니더라도 좀 더 다른 방향으로 생각할 수도 있겠다, 사람들이 기부하는 물품이 이곳의 산업을 저해하는 요소가 될 수도 있겠다는 생각이 들었어요. 그래서 감시/옹호활동이 되게 중요하겠구나, 기후변화도 워낙 심각하고 좀 더 많이 알려야 되는 활동, 이게 정책으로 만들어지거나 감시가 이루어지지 않으면 풀뿌리 활동도 물론 의미가 있지만 너무 어렵다는 생각이 들었어요. 그래서 외국인으로서 활동할 수 있는 걸 찾아보자는 생각이 들어서 감시/옹호활동을 찾게 된 거에요. 이런 고민이 자연스럽게 참여연대에서 일하게 된 것과 연관이 되는데. 한국에서 이런 운동에 대해서 배워보고 나중에 아프리카에서 아프리카 정부들을 대상으로 하는 활동을 해보자고 생각하고 한국으로 들어와서 그런 단체를 찾아봤어요.

마지막으로, 방금 말씀해주신 내용과 연결될 것 같은데 앞으로의 활동계획도 들려주세요.

강성원 저는 〈더프라미스〉라는 단체에서 활동하고 있는데, 지금 갖고 있는 생각들을 현장에서 어떻게 잘 녹여낼 것인가라는 고민도 풀어보고 한국에 있는 활동가들과 어떻게 잘 나눠볼까라는 고민이 있어요, 그래서 워크숍을 준비하는 게 있고. 한국 활동가들의 역량강화 프로그램도 준비하고 있어요. 지금 생각으로는 국제개발 활동이 한국에서 마을 공동체 운동의 가치관이나 철학들과 어떤 접점이 있을 것 같고 주민운동 속에서도 우리가 나아갈 방향들을 찾을 수 있지 않을까 생각이 들어서 국제활동가들이 주민운동에 길을 묻는 이러한 활동들을 고민하고 있어요. 국제개발 활동가들이 이 속에서 대안을 찾을 수 있으면 좋겠다는 마음이에요. 다음으로 아프리카에서도 빈국에 속하는 말라위 현장에서 주민들이 개인의 문제, 지역의 문제를 인식하고 주민들이 함께 모여서 논의하고 해결을 모색하고 이러한 방향이 전체 마을 공동체가 함께 잘 사는 방향으로 나아갈 수 있도록 주민조직 방식으로 활동을 해보려고 계획을 하고 있어요.

저는 활동하면서 해외 현장에서는 주민들께 이곳이 여러분의 마을이고 지역이니까 이곳에서 마을의 과제를 어떻게 해결할지 고민과 논의를 통해서 행동해야 하고 그것이 이 마을의 주인으로서의 역할이라는 얘기를 많이 했었죠. 그리고 한국에 왔는데, 이제 여기가 제 지역이 된 거에요. 제가 현장에서 주민들에게 그런 얘기를 했던 것처럼 저도 그렇게 사는 게 맞는 거겠죠. 내가 한국사회의 과제들도 주의 깊게 보고 내가 사람도 모아내고 행동도 하고 이렇게 하는 게 진정성이 있는 게 아닌지 고민이 들어서 이제 한국사회에도 관심을 갖고 행동하는 것이 필요하겠다는 생각이 많이 들어요. 국제개발 활동을 하고 있는 활동가들이 밖에 일어나는 일들 중에서도 자신이 있는 지역과 관련이 있는 일에만 관심이 있지 사실 다른 일에는 관심을 안 갖는 경우도 많거든요. 내가 살고 있는 이곳에서 어떤 삶을 사느냐가 그 활동 속에서 비춰지지 않을까 생각이 들어요.

이영아 해외 쪽에서 활동하다가 국내로 들어오니까 확실히 다르더라고요. 국제 활동가들은 국제적인 이슈에만 관심을 갖거든요. 그래서 국내에서 벌어지는 일들에 대해서는 잘 모르기도 하고 의식도 많이 하지 않고. 그런데 국내에서 활동하는 단체의 활동가들은 해외에서 어떤 일들이 있는지 잘 몰라요. 이렇게 국내와 국제가 나눠져 있는 것 같아요.
그런데 이런 단체들과 활동가들 간에 교류가 있으면 훨씬 더 도움이 되겠다는 생각이 들고, 더 넓게 볼 수 있는 시간이 될 것 같다는 생각이 들어요. 그래서 제 개인적인 과제로 교류의 장을 만들어볼까 생각 중이에요.

그때의 나, 그리고 지금의 나

"당신은 왜 현장으로 오게 되었나요?"
"당신이 이곳에서 하고 싶었던 역할, 하고 싶었던 건 무엇이었나요?"

이 분야에 첫발을 내디디던 그때 받았던 질문들을 스스로에게 다시 던져본다.

한국을 떠나 생활한지 어느덧 3년, 그리고 나는 지금 그 활동의 끝에 서 있다.

3년 전 그때의 나와 지금의 나는 어떻게 다를까.

국제개발을 책으로만 공부했던 나는 현장과 이론의 이질감으로 인해, 수많은 물음표를 가슴에 안고 2010년 캄보디아로 향했다. 1년간 현장에서 부딪혀보면 뭔가 느낌표를 안고 한국으로 돌아갈 수 있을 거라 생각했었다. 1년간의 활동을 마치고 선택의 기로에 서서 나는 과연 느낌표를 얻었는지 생각해봤지만, 내 가슴속에는 더 많은 물음표가 생겼을 뿐이었다.

책상 앞에서 떠들던 개발과 빈곤. 그리고 내가 캄보디아에서 실제로 만나고 보고 부딪히면서 배운 현장은 많이도 달랐다. 그래서 나는 케냐로 향했다. 아프리카에 대한 환상과 밀착형 프로젝트라는 환상을 가슴에 품은 채 케냐에서 2년 동안 활동하면서 2011년의 나와 2012년의 나, 그리고 활동의 끝자락에 있는 나는, 많이 달라졌다. 처음 현장에 나가겠다고 했을 때, 남들이 볼 때 잘 다니던 회사를 그만두고 전혀 다른 길을 가겠다고 했을 때, 사람들이 물었다.

"왜 국제개발을 하려고 하는 거야?"
"어떻게 여기까지 오게 되었어요?"

아무것도 몰랐던 나는, 그저 가슴속에 좋은 일, 의미 있는 일을 해보겠다는 환상만 가득한 채, 감히 사람들에게 떠들어댔었다.

"우연한 계기에 관심을 갖게 되었는데, 한번 해보고 싶어서요."

그렇게 대답했었다.

그리고 그 질문을 받은 지 4년이 지난 지금, 내 스스로에게 다시 묻게 된다.

"내가 해보고 싶었다는 게 도대체 뭐야?"

무언가 내가 할 수 있는 일이 있을 것이란 환상으로 시작했던 일.
때로는 회의감에, 또 때로는 내 무능함에 힘들기도 했었다.
돌이켜 생각해보면 답은 언제나 그곳을 살아가는 그들에게 있었다는 것을
이제 조금 알 것도 같다.

마치 나는 내가 현장에 오면, 무슨 대단한 일을 할 수 있을 것처럼 생각했던 것 같다. 이곳에서 나는 그저 문화와 전통, 삶의 방식이 다른 이방인일 뿐이다. 한국에서조차 그저 평범한 사람들 중 한 명일 뿐인 내가 이 먼 아프리카에 오면 대단한 사람으로 변신하는 것처럼 그렇게 생각했었던 걸까. 이곳 케냐에 오면서, 나의 역할, 내가 할 수 있는 일과 할 수 없는 일에 대해 곰곰이 생각해보게 되었다. 캄보디아와 케냐에서 생활하면서 사람들을 잘 안다고 생각했는데, 그건 나의 오만이고 착각이었다는 사실을 깨닫게 되었다. 2012년 한 해는 더 많은 사람들을 만나고, 더 많이 이해하는 사람이 되어보자, 그런 삶을 살아보자는 내 나름의 목표를 세웠던 것 같다.

마을 사람들과 함께하는 시간이 많아질수록, 그리고 사람들과의 관계가 깊어질수록, 사람들의 삶이 조금씩 보이게 되면서, '내가 사람들의 삶을 숫자와 자료로 판단했구나.'라는 자기반성의 시간도 갖게 되었다.

내가 누군가의 삶에 무작정 뛰어 들어가 나의 잣대와 기준으로 사람들을 평가하고 판단해버리는 것은 아닌지 생각해본다. 이곳 사람 그 누구도, 우리에게 와서 도와 달라 이야기한 적 없고, 우리가 없으면 살 수 없다고 이야기한 사람도 없다. 그런데 우리는 너무 쉽게 이곳 사람들의 삶 속으로 들어와 이래라저래라 간섭하고 있는 건 아닐까. 이곳에 내가 있든 없든 사람들의 삶에 그리 큰 영향을 끼치는 일은 아니었다는 것을, 그저 사람들에게 한 명의 한국인이 왔다가는 이벤트 같은 시간들이었다는 것을 깨닫는 데는 그리 오래 걸리지 않았다.

같은 현장에서 같은 시간을 보낸 활동가라 하더라도, 각자의 가치관과 삶의 방식 그리고 추구하고자 하는 가치에 따라 모두 다른 생각과 깨달음을 얻었을 거라는 생각이 든다. 캄보디아에서 1년 그리고 케냐에서 보낸 2년의 시간 동안은 그래도 뭔가 의미 있는 일을 만들어 볼 수 있을 거라고, 부정적인 영향보다 긍정적인 영향이 더 많을 거라고 막연히 생각했지만, 지금의 나는 NGO 활동, 국제개발이라는 분야에 대한 회의감이 더 많이 든다. 이곳에서 활동하고 있는 단체들이 다 빠져야만 우리가 이야기하는 진정한 의미의 지속가능한 개발이 이루어질 것 같다는 생각도 든다. 사람들과 함께 살지 않으면서, 삶을 삶으로 보지 않으면서, 그저 사람들의 삶을 프로젝트화 하면서, 한 번 왔다가 떠나면서, '나는 어차피 떠날 사람인데, 뭐.'라는 생각을 하면서 "저는 현장 활동가입니다."라는 이야기를 할 자격은 없는 것 같다. 지금 이런 나의 모습은 그저 개인의 성장과 깨달음을 얻는 한 번의 경험인 것 외에 무슨 의미가 또 있는 걸까?

정말 우리가 늘 이야기하던 지속가능한 개발과 발전을 위해서는, 사람들과 함께 살면서, 사람들과 함께 방향을, 길을 만들어 가는 것이 중요하지 않을까.

여러 나라 한 대륙, 아프리카

8세기 아랍 사람들에 의해 노예무역이 시작되었다.

그리고 15세기 중엽 포르투갈 사람들이 서부 아프리카에 오면서 아프리카의 암울한 역사가 시작되었다.

1884년 유럽 사람들은 자기 마음대로 아프리카를 나눠 가졌다. 사람, 자원, 그밖에 모든 것을 빼앗아 갔다. 많은 사람들이 노예가 되어 팔

려갔다약 5,000만 명으로 추산. 모잠비크 섬에 있는 사람들 모습 속에서 아랍인의 모습을 볼 수 있고, 노예들을 배로 운송하기 위해 집합시킨 장소가 그 당시 사람들의 아픔을 말해준다. 이제 더 이상 필요 없는 식민지 시대에 만들어진 낡은 건물에서 그 아픈 역사가 전해진다.

독립. 하지만 그 착취의 역사는 이어지고 있다. 케냐뿐 아니라 아프리카 여러 나라에서 소리 없이 신식민지가 만들어지고 있다. 도로 건설을 핑계로 자국의 인력과 자재를 가져와 공사를 하고, 광산권 확보를 위해 광산개발을 진행한다. 모잠비크는 더 이상 포르투갈령이 아니지만, 최근 모잠비크 독립 후 돌아갔던 포르투갈 사람들이 모잠비크를 새로운 투자 시장으로 보고 다시 되돌아오고 있다고 한다. 또한 프랑스의 지배를 받았던 마다가스카르에는 프랑스의 자본이 잠식하고 있다. 아프리카 국가들은 독립하였지만, 자본을 중심으로 또 다른 신식민지 체제가 형성되고 있는 것이다. 이러한 불균형 관계를 바꾸고자 많은 NGO 및 국제단체들이 활동하고 있지만 무분별한 지원으로 사람들의 자존감 및 자존심을 해치고 오히려 의존감만 키우는 부작용을 낳았다는 비판도 아주 틀린 것은 아니다.

지금의 상황이 비단 외부적인 요인에 의해서만은 아니다. 내부적으로는 리더의 개인적인 욕망으로 부정부패가 심해지고, 그럴수록 민중들의 삶은 더 피폐해졌다. 짐바브웨는 무가베1980년 짐바브웨가 정식으로 건국될 당시 총리가 되어 실권을 잡았다. 1987년 총리제를 폐지하고 대통령이 된 그는 여전히 그 권좌를 지키고 있는 최장기 집권 독재자이다. 1924년생으로 90세가 되었지만 2013년에는 99세까지 대통령을 할 수 있도록 개헌을 단행했다.가 독재를 하면서 개인의 사리사욕만 일삼았다. 그 결과 나라는 인플레이션을 겪으며 경제가 나락으로 떨어져 버렸다. 짐바브웨뿐만 아니라 많은 아프리카 국가들이 정부 지도자들의 사리사욕과 부정부패로 인해 어려움을 겪고 있다. 아프리카는 다이아몬드뿐만 아니라 많은 지하자원이 매장되어 있지만 그 자원이 몇몇 정치인들과 고위공직자들의 주머니로 들어가 버린다. 그곳에 살고 있는 민중들은 더 가난해지고 더 쇠약해지고 있는 것이 지금 아프리카의 현실이다.

과거도, 현재도 아프리카는 착취의 대상인 것이다. 그렇다면 어떻게 해야 할까.

우선 외부적으로는 더 이상 아프리카를 간섭하지 말고 가만히 놓아두어야 한다. 레소토의 경우 일자리 창출 및 국내 산업을 개발하기 위해 섬유업을 육성하고자 했는데 값싼 중국 제품의 유입으로 성공하지 못했다. 아프리카도 경제성장을 위해 방법을 찾고자 하나, 외부 자본과 인력이 유입되면서 흔들리고 있다. 그레이트 짐바브웨쇼나 문명, 스와질란드의 전통문화 등 과거의 역사와 유물들이 아프리카 국가의 찬란한 문명을 보여주고 있으나, 오랜 노예제도와 식민지의 아픈 역사로 인해 회복되기까지는 오랜 시간이 필요할 것이다. 내부적으로 바른 정치를 통해 국민들의 삶을 개선하고 국가개발을 위한 자구책을 찾아야 한다. 보츠와나는 다이아몬드 광산의 수입을 통해 국가 기간산업에 투자를 하고 있으며, 국민들의 삶의 지수 향상에 큰 관심을 갖는다. 부정부패 척결, 성공적인 경제성장이 이루어지며 아프리카의 모범국가로 알려져 있기도 하다. 이러한 모범국가들이 더 많이 나와서 다른 나라들의 귀감이 될 수 있어야 한다. 이러한 일을 해나가기 위해서는 아프리카 내의 시민단체 및 지역단체의 역할이 중요할 것이다. 위로는 정치인들을 견제하면서 바른 정치를 할 수 있도록 감시를 하고, 아래로는 주민들의 삶 속으로 들어가 주민들의

내가 가진 잔재주를 펼치고 한국에서 받은 지원을
이들에게 전달하는 것은 대단한 일도, 어려운 일도 아닌 것 같다.
무엇보다 중요한 건 주민들 스스로 할 수 있다는 자신감과
더 나은 미래에 대한 희망을 심어주는 일이다.

참여를 이끌어내고 변화의 기운들을 만들어야 한다. 또한 외부의 자금이나 아이디어가 필요한 경우 국제 단체나 NGO들의 도움을 받을 수 있을 것이다. 이렇게 외부 인력과 자금이 지역단체와의 연계, 협력을 통한 활동으로 이루어진다면 조금 더 내실 있는 국제협력이 되지 않을까라는 생각을 해본다.

외부의 개입이 줄어들고 내부적인 변화가 이루어질 때 아프리카는 새로운 도약의 첫걸음을 내디딜 수 있을 것이다. 아프리카에는 아직도 많은 지하자원이 있다. 뿐만 아니라 짐바브웨의 모시-오아-툰야 폭포'천둥 치

는 연기'라는 뜻의 폭포이다. 영국 탐험가 리빙스턴이 이 폭포를 발견한 후 빅토리아 여왕의 이름을 따 빅토리아 폭포로 명명했다., 케냐의 마사이마라, 탄자니아의 킬리만자로 산, 보츠와나의 쵸베국립공원, 마다가스카르의 우림 등 때 묻지 않은 자연도 빛나는 자산이다. 그리고 레소토와 스와질란드는 훌륭한 전통문화를 보유하고 있다. 이러한 것들이 잘 어우러져 경제성장과 더불어 전통문화와 자연을 보존한다면, 충분히 가능성이 있는 대륙이 될 것이라 생각한다. 또한 동부, 서부, 북부, 남부 등 거점별 경제공동체를 구성하여 연대와 협력이 필요하다. 연대와 협력을 통해 아프리카 대륙을 또 다른 형태의 식민지로 만들려는 강대국에 대응할 수 있지 않을까 생각해본다.

차별 없는 나눔을 실천하는 국제개발구호단체 〈더프라미스〉와
조건 없는 지원, 서로 배우는 연대를 꿈꾸는 〈해외주민운동 한국위원회〉에
책 인세의 일부를 후원합니다.

메마른 땅에 희망을 짓다
램브리스와 나시바이의 국제개발협력 활동기

초판 1쇄 발행 2014년 12월 19일

지 은 이 | 강성원, 이영아
펴 낸 이 | 박정희

기획편집 | 권혁기, 이주연, 양송희
마 케 팅 | 김범수, 이광택, 김성은
관　　리 | 유승호, 양소연
디 자 인 | 하주연, 이지선
웹서비스 | 백윤경, 최지은

펴 낸 곳 | 사회복지전문출판 나눔의집
등록번호 | 제25100-1998-000031호
등록일자 | 1998년 7월 30일

주소 서울시 금천구 디지털로9길 68, 1105호(가산동, 대륭포스트타워 5차)
대표전화 | 1688-4604　**팩스** | 02-2624-4240
홈페이지 | www.ncbook.co.kr / www.issuensight.com

ISBN: 978-89-5810-303-5(03810)

책값은 뒤표지에 있습니다.
잘못된 도서는 구입하신 서점에서 교환해 드립니다.

이 도서의 국립중앙도서관 출판예정도서목록(CIP)은 서지정보유통지원시스템 홈페이지(http://seoji.nl.go.kr)와 국가자료공동목록시스템(http://www.nl.go.kr/kolisnet)에서 이용하실 수 있습니다. (CIP제어번호: CIP2014033507)